KB105005
WONDERFUL ADVENTURES OF NILS
SELMA LAGERLÖF
WEATHERVANE

WINNIE THE POOH
A.A. MILNE
THE FLYING CLASS-ROOM

THE
WONDERFUL
ADVENTURES
OF NILS
SELMA
LAGERLÖF

WINNIE THE POOH
A.A. MILNE
THE FLYING CLASS-ROOM
ERICH KÄSTNER

피터와
앨리스와
푸의 여행

피터와 앨리스와 푸의 여행

고서점에서 만난 동화들

곽한영 지음

창비

프롤로그

그 시절 어느 집인들 그렇지 않았겠습니까만, 어렸을 때 저희 집도 경제적으로 그리 여유 있는 편은 아니었습니다. 시장에 갔다가 몇백 원 오른 가격 때문에 꽁치를 들었다 놓았다 거듭하시던 어머니의 모습이 지금도 눈에 선합니다. 하지만 그렇게 허리를 졸라매시던 어머니도 딱 한 가지, 두 아들을 위해 책을 사는 돈만큼은 아끼지 않으셨습니다. 그래서 두툼한 검은색 서류 가방을 든 전집 외판원 아저씨는 하루가 멀다 하고 저희 집의 녹슨 파란 대문을 드나드셨습니다. 매미가 맴맴 우는 여름날, 시원한 마루 위에서 뒹굴뒹굴하며 아저씨가 펼쳐 놓으신 온갖 책들의 샘플과 전단을 읽던 것은 지금도 잊을 수 없는 추억입니다. 그 추억의 배경에는 '책과 아동 지능 발달의 관계'에 관한 아저씨의 열변이 흐르고 있고요.

요즘엔 거의 사라졌습니다만, 당시에 아동용 도서를 구입하는 건 서점에 가서 서가에 꽂힌 책을 고르는 것이 아니라 이렇게 외판원을 통해 월부로 전집을 구입하는 것을 의미했습니다. 대부분 양장본이라서 가격이 꽤 비쌌는데도, 필수품처럼 반드시 갖추어야 한다고 여겨진 전집 목록도 있었습니다. 한국 위인전, 세계 위인전, 백과사전 그리고 세계 문학 전집. 금성 출판사에서 나왔던 '칼라 명작 소년 소녀 세계 문학'은 제가 특히 좋아했던 전집입니다. 알록달록한 그림에 양장으로 곱게 단장한 표지를 넘기면 펼쳐지던 다른 나라, 먼 세상의 환상적인 이야기들. 마치 호흡을 나누듯 함께 울고 웃으며 때로 박수를 치게 만들던 내 어릴 적 친구들. 셜록 홈스, 피터 팬, 작은 아씨들…….

하지만 나이가 들면서 자연스레 동화보다는 문제집, 참고서를 들여다보는 시간이 늘었습니다. 점점 바쁘게 돌아가는 세상일은 소중한 추억들을 기억의 창고 저 뒤편으로 밀어내 버렸습니다. 그리고 시간이 흘러 어느새 40대 중반, 저는 대학에서 학생들을 가르치는 교수가 되었고, 안식년을 맞아 캐나다 밴쿠버에서 1년간 방문 교수 생활을 하게 되었습니다.

하루는 밴쿠버 시내에서 열리는 학술회의에 참석하러 갔는데 회의장 건너편에 허름한 헌책방이 하나 있더군요. 제 전공에 관련된 책이 있을까 싶어 들어가 보았는데, 온갖 고서들이 사방에 쌓여 있어 책을 고르고 찾고 할 계제가 아니었습니다. 이 책 저 책 뒤적거리며 시간을 보내다가 이만 돌아갈까 하고 손을 털며 일어서는데 문득, 구석에 삐죽이 나온 파란색 표지가 눈에 들어왔습니다. 색이 고와 보여서 뽑아 든 그 책의 표지엔 파란 바탕 위에 하얀 장미와 함께 'Daddy Long Legs'라는 제목이 압인되어 있었습니다. 『키다리 아저씨』였습니다. 세계 문학 전집 중에서도 유난히 좋아해서 삽화 하나하나를 외울 정도로 거듭 읽었던 책이죠. 표지를 넘겨 보니 발행 연도가 1912년, 초판본입니다!

책장을 넘길수록 온몸에 전기가 찌르르 통하는 느낌이었습니다. 횡재를 했다는 생각 때문이 아니었습니다. 때로 아주 귀한 초판본이 우연히 발견되어 비싼 가격에 거래되는 경우도 있긴 하지만, 책으로 먹고사는 헌책방에서 그런 실수를 하는 일은 별로 없습니다. 초판본이라 해도 당시 인쇄 부수가 적어서 아주 희귀한 책이거나 혹은 1판 1쇄본이어야 가격이 높습니다. 제가 찾은 책은 중쇄본인데다, 『키다리 아저씨』는 출간 즉시 큰 인기를 얻었기 때문에 인쇄 부수도 많았지요.

제가 감동했던 이유는, 책의 삽화들이 어린 시절 마루 위에서 이 책을 읽던 즐거운 기억들을 되살아나게 했기 때문이었습니다. 또 그렇게 수없이 읽고 또 읽었던 책의 본래 모습을 알게 되었기 때문이었습니다. 예를 들어, 『키다리 아저씨』에는 "아저씨가 보내 주신 돈으로 매슈 아널드의 시집을 샀어요. 장정이 예쁘고 손에 쏙 들어온답니다."라는 부분이 있습니다. 어린 시절 이 작품을 읽을 때는 겨우 시집 한 권을 가지고 왜 이렇게 유난일까 잠시 갸우뚱하다 넘겨 버렸습니다. 그런데 초판본을 집어 들고 보니, 한 손에 딱 잡힐

만큼 아담한 크기에 활판으로 꾹꾹 눌러 박은 글자들이 정성스레 자리를 잡고 있어서 그저 손에 들고 있는 것만으로도 사랑스러움이 전해졌습니다. 그 말 속에 담긴 감동이 어떤 것이었을지 어렴풋이 느낄 수 있었습니다. 게다가 전집에서는 생략되었거나 2단 편집으로 인해 작게 들어가 있던 삽화들이 본래의 장정, 본래의 판형에 맞추어 제자리를 잡고 있으니 글과 그림의 연결이 훨씬 자연스럽고 생기가 넘쳐 보였습니다.

이 일을 계기로 저는 어린 시절 읽었던 동화들의 옛 판본들을 하나둘 사 모으기 시작했습니다. 일단 관심을 가지고 나니, 캐나다 여기저기에서 찾아볼 수 있었습니다. 『키다리 아저씨』처럼 헌책방에서 발견하기도 하고 혹은 안면을 튼 헌책방 주인에게 부탁해서 구하기도 했는데 아무래도 이 경우는 가격대가 높은 편이었습니다. 그렇게 『켄싱턴 공원의 피터 팬』은 꽤 많은 돈을 주고 구입했습니다. 가장 저렴하게 구하는 방법은, 네 식구가 함께 주말마다 순례하듯 다녔던 개인 벼룩시장, '개러지 세일garage sale'을 이용하는 것이었습니다. '곰돌이 푸' 시리즈의 첫 번째 책인 『우리가 아주 어렸을 때』 초판본은 그렇게 해서 단돈 1달러에 구입했지요. 재활용품 가게, '리사이클링 숍recycling shop'도 책을 싸게 살 수 있는 장소였습니다. 특히 돌아가신 분들의 물건을 맡아서 처리하는 곳에는 책들이 한꺼번에 쏟아져 나오기도 했는데, 이런 곳에서 '곰돌이 푸' 시리즈의 두 번째 책 『위니-더-푸』, 네 번째 책 『푸 코너에 있는 집』을 구입했습니다.

하지만 이런 방식으로는 아무래도 운이 좋아야 원하는 책을 만날 수 있지요. 특정한 책을 찾고 있을 때는 전문 사이트를 이용하는 것이 비용이 더 들더라도 효율적입니다. 『빨간 머리 앤』은 이베이에서 피 말리는 경쟁을 통해 구입했고 『작은 아씨들』은 텍사스에 사는 어느 할아버지에게 여러 차례 이메일을 보낸 끝에 구입했습니다. 영국 작가의 책은 아무래도 영국 고서 전문 사이트에 가면 물건도 많고 가격대도 낮기 때문에 『보물섬』과 『이상한 나라의 앨리스』는 그런 곳을 통해 구입했습니다.

고서가 아닌 비교적 최근의 책을 구입하기도 했는데 『톰 소여의 모험』이 그런 경우입니다. 수백 종의 판본 중 반드시 트루 윌리엄스가 삽화를 그린 초판본을 구하고 싶었는데, 상태에 관계없이 가격이 천정부지로 높아서 결국 복간본을 선택했습니다.

책을 구한 경로를 다소 장황하게 말씀드린 이유는, 이 책을 읽는 분들이 궁금해할 부분이기도 하고, 또 제가 가진 책들이 유별나게 귀하거나 값비싼 수집품이 아님을 강조하기 위해서입니다. 저처럼 고서 소장을 원하시는 분들은 한번 시도해 보아도 좋습니다.

책을 사 모으면서 저 스스로 정한 몇 가지 원칙이 있습니다.

첫째, 책을 수집하는 목적이 소장하는 것이 아니라 읽는 것에 있다는 점입니다. 구입한 책을 꽁꽁 싸매 두거나 진열장에 넣고 열쇠로 잠가 둔 채 가격이 오르기를 기다리지 않고, 다른 책들과 똑같이 책장에 꽂아 놓고 틈틈이 읽으며 작품 자체를 즐기고 있습니다.

그렇기에 둘째, 굳이 값비싼 초판본에만 연연하지 않았습니다. 앞서 제가 초판본이라는 표현을 여러 번 사용했는데, 실은 엄격한 고서 수집가의 기준으로 보자면 잘못된 표현입니다. 엄밀히 따지자면 초판본은 1판 1쇄본, 하다못해 1판 1쇄본과 같은 연도에 같은 출판사에서 발간된 책을 의미합니다. 유명 작품들의 경우 이런 초판본은 웬만한 소형차 한 대 가격을 뛰어넘기도 합니다. 저는 어차피 책의 내용을 즐기는 것이 가장 큰 목표라서, 초판본의 모습을 간직한 중쇄본이나, 상당한 시간이 흐른 뒤에 발간되었더라도 본래의 삽화와 판형을 유지하고 있는 책을 구입하기도 했습니다.

같은 맥락에서 셋째, 제가 충분히 읽을 수 있는 언어여야 했습니다. 예를 들어 『안데르센 동화집』의 경우, 안데르센은 덴마크어로 글을 썼는데 제가 읽지 못할 초판본을 구하는 것은 별로 의미가 없었습니다. 처음 번역된 독일판도 마찬가지였지요. 그래서 영국판을 찾아다녔는데, 초기 영국판은 삽화가 마음에 차지 않아서 아서 래컴이 삽화를 그린 1932년의 재출간본을 구했습니다.

책을 구하기 위해 인터넷을 뒤지거나 구입한 책들을 찬찬히 읽다 보니 어느 날부터인가 미묘한 어색함이 눈에 들어왔습니다. 발단은 『작은 아씨들』이었습니다. 발간되자마자 엄청난 인기를 얻어 미국인들의 '국민 소설' 반열에 오른 작품인데 초판본 삽화가 허접한 수준이었습니다. '이거 왜 이래?' 하며 검색하다 초판본 삽화에 담긴 뒷이야기들을 알 수 있었습니다. 그리고 그 과정에서 작가 루이자 메이 올컷과 그녀의 아버지, 그리고 그 가족들에 얽힌 사연들도 알 수 있었고요.(궁금하시다고요? 조금만 참으세요. 『작은 아씨들』 장에서 들려 드릴 테니까요. 마침 이 책의 첫 번째 장입니다.)

인터넷 자료만으로는 잘 이해되지 않는 부분도 있어서 더 자세히 알아보고자 집 근처 도서관들을 돌며 올컷의 전기나 자서전을 빌려 읽었습니다. 그렇게 참고 자료들을 찾아 읽다 보니 관심이 꼬리에 꼬리를 물며 확장되었습니다. 작가들에 대해 다룬 각종 도서나 관련 자료를 쉽게 볼 수 있었으니, 캐나다에 머문 덕을 톡톡히 본 셈입니다. 특히 캐나다 사람들이 가장 사랑하고 자랑스러워하는 소설로 꼽히는 『빨간 머리 앤』은 지난 2008년이 앤 탄생 100주년이었던 터라 자료들이 너무 많이 나와 있어서 다 소화하기 힘들 정도였습니다.

이제는 고서를 한 권 구하면 관련 자료들도 찾아서 읽는 것이 습관처럼 되었습니다. 그러다 보니 그 책에 대해 하고 싶은 이야기들이 머릿속에서 맴돌기 시작했습니다. 그 이야기가 어느 정도 형태를 갖추면 하나씩 글로 풀어 나갔습니다.

심심풀이처럼 썼던 이 글들을 정식으로 출판해 볼까 하는 생각도 책을 수집하다가 떠올리게 되었습니다. 어느 날, 여느 때처럼 고서 전문 사이트를 뒤적이다가 『버드나무에 부는 바람』으로 유명한 케네스 그레이엄의 책을 한 권 발견했습니다. 아, 정말 너무도 아름다운 책이었습니다. 녹색 장정에 온통 금박으로 장식한 표지도 압도적이지만, 삽화가가 자그마치 맥스필드 패리시입니다. 1900년대 전반에 활발히 활동한 일러스트레이터로, 우리나라에서는 낯설지만 서구에는 여전히 많은 팬이 있지요. 이 사람이 삽화를 그린 책은 사람들이 삽화만 오려 내 액자에 넣어 따로 판매하는 통에 성한 게 별로 없다는 이야기가 나돌 정도입니다. 제가 발견한 책은 다행히 상태가 괜찮았습니다만, 당연하게도 가격이 매우 높았습니다. '집안의 지갑'을 꽉 쥐고 있는 아내가 허락해 줄 것 같지 않았지요.

며칠을 고민하던 저는 '그래, 이 책에 대한 이야기를 써서 출판하면 이건 지출이 아니고 투자 아니겠어?'라는 논리적인 '명안'으로 아내를 설득했습니다. 그 말이 '업보'가 되어 돌아온 결과가 바로 이 책입니다.

책을 쓰려고 마음먹은 뒤 후보로 꼽은 작품은 스무 편 정도였습니다. 책 한 권의 분량을 감안하면 열 편 이상을 수록하기란 다소 무리여서 작품을 추릴 필요가 있었습니다. 그래서 더 많은 분이 읽어 보았을 만한, 굳이 그 작품을 다시 읽지 않더라도 어릴 적 기억을 떠올리며 '아, 그래. 이게 그런 의미였구나!' 하고 무릎을 치며 즐기실 만한 작품들을 우선 골랐습니다.

이 기준에서 조금 벗어나는 작품이 『닐스의 모험』과 『하늘을 나는 교실』입니다. 『닐스의 모험』은 작품의 탄생 배경과 작가 셀마 라게를뢰프의 삶이 근대의 새로운 국가상과 여성상이 형성되던 당시의 모습을 보여 주기 때문에 골랐습니다. 『하늘을 나는 교실』은 '해리 포터' 이야기로 전 세계적으로 유명해진, 그러나 실은 꽤 오랜 역사를 지니고 있는 학교 이야기 장르를 다루기 위해 선택했고요. 저 자신이 교사들을 길러 내는 사범대에 재직하고 있어서 이 장르를 꼭 소개하고 싶었습니다.

이렇게 고르다 보니 정작 이 책의 시작점이었던 『키다리 아저씨』나 케네스 그레이엄에 대한 이야기는 싣지 못했네요. 언젠가 기회가 있기를 기대합니다.

이 책이 나오기까지 많은 분의 도움이 있었습니다. 우선 출간을 결정해 주신 출판사 창비에 깊은 감사를 드립니다. 특히 김선아 편집자는 원고를 쓰는 과정부터 삽화와 편집, 제목에 이르기까지 오랜 기간 깊은 애정으로 작업해 주셨습니다. 이 책은 편집자와 함께 빚은 이야기의 집이라고 생각합니다.

올해로 칠순을 맞으신 사랑하는 어머니, "책이라면 빚을 내서라도 사 줄 테니 걱정 마라." 하셨던 그 한없는 애정을 자양분으로 제가 자랄 수 있었습니다. 진심으로 감사드리고 사랑합니다. 오랜 시간 함께 마루를 뒹굴며 이 작품들과 관련된 모든 추억을 함께한 형에게도 감사의 말을 전합니다. 이제는 저와 둘로 나눌 수 없는, 한마음 한 몸이 된 사랑스러운 아내 나미, 그리고 제 영혼의 두 날개 빈이와 훈이에게도 고마운 마음입니다.

고서와 관련된 자료들을 찾고 이야기를 구성하고 글을 써 나가는 과정은 고되고 지겨운 작업이 아니라 즐거운 여행과도 같았습니다. 작가에 대해, 작품에 대해 더 많이 알게 될수록 작품 속 주인공들이 생생하게 살아 움직이며 저와 발맞추어 걷고 있는 느낌이 들었습니다. 하늘에는 반짝거리는 요정의 가루를 날리며 앞서거니 뒤서거니 길을 재촉하는 피터 팬이 있고, 앞에는 쉴 새 없이 상상 속 이야기들을 재잘재잘하며 깡충거리는 앨리스가, 옆에는 그러거나 말거나 뒷짐을 지고 싱긋이 웃으며 느릿느릿 저를 따라 걷는 푸가 있었습니다. 이 책을 쓰는 것은 이 정겨운 친구들과 함께 기억 속으로 떠나는 산책이었습니다.

제가 느꼈던 그 푸근한 감동을 함께하고 싶은 마음으로, 여러분에게 그런 산책을 권하는 마음으로 이 책의 제목을 '피터와 앨리스와 푸의 여행'이라고 지어 보았습니다. 글 켜켜이 수록한, 옛 판본의 모습을 촬영한 사진들이 그 산책을 도울 겁니다.

이제 여러분을 명작의 숲으로 안내할 비밀의 문을 열겠습니다. 녹슨 열쇠를 찾지 못하셨다고요? 이미 여러분의 오른손 엄지와 검지 사이에 쥐여 있는걸요. 호흡을 가다듬고, 책장을 왼쪽으로 열어 젖혀 주세요.

2017년 여름

곽한영

차 례

FAIRY TALES
BY HANS ANDERSEN
THE WONDERFUL ADVENTURES OF NILS
SELMA LAGERLÖF
WHEN WE WERE VERY YOUNG
MILNE
THE FLYING CLASS-ROOM
ERICH KÄSTNER
PETER PAN IN
ARTHUR RACKHAM

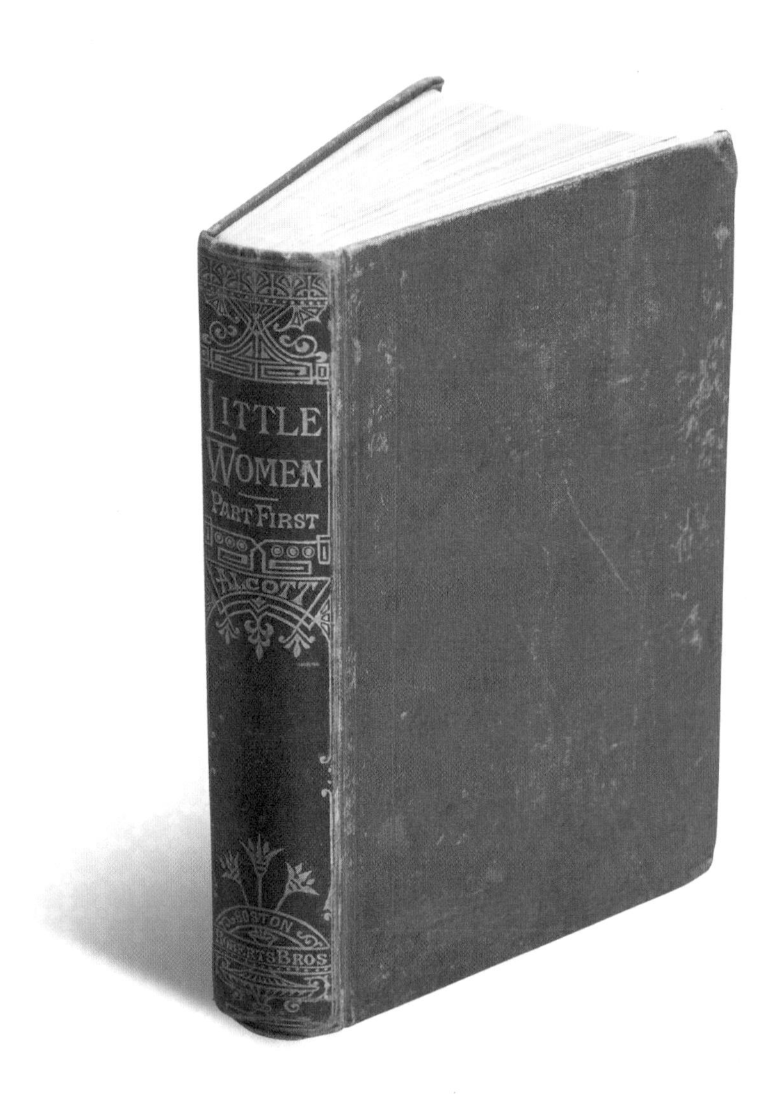

LITTLE WOMEN

루이자 메이 올컷 『작은 아씨들』 1880년판

1

소녀, 아씨 그리고 작은 여성들

소녀용 소설?

미국의 유명한 시트콤 「프렌즈」에는 '조이'라는 남자 캐릭터가 등장합니다. 잘생긴 외모에 착한 성품을 지니고 있지만 약간 맹하고 마초적인 캐릭터라서 평소 진지한 책은 통 읽지를 않습니다. 어느 날 조이는 레이철이라는 친구의 제안으로 자신이 좋아하는 스릴러 소설 『샤이닝』과 레이철이 좋아하는 『작은 아씨들』을 바꿔 읽게 되지요. 결과는 어떻게 되었을까요? 『작은 아씨들』에 푹 빠져서 내내 그 이야기만 하던 조이는 급기야 "베스가 많이 아파. 조가 돌보지만 방법이 없나 봐." 하면서 레이철의 품에 안겨 울상을 짓습니다.

저는 이 장면을 보면서 조이의 감정을 십분 이해할 수 있었습니다. 저 역시 그랬으니까요. 『작은 아씨들』을 읽어 보신 분들은 다 아시겠지만, 이 부분은 가난하지만 착하고 씩씩하게 살아가는 네 자매 중 가장 천사 같던 셋째 베스가 가난한 아이들을 돌보는 자원봉사를 다녀왔다가 성홍열에 걸려 세상을 떠나는 장면입니다. 책장을 넘기며 설마, 설마 하고 마음을 졸이던 저는 결국 베스가 죽음을 맞이하는 것을 보고 어린 마음에 어찌나 슬펐는지 모릅니다. 실제로 존재하는 친한 이웃이 영영 떠나간 듯한 기분이었습니다.

제가 어린 시절을 보낸 70~80년대를 경험하신 분들은 기억하실 겁니다. 그 시절 텔레비전 드라마에는 유행을 선도하는 '핫한' 젊은이들이 아니라 마치 그림으로 그린 듯 건전한 이웃들의 모습이 늘 등장했습니다. 「호랑이 선생님」, 「고교생 일기」, 「사랑이 꽃피는 나무」, 그리고 「한 지붕 세 가족」과 「전원일기」를 관통하는 하나의 코드는 바로 '좋은 사람들'입니다. 이것이야말로 가장 비현실적인 설정이고 따라서 이 드라마들은 동화에 더 가까운지도 모릅니다. 하지만 가족과 공동체의 테두리가 그다지 단단하지도, 안정적이지도 못했던 어린 시절의 저에게 이 이야기들은 큰 위안이 되었습니다.

『작은 아씨들』도 바로 그런 존재였지요. 이 책 표지를 열면 따뜻한 기운이 온몸을 감싸는 것만 같았습니다. 저 자신도 그 가족의 한 구성원이 되어 보호받고 위로받으며 함께 살아가고 있는 것만 같았습니다. 이것이 제가 『작은 아씨들』을 가장 먼저 소개하는 이유입니다.

레이철은 조이에게 『작은 아씨들』에 대해 말하면서 이 소설을 '고전'이라고 부릅니다. 하지만 애초에 『작은 아씨들』은 소녀 취향을 겨냥해 만들어진 맞춤형 대중 소설이었습니다. 그런데 소설을 기획했던 출판사와 소설을 쓴 저자의 기대는 물론, 시대와 공간의 한계까지 넘어서서 명실상부한 고전의 반열에 올라섰습니다. 저나 조이와 같은 감정을 느낀 사람들이 그만큼 많기 때문이겠지요.

한편으로는 오히려 그 때문에 우리가 놓치는 부분도 있습니다. 지금 『작은 아씨들』을 접하는 우리는 이미 거대해진 이름에 눌려, 이 작품이 본래 놓여 있던 맥락을 빠뜨리고 있을지도 모릅니다. 더구나 이 아름답고 정겨운 이야기의 뒤란에는 차마 들여다보기조차 힘겨운, 작가의 고통스러운 가족사가 자리하고 있습니다.

못난 아버지와 그의 둘째 딸

『작은 아씨들』은 가족 이야기이면서도 정작 가족 중 한 명인 아버지는 존재감이 희미합니다. 남북 전쟁에 참전한 것으로 설정되어 이야기 내내 전혀 등장하지 않다가 맨 마지막 장면에서야 돌아오기 때문입니다. 아버지의 부재는 엄마와 네 자매가 어려움을 겪는 이유이기도 하고 동시에 '옳은 일을 위해 싸우고 계시는 아버지를 생각해서 우리도 힘내자'라는 삶의 원동력이기도 합니다. 그래서 『작은 아씨들』은 해체된 가족이 재결합하는 할리우드식 해피엔드 스토리의 전형을 보여 주는 작품으로 여겨지기도 합니다.

하지만 이 책의 작가인 루이자 메이 올컷의 실제 삶 속에서 아버지는 늘 곁에 있는 존재였습니다. 부재하기는커녕 오히려 존재감이 너무 커서 탈이었고 그러다 『작은 아씨들』의 탄생에 직접적으로 영향을 주기도 하죠. 그래서 이 소설에 대해 이야기하려면 조금 거슬러 올라가 작가의 아버지 브론슨 올컷의 이야기부터 시작하는 것이 좋을 것 같습니다.

브론슨 올컷은 가난한 농가 출신이었습니다. 정식 학력이라고는 동네 초등학교에서 글자 읽는 법을 간신히 배운 정도에서 끝났고 이내 집안의 농사일을 도와야 했습니다. 하지만 그는 틈틈이 철학 책들을 독파해서 자신만의 지식 체계를 세워 나갔습니다. 여기까지는 주경야독으로 지적 성장을 이루어 낸 훌륭한 사례로 볼 수 있겠지요. 그런데 브론슨은 조금 엉뚱한 방향으로 뻗어 나갑니다.

주변 사람들보다 뛰어난 지적 능력에 자부심을 느낀 브론슨은 자신 같은 지성인은 돈을 버는 천한 일에 얽매이지 말고 진리를 탐구하는 고상한 일에 종사하는 것이 마땅하다는 생각으로 인근 대도시인 보스턴으로 진출합니다. 아시다시피 보스턴에는 세계적인 명문 하버드 대학이 있습니다. 그 시대에도 이 도시에는 하버드 출신 지식인들이 많이 살고 있었습니다. 랠프 에머슨, 헨리 데이비드 소로, 헨리 워즈워스 롱펠로, 올리버 웬델 홈스 등 보스턴에서 만난 사상가와 문필가 들과 교유를 맺은 브론슨은 당시 미국에서 유행하던 '트랜센덴탈리즘'transcendentalism에 빠져듭니다. 철학 사전에는 '초월주의'라고 번역되어 있는 이 철학 사조는 인간에 대한 세속적·물질적 접근을 거부하고, 모든 인간을 완벽한 신성을 가지고 있는 존재로 봅니다. 인간은 사회 제도나 국가의 압박 없이 독립된 개인으로서 직관을 통해 자신 안의 신성을 발현하기만 하면 된다는 것이지요. 소로의 유명한 『월든』은 이런 초월주의적 사고를 보여주는 대표적인 작품입니다.

에머슨은 문학 작품으로, 소로는 에세이와 강연으로 자신의 영역을 개척해 나가는 것을 보면서 브론슨도 자신만의 무언가가 필요하다고 느꼈을 법합니다. 그는 교육을 자신의 전문 분야로 내세우고 교육 개혁의 목소리를 높입니다. 아이들에게 인간다운 처우를 해 주고, 천사 같은 타고난 성품을 그대로 발현할 수 있는 환경만 조성해 주면 된다는 주장이었습니다. 그의 주장은 당시 미국 동부 지역의 진보주의자들에게 적지 않은 호응을 얻었습니다. 키가 크고 금발에 푸른 눈인 그의 외모, 번지르르한 그의 말솜씨에 매료된 후원자들은 앞다투어 그를 고용했습니다. 아예 교장으로 임명해 학교를 통째로 맡기기도 했습니다. 하지만 실제로 별다른 교육 경험이나 구체적인 방침이 없었던 탓에, 그가 맡은 학교들은 이른바 '자유방임'에 의해 엉망진창이 되어 갔습니다. 브론슨은 매년 한 번꼴로 해고되거나 학교 전체를 말아먹는 일을 반복합니다.

그 와중에도 브론슨은 역시 그의 개혁적인 교육 철학에 반한 애비라는 여성과 결혼하여 네 딸을 낳습니다. 무능한 가장 때문에 가족이 늘 빚더미에 시달리는데도 브론슨은 당당하기만 했습니다. 각자 독립적인 삶을 살아야 마땅하며 자신은 경제적인 문제보다 더 고상한 일에 헌신하는 사람이라는 논리였습니다. 브론슨은 밖에 나가서는 '개혁적 교육'과 '천사 같은 아이들'을 입에 달고 살았지만 정작 집에 들어와서는 아내와 아이들을 무시하고 경멸했습니다. 경제적인 도움은 하나도 못 주면서 수시로 철학 강의를 빙자한 훈계를 늘어놓는가 하면, 심지어 자식들에게 자아 비판하는 글을 쓰도록 강요하는 일도 자주 있었습니다.

이런 그의 태도에는 자신처럼 금발에 파란 눈인 사람들은 신적 존재에 가깝지만 아내처럼 검은 머리에 검은 눈인 사람들은 야만에 가까운 미성숙한 존재라는, 말도 안 되는 믿음까지 섞여 있었습니다. 어쩌면 진짜 이유는 열등감이었는지도 모릅니다. 아내인 애비는 상당히 부유하고 사회적 지위도 있는 집안 출신이었기 때문입니다.

그의 비틀린 믿음과 열등감은 엄마를 닮아 검은 머리, 검은 눈으로 태어난 둘째 딸에게로 향합니다. 그는 둘째를 '우리 집안의 먹구름'이라고 부르며 수시로 야단쳤습니다. 심지어 자신의 교육 철학의 핵심이었던 '아이들을 때리지 말자'는 원칙조차 둘째에게는 예외였습니다. 예상하셨겠지요? 그 둘째가 바로 후에 『작은 아씨들』이라는 불후의 명작을 만들어 낸 루이자 메이 올컷입니다.

무능한 주제에 이기적이기까지 한 브론슨은 수시로 집안의 돈을 끌어다 씁니다. 가족의 생계는 주변 사람들에게 손을 벌리는 것으로 이어 갈 수밖에 없었습니다. 주로 돈을 빌려준 사람은 랠프 에머슨, 그리고 어머니의 부유한 친정 오빠였습니다. 하지만 아무리

루이자 메이 올컷과 그녀의 아버지 브론슨 올컷.

콩코드에 있는 올컷 가족이 살던 집.

도움을 받아도 밑 빠진 독처럼 돈이 사라지는 데에는 어찌할 도리가 없었습니다. 친정 오빠는 마지막이라는 심정으로 유산 일부를 떼어 여동생네 가족들이 살 집을 구입하도록 합니다. 이 집이 바로 『작은 아씨들』의 배경이 되는 콩코드의 집입니다. 하지만 브론슨은 이 집마저 팔아서 동료들과 공동체를 만드는 데 홀랑 써 버립니다. 게다가 완벽한 자유인이 되기 위해 공동체에 들어가는 김에 공식적으로 가족들에게 의절을 선언할까 생각하기도 했다죠. 뭐 이런 아버지가 다 있나 싶습니다.

기차 안에서도 팔린 책

이 못난 아버지의 악행은 이 장 끝까지 이어지니 분노를 아껴 두시기 바랍니다. 이제 『작은 아씨들』 책장을 펼치면서 이야기를 하나씩 풀어 보도록 하겠습니다.

『작은 아씨들』은 워낙 인기 있는 고전이지요. 특히 미국에서는 가족 간의 끈끈한 정과 연대로 고난을 극복해 내는 '미국적 가족상'을 보여 주는 대표적인 소설로 여겨집니다. 그래서 현재 1판 1쇄 초판본은 중형차 한 대 가격을 훌쩍 뛰어넘습니다. 다행스러운 사실은, 당시에 엄청난 베스트셀러였기 때문에 초판본에 대한 욕심만 버린다면 초판본과 동일한 형태의 비교적 초기 발행본을 적당한 가격에 구할 수 있다는 것입니다.

제가 구한 책은 1880년 인쇄본입니다. 이 작품이 처음 나온 게

1868년이었으니 12년 후에 발간된 셈입니다. 길다면 긴 시간이지만, 초판본을 펴낸 로버츠브라더스 출판사에서 발간된 것이라 오리지널 일러스트를 그대로 수록하고 있지요. 뒤에서 설명하겠지만, 이후 발행본들에서는 이 오리지널 일러스트를 거의 다 폐기하다시피 합니다.

초판본은 아니지만 그래도 벌써 135년이나 된 책이네요. 손 안에 쏙 들어올 만큼 작은 책입니다. 크기는 작지만 당대의 베스트셀러답게 가죽 느낌이 나는 '빠알간' 하드커버에 화려한 금박으로 제목과 장식 무늬를 박아 넣었습니다. 책장에 꽂혀 있으면 정말 예쁘겠죠?

당시 『작은 아씨들』은 인쇄하는 대로 불티나게 팔려 나갔습니다. 독자층이 넓다 보니 기차 안에서 주전부리를 파는 상인들까지도 이 책을 팔았다고 합니다. 기차를 타고 가던 올컷에게 신문팔이 소년이 이 책을 사라고 권했다는 일화도 전해지지요. 사양하는 올컷에게 "이렇게 재밌고 훌륭한 책을 왜 안 사세요? 후회하실 거예요." 라고 하길래 올컷이 "내가 쓴 책이라 난 집에 많이 가지고 있단다." 라고 답했더니 소년의 입이 쩍 벌어졌다는군요.

'작은 여성들'Little Women이라는 제목은 올컷이 아니라 이 책을 기획한 로버츠브라더스 출판사의 사장이 제안한 것입니다. 그 당시는 새로이 부상하던 소비 타깃인 소년 소녀를 대상으로 한 소설이 붐을 이룰 때였습니다. 1800년대 중반 빅토리아 시대의 절정기에서 최고의 번영을 구가하던 영국 그리고 그 직접적인 영향권에 있던 미국에서는 국민 전체를 대상으로 하는 공교육 제도가 자리 잡았고 자녀들에 대한 교육열도 높아졌으며 부모들은 이를 지원할 경제적 능력과 의사가 있었습니다. 출판계의 입장에서 보자면 아동 서적의 대량 생산과 대량 소비가 가능한 블루오션이 형성된 것이죠. 여기에 1865년 출간된 『이상한 나라의 앨리스』의 세계적인 성공은 타오르는 장작에 기름을 부은 것과 같은 효과를 발휘했습니다.

책을 선택하고 구입해 주는 부모의 취향에 맞추다 보니 아동 서적에서는 교육적 목적이 강조되곤 했습니다. 그 결과 크게 두 가지 장르가 주류가 됩니다. 하나는 용감하고 진취적이며 건강한 소년의 모습을 강조하는 『보물섬』 같은 모험 소설, 다른 하나는 착하고 성실하게, 요즘 말로 '노오력'하며 순종적으로 살아가다 보면 결국은 복을 받고 성공할 수 있다는 교훈을 주는 『골든 보이 딕 헌터의 모험』 같은 시리즈류였지요. 소녀 소설은 이 중 당연히 두 번째 장르에 속합니다.

바로 맞은편에 있던 경쟁 출판사에서 이런 소녀 소설들로 대박을 치자 배가 아팠던 로버츠브라더스 출판사 사장 나일스는 올컷에게 소녀 소설을 쓰라고 끊임없이 압박했습니다. 그 결과 나온 책이 『작은 아씨들』입니다. 원래 올컷은 여성을 종속적 존재로 묘사한다는 이유로 소녀 소설 쓰기를 죽기보다 싫어했습니다. 그럼에도 결국 원고를 써 낸 올컷에게 사장이 이런 제목을 제안한 것은 어쩌면 올컷에 대한 마지막 배려나 미안함 때문이었을 것입니다. '어린 소녀들'little girls이 아니라, 비록 어리지만 성숙한 사고로 씩씩하게 살아가는 '여성들'women이라는 의미로 말이지요. 올컷은 이 제목을 두말없이 받아들였고 나중에도 이 부분에 대해서는 사장에게 고마움을 표했습니다.

그런데 이 제목이 우리나라에 들어오면서 난데없이 '아씨들'이 된 건 무슨 까닭인지 모르겠습니다. 일본 번역본을 중역하다가 그렇게 된 것이 아닐까 싶어 일본판 제목을 찾아봤는데, 전혀 상관이 없는 '와카쿠사모노가타리若草物語', 즉 새싹들의 이야기였습니다. 결국 우리나라에 이 책을 초역한 분이 '아씨들'이라고 하면서 그대로 굳어져 버린 것 같습니다. 아씨들 하면 마냥 귀하게 자란 응석받이나 가족의 틀 안에서 누군가에게 의존해서 살아가는 봉건적 여성이 연상됩니다. 올컷의 입장에서는 무척 아쉬워했을 제목이 아닌가 싶습니다.

초판본의 책등을 보니 제목 밑에 '1부'라고 쓰여 있군요. 여기에도 사연이 있습니다. 그렇게 졸라서 받아 냈건만 올컷의 원고를 읽어 본 사장은 내용이 지루하고 평범하다며 크게 실망합니다. 욕심만 많을 뿐 좋은 원고를 알아보는 안목은 없는 출판업자였던 모양입니다. 책이 안 팔릴 것으로 예상한 그는 올컷과의 계약을 어떻게 해야 하나 고민하게 됩니다.

당시에 일반적인 원고료 지급 관행은 원고 매수에 일정 액수를 곱해서 일시불로 지불하는 방식이었다고 합니다. 올컷이 가져간 원고 매수가 402페이지였으니 당시 표준 가격인 매당 2.5달러를 적용하면 일시불로 1,000달러 정도가 됩니다. 사장은 올컷에게 이 방식의 계약보다는 매출액의 6.6퍼센트를 주는 인세 계약을 하자고 제안합니다. 그 대신 300달러는 선인세 개념으로 현금 지급하겠다고 말하죠. 한 권 팔면 약 6센트, 100권 팔면 6달러, 따라서 1,000달러에서 선인세 300달러를 제한 700달러를 채우려면 1만 권이 넘게 팔려야 하는데 그럴 리는 없다고 본 것입니다. 하긴 지금도 1만 부를 넘기는 베스트셀러가 그리 흔치 않은데 150여 년 전, 그것도 무명작가의 작품이 그렇게 팔리는 것은 꿈같은 이야기였겠죠. 인세 비율조차 당시 평균인 10퍼센트에 한참 못 미치는 불평등한 계약이었지만 당장 빚에 쪼들리던 올컷은 그러기로 합니다.

그런데 앞서 말했듯 이 소설은 정말 상상을 초월하는 공전의 히트를 기록합니다. 출판 초기엔 책을 찍는 족족 팔려 나갈 정도였습니다. 아예 서점상들이 출판사 앞에 문전성시를 이루고 있다가 인쇄된 책이 들어오면 책 더미를 그대로 낚아채서 가져가다시피 했습니다. 그 바람에 초기 판매량에 대한 정확한 기록이 남아 있지 않습니다. 하지만 이런저런 기록 누락을 감안하고서도, 책이 처음 판매된 9월에서 그해 12월까지 석 달간의 인세만 8,500달러였습니다. 책이 출간된 지 65년이 지난 시점인 1932년 한 해 판매량만 150만 부였다고 하니 누적 인세는 천문학적인 액수였을 것입니다. 작은 욕심을 부린 사장은 땅을 치고 후회할 노릇이었습니다. 물론 올컷에게는 엄청난 행운이었지요.

하지만 후회는 나중 일이고 어쨌든 책의 히트에 흥분한 사장은

"수고했다. 이젠 다 끝났다."라던 자신의 말을 뒤집고 올컷에게 속편을 쓰라고 닦달하기 시작했지요. 그래서 올컷은 『좋은 아내들』Good Wives이라는 속편을 쓰게 되고 출판사에서는 기왕에 출판된 『작은 아씨들』을 1부, 『좋은 아내들』을 2부라고 이름 붙여 세트로 판매하게 됩니다. 요즘 나오는 『작은 아씨들』 중 의외로 꽤 두껍다 싶은 책은 이 두 편의 합본이라고 생각하시면 됩니다. 일반적으로 우리가 아는 『작은 아씨들』은 전쟁에 나갔던 아버지가 돌아오는 1부까지입니다. 『좋은 아내들』부터는 여러 이유로 글 전체의 분위기가 크게 바뀌게 됩니다.

올컷은 후에 여러 자리에서 자비로운 사장의 제안 덕분에 많은 돈을 벌 수 있었다고 감사의 뜻을 밝힙니다. 흠, 글쎄요. 올컷의 말은 진심이었을까요? 올컷이 『사랑스러운 폴리』라는 신작 원고를 가져가 자신도 이제 유명 작가이니 일반적 수준인 10~12퍼센트의 인세를 달라고 했을 때, 사장은 콧방귀를 뀌면서 거절하지요. "당신 평생에 다시없을 행운이 한 번 온 거지, 그게 어디 거듭될 줄 아느냐?"라면서요. 다른 출판사에서 펴낸 이 책은 『작은 아씨들』에 버금가는 베스트셀러가 되고, 이후 사장은 황금알을 낳는 거위처럼 쓰는 책마다 히트를 기록하는 올컷과 관계가 끊기고 맙니다. 올컷은 사장이 자비와는 거리가 멀다는 사실을 잘 알면서도 그저 끝이 좋으면 다 좋다는 생각으로 사장을 칭찬한 것이 아닐까요?

현실의 네 자매

표지를 넘기면 하드커버와 본문을 이어 붙이는 역할을 하는 면지가 나타납니다. 당시의 책들은 이렇게 구석구석까지 꾸미고 장식하는 경우가 많았습니다. 아마도 책이 사치품으로 여겨지던 전 시대의 영향이겠지요.

또 몇 장을 넘기면 속표지가 나타납니다. '작은 아씨들'이라는 제목 말고 부제가 덧붙어 있습니다. '메그, 조, 베스와 에이미.' 실은 이것도 원래 부제에서 많이 줄인 것입니다. 원래 부제는 너무 길어서 쓰기도 벅찹니다. '메그, 조, 베스와 에이미, 이들의 삶 이야기: 소녀의 책'Meg, Jo, Beth and Amy The Story of their Lives: A Girl's Book. 책을 조금이라도 더 팔아 보겠다는 출판사의 의지가 느껴지는 조악하고 잡다한 부제입니다. 이 부제는 꽤 오랫동안 제목을 따라다녔습니다만, 시간이 갈수록 축소되어 종내엔 우리가 아는 대로 제목만 남게 되었습니다.

부제가 말해 주듯 이 소설은 네 자매 이야기입니다. 원래 올컷이 어린이 잡지에 기고했던 짧은 글을 확장해서 쓴 것인데, 그 네 자매의 모델은 바로 올컷의 진짜 가족들이었습니다. 올컷은 실제로 네 자매였고, 그들의 이름은 애나, 루이자(올컷 자신이지요), 리지, 메이였습니다. 첫째 애나는 소설에 묘사된 것처럼 외모가 예뻤고, 결혼으로 이 지긋지긋한 집안을 탈출하는 것이 목표였습니다. 둘째 루이자가 태어나자 동생에 대한 질투심으로 몰래 할퀴고 때리기를

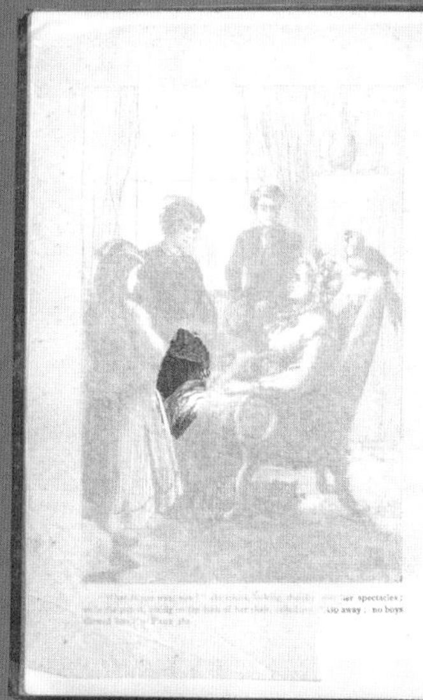

LITTLE WOMEN;

OR,

MEG, JO, BETH, AND AMY.

Part First.

BY

LOUISA M. ALCOTT,

WITH ILLUSTRATIONS.

BOSTON:
ROBERTS BROTHERS.
1880.

(위) 일러스트로 장식된 면지.
(아래) 삽화의 잉크 번짐을 막기 위해 얇은 종이가 삽입되어 있는 표제지.

반복했는데, 자신과 달리 투박한 외모의 동생이 늘 야단맞는 것을 보자 이 괴롭힘은 더욱 노골적이 되었습니다. 루이자가 조금 더 커서 언니에게 반항하고 맞받아칠 수 있게 되자 이번에는 언니를 괴롭힌다고 루이자가 야단을 맞았다고 합니다. 셋째 리지(리지는 엘리자베스의 약자로, 엘리자베스는 리지 혹은 베스라고 줄여 부르는 것이 가능합니다. 즉, 셋째는 이름마저 소설과 같습니다.)는 어려서부터 병약했기 때문에 가족의 연민을 불러일으키는 존재였습니다. 소설에서처럼 실제로 성홍열을 앓다가 죽었지요. 넷째 메이는 막내답게 금발 머리를 휘날리며 가족들의 귀여움을 독차지하는 한편, 깐깐한 성질머리와 이기적인 성품으로 자기 몫을 늘 확실히 챙기곤 했습니다.

상황이 이렇다 보니 둘째 루이자는 온 집안의 구박덩이면서 동시에 온갖 집안일을 혼자 떠맡게 됩니다. 올컷의 전기 작가들에 따르면 『작은 아씨들』 속의 둘째 조는 다른 자매들과 달리 실제와 완전히 다른 캐릭터라고 합니다. 글 쓰는 것을 좋아하고 다혈질이며 씩씩한 점은 비슷해 보이지만 조는 가족들의 사랑을 받는 존재인 반면 실제의 올컷은 전혀 그렇지 않았다는 것이지요. 참 가슴 아픈 지적입니다. 심지어 어떤 전기 작가는 올컷과 가장 닮은 등장인물은 입주 하녀인 해나 할멈이라고까지 말합니다. 빨래, 청소, 집수리 등 해나 할멈이 하는 온갖 잡일이 실제로는 올컷의 임무였고 심지어 소설 속에서 묘사되는 해나의 외모가 올컷의 실제 모습과 상당히 닮았다는 것입니다. 안 그래도 어렸을 때 이 소설을 읽으면서 그렇게 가난한 가족이 어떻게 하녀 월급을 주는 것일까 의문스러웠습니다. 올컷이 설정상 무리가 따르는 하녀 캐릭터를 넣은 것은 고된 노동과, 가족들에게 하녀 취급받는 처지를 남에게 미루어 두고, 소설 속에서나마 사랑받는 행복한 딸이고 싶어서였을지도 모르겠습니다.

전업 작가의 꿈

이렇게 온 집안의 노새처럼 부려지는 가운데서도 올컷은 문학에 뜻을 두었습니다. 아마도 아버지에 대한 애증 때문일 것입니다. 네 자매 가운데 유독 자신을 싫어하는 아버지에게 인정받고 싶다, 사랑받고 싶다는 역설적인 욕망이 강하게 작동했겠지요. 허영기 섞인 아버지의 교유 관계 때문이긴 하지만 어쨌든 어린 시절 올컷의 집엔 에머슨, 소로, 호손과 같은 당대의 거인들이 드나들었고 올컷은 그들만의 리그에 동경심을 가지고 있었습니다. 온갖 집안일로도 모자라 집안 형편을 돕기 위해 삯바느질, 가정 교사 등 돈이 되는 일들을 닥치는 대로 하면서도 올컷은 꾸준히 글을 써서 잡지에 기고하며 전업 작가를 꿈꾸었습니다.

올컷은 '바너드'라는 가명으로 싸구려 통속 스릴러물을 써서 겨우 살림을 꾸려 나갔습니다. 하지만 진심으로 쓰고 싶었던 것은 새로운 시대의 독립적인 여성에 대한 소설이었습니다. 그러던 중 올컷은 아버지의 부추김으로 남북 전쟁의 현장에 종군 간호사로 가기로 결심합니다. 『작은 아씨들』에는 아버지가 남북 전쟁에 참전한 것으로 되어 있지만 실제로 참전한 사람은 올컷이었던 것입니다. 이 결심의 바탕에는 새로운 여성상에 대한 신념이 깔려 있었습니다. 이를 두고 나중에 아버지는 자신의 현명한 조언 덕분에 딸이 조국을 위해 봉사하게 되었다고 자랑했다니 참 어이가 없습니다. 그래서 어떤 이들은 『작은 아씨들』에는 아버지가 아예 안 나오는 것이나 다름없다고 말하기도 합니다. 마지막에 잠깐 등장하는 아버지마저 올컷 자신의 모습이었으니까요.

아니, 실은 그조차도 올컷의 모습은 아니었습니다. 주변의 요란한 격려를 받으며 워싱턴으로 달려간 올컷은 도착하자마자 티푸스에 걸려서 6주 만에 귀향했습니다. 더욱 안타까운 사실은, 그 과정에서 당시 명확한 과학적 근거 없이 행해지던 수은 치료를 받다가 수은 중독 증상을 얻었다는 것입니다. 이 치명적인 질병은 올컷을 죽음에 이르는 순간까지 괴롭히게 됩니다.

그래도 이 고난은 올컷에게 조금이나마 도움을 주었습니다. 당시의 짧은 경험을 바탕으로 써낸 『병원 스케치』Hospital Sketches가 처음으로 약간의 상업적 성공을 거둔 것입니다. 인생에서 처음 만난 이 성공에 기운을 차린 올컷은 벼르고 별렀던 소설 『무드』Moods를 몇 년에 걸쳐 집필합니다. 연애 소설의 외관을 하고 있지만, 결혼은 여성을 노예로 만드는 계약이라는 생각을 바탕으로 자신의 독립성을 지키기 위해 싸우는 꿋꿋한 여성의 모습을 그리고 있는 작품입니다. 올컷은 좀처럼 퇴고를 하지 않는 집필 습관을 깨고 수차례에 걸쳐 원고를 다듬었습니다.

『작은 아씨들』의 뒤쪽에 실린 책 광고. 오른쪽이 『병원 스케치』.

하지만 분량도 많고 상업적 성공 가능성이 불투명한 이 소설을 펴내려는 출판사를 찾기는 어려웠습니다. 겨우 찾은 출판사에서는 분량이 많으니 3분의 1을 덜어 내라, 절반을 덜어 내라 하며 무리한 요구를 하기 일쑤였습니다. 이 과정에서 올컷이 느낀 고통과 수치심은 『작은 아씨들』에 그대로 묘사되어 있습니다. 조가 출판사에 수모를 당하는 장면이지요. 올컷은 결국 고집을 꺾고 내용을 절반 가까이 들어내는 수정을 가한 끝에 어렵게 이 소설을 출판할 수 있었습니다.

하지만 고통스러운 집필과 출판 과정이 보상받기는커녕 『무드』는 상업적으로 완전히 실패했습니다. 그뿐 아니라 평단의 혹독한 비평에, 책의 내용이 비도덕적이며 수준 이하라는 독자들의 항의 편지까지 받게 됩니다. 올컷은 정신적으로 완전히 무너져 내렸습니다.

한편 교육 개혁가로서 여러 차례의 시도가 모두 실패한 후 이제 브론슨의 빈약한 역량은 알려질 만큼 알려졌습니다. 하지만 더 이상 번듯한 직장을 얻기 힘들어진 이후에도 브론슨의 지식인 놀이는 그치지 않았습니다. 주변에 받아 주는 사람이 없으니 이제 그 놀이는 가족, 그중에서도 집에 머물며 대들보를 받치고 있는 둘째 딸에게 집중되었습니다. 올컷이 평생 독신으로 산 것은 그녀가 가족을 떠나지 못하도록 지속적으로 설득, 강요한 아버지 때문이었다는 의견도 있습니다. 전기 작가인 수전 치버는 "그녀는 가족과, 그리고 가족의 욕구와 결혼했다."라는 냉소적인 문장으로 올컷의 강요된 독신 생활을 표현했습니다.

『무드』의 실패로 녹다운이 된 올컷을 아버지는 또 닦달하기 시작했습니다. 로버츠브라더스 출판사의 나일스 사장이 제안한 소녀 소설을 어서 빨리 쓰라는 것이었습니다. 올컷은 오래전부터 여러 차례 반복된 이 제안을 계속 거절했습니다. 그건 올컷의 마지막 자존심이었습니다. 아무리 돈이 궁해도 자신을 버티게 하는 어성으로서의 자존감만은 무너뜨리지 않겠다는 생각, 그리고 좀 더 깊은 속내에서는 이 지긋지긋한 가족 이야기를 소설로 써서 파는 일만은 하지 않겠다는 마음이 있었습니다. 올컷의 태도가 요지부동이자 사장은 교활하게도 아버지에게 접근합니다. 올컷이 이 책을 쓰게 해 주기만 하면 브론슨이 쓴 잡문도 출판해 주겠다는 유혹이었습니다. 책을 내주겠다는 말에 눈이 번쩍 뜨인 브론슨은 하루가 멀다 하고 둘째 딸을 채근했습니다.

당시 어린이 잡지 편집자로 일하던 올컷은 쥐꼬리만 한 월급이나마 정기적으로 받으며 직장 근처에 방을 구해 살고 있었습니다. 생애 처음으로 생긴 혼자만의 방이었지요. 그런데 아버지는 빨리 자기 책을 내고 싶은 욕심에 급기야 올컷에게 직장을 그만두고 방도 빼서 콩코드의 집으로 돌아오라고 강권합니다. 심지어 그 집에는 이 가족을 탈출하겠다며 결혼을 택했던 첫째 언니 애나가 남편과 아이들을 데리고 슬그머니 들어와 더부살이를 하고 있는 상황이었습니다. 올컷은 겨우 6개월간의 자유를 뒤로하고 눈물을 흘리며 집으로 돌아왔습니다. 아버지의 강요, 어머니의 깊은 병세, 산더미처럼 쌓여 있는 가족의 빚, 자신의 수은 중독과 두통까지 그야말로 비참한 상태에서 올컷은 결국 두 손을 들고 아버지가 원하는 대로 소녀 소설을 쓰기로 합니다.

시대가 원한 가족 드라마

일단 소설을 쓰기로 마음먹자 늘 그랬던 것처럼 올컷은 전력으로, 식음조차 잊고 원고에 매달립니다. 불과 6주 만에 402페이지 분량의 원고를 완성했으니 매일 10페이지씩 써내려 간 셈입니다. 쓰고 싶지 않았던 이야기라서 오히려 빨리 쓴 것일 수도 있고, 이미 자신의 경험 속에 각인된 가족들의 이야기라서 쓰기가 쉬웠던 것일 수도 있습니다.

그 결과물에 대해, 정작 원고를 그토록 원했던 사장이 지루하고 평범한 내용이라며 실망했다는 사실은 이미 말씀드린 바 있습니다. 그의 안목이 썩 뛰어나지 않았던 것은 부정할 수 없지요. 하지만 후광을 지우고 냉정하게 읽어 보면 『작은 아씨들』은 매우 전형적이고 뻔한 가족 드라마의 구조를 가지고 있습니다. 딱히 극적인 클라이맥스나 분명한 기승전결이 있는 것도 아니고 그저 소소한 일상이 나열되어 있지요. 묘사도 좀 진부한 측면이 있고요. 그럼에도 불구하고 이 소설이 즉각적이고 열광적인 반응을 얻으며 초유의 베스트셀러가 된 데에는 1868년의 시대적 상황도 한몫을 한 것 같습니다.

1865년 링컨은 감동적인 남북 전쟁 종전 선언 연설을 하고, 이어서 두 번째 임기에 들어갔습니다. 이때만 해도 미국인들의 미래는 장밋빛으로 보였고 특히 전쟁에서 승리를 거둔 북동부 지역 사람들은 자부심에 가득 차 있었습니다. 하지만 취임한 지 얼마 되지 않아 링컨은 암살당했고, 임기를 이어받은 앤드류 존슨 대통령은 무능하고 부패한 모습으로 탄핵 대상에까지 올랐습니다. 전쟁이 끝났지만 남부와 북부의 갈등은 수그러들지 않았습니다. 여기에 새로이 시민으로 편입된 흑인들과 백인들의 갈등이 전면에 등장하면서 흑인에 대한 백색 테러를 자행하는 백인 우월주의 단체 KKK가 등장했습니다. 전쟁 특수가 사라지면서 경제까지 곤두박질치자 사람들은 망연자실할 수밖에 없었습니다.

그런 미국인들이 그리워한 것은 남북 전쟁이라는 고난을 이겨낸 자랑스러운 미국의 모습, 평범한 미국인들의 작은 영웅담, 소박하지만 안온한 삶의 근거인 가족의 정, 그 모든 것이 절정에 달했던 3년 전 1865년의 영광이었습니다. 『작은 아씨들』에는 이 모든 것이 마치 계획된 것처럼 딱 들어맞게 구현되어 있었습니다.

게다가 우연히도 올컷은 이 소설을 쓰기 직전 6개월간 어린이 잡지에서 밤낮으로 어린이용 글을 쓰고 편집하는 경험을 쌓았습니다. 이렇게 단련된 올컷의 문체는 화려한 수사와 복잡한 장식 어투로 치장된 당시의 만연체와 달리 쉽고 빠르게 읽히는 간결한 문체였기 때문에 누구나 쉽게 소설에 빠져들 수 있었습니다. 싸구려 글쓰기로 치부되던 이런 문체가 『작은 아씨들』의 성공 이후 미국 근대 문학의 표준으로 자리 잡았으니 참 아이러니한 일입니다.

『작은 아씨들』의 속편 작업에 들어간 올컷은 이제야말로 자신이 쓰고 싶었던 내용을 쓰겠다고 마음을 다잡습니다. 그 결과 조와 로리의 관계가 '희생양'이 되고 말았지요. 어렸을 때 저는 『작은 아씨들』의 속편을 읽다가 로리와 에이미가 결혼하는 장면에서 큰 충격을 받았습니다. 조가 아니라 에이미라니요! 당시에도 속편에서 조와 로리를 결혼시켜 달라는 팬레터가 쇄도했다고 합니다. 하지만 올컷은 이런 팬레터에 무척 화를 냈습니다. 결혼이 여성의 인생 목표인 양 결혼에만 집중하는 소녀 소설의 부작용이 드러났다고 생각했기 때문입니다.

"I'll go on to the first bend, and see if it's all right, before we begin to race," Amy heard him say, as he shot away, looking like a young Russian, in his fur-trimmed coat and cap.

Jo heard Amy panting after her run, stamping her feet, and blowing her fingers, as she tried to put her skates on; but Jo never turned, and went slowly zigzagging down the river, taking a bitter, unhappy sort of satisfaction in her sister's troubles. She had cherished her anger till it grew strong, and took possession of her, as evil thoughts and feelings always do, unless cast out at once. As Laurie turned the bend, he shouted back, —

"Keep near the shore; it isn't safe in the middle."

Jo heard, but Amy was just struggling to her feet, and did not catch a word. Jo glanced over her shoulder, and the little demon she was harboring said in her ear, —

"No matter whether she heard or not, let her take care of herself."

Laurie had vanished round the bend; Jo was just at the turn, and Amy, far behind, striking out toward the smoother ice in the middle of the river. For a minute Jo stood still, with a strange feeling at her heart; then she resolved to go on, but something held and turned her round, just in time to see Amy throw up her hands and go down, with the sudden crash of rotten ice, the splash of water, and a cry that made Jo's heart stand still with fear. She tried to call Laurie, but her voice was gone; she tried to rush forward, but her feet seemed to have no strength in them; and, for a second, she could only stand motionless, staring,

"Keep near the shore; it isn't safe in the middle." Jo heard, but Amy was just struggling to her feet, and did not catch a word. — PAGE 116

And turning, she saw Laurie looking penitent, as he said, with his very best bow, and his hand out. — PAGE 139.

wanted you to see her, but they have spoilt her entirely; she's nothing but a doll, to-night."

"Oh, dear!" sighed Meg; "I wish I'd been sensible, and worn my own things; then I should not have disgusted other people, or felt so uncomfortable and ashamed myself."

She leaned her forehead on the cool pane, and stood half hidden by the curtains, never minding that her favorite waltz had begun, till some one touched her; and, turning, she saw Laurie looking penitent, as he said, with his very best bow, and his hand out, —

"Please forgive my rudeness, and come and dance with me."

"I'm afraid it will be too disagreeable to you," said Meg, trying to look offended, and failing entirely

"Not a bit of it; I'm dying to do it. Come, I'll be good, I don't like your gown, but I do think you are — just splendid;" and he waved his hands, as if words failed to express his admiration.

Meg smiled, and relented, and whispered, as they stood waiting to catch the time,

"Take care my skirt don't trip you up; it's the plague of my life, and I was a goose to wear it."

"Pin it round your neck, and then it will be useful," said Laurie, looking down at the little blue boots, which he evidently approved of.

Away they went, fleetly and gracefully; for, having practised at home, they were well matched, and the blithe young couple were a pleasant sight to see, as they twirled merrily round and round, feeling more friendly than ever after their small tiff.

"Laurie, I want you to do me a favor; will you?"

제가 생각하기에 올컷은 처음부터 로리를 자신의 분신인 조의 짝으로 여기지 않은 것 같습니다. 올컷의 이상형은 젊고 잘생긴 남자가 아니었습니다. 지적 수준이 높고 자비로우며 신사적인, 진정한 아버지의 모습을 갖춘 남자, 늘 돈을 빌려주며 가족의 천사 노릇을 했던 시인 에머슨 같은 남자였습니다. 조가 엉뚱하게도 나이 든 교수와 결혼하는 것은 그런 작가 자신의 바람이 반영된 것이 아닐까 합니다.

비버처럼 일한 뒤에

『작은 아씨들』의 성공은 올컷은 물론 올컷 가족 전체의 삶을 뒤바꾸어 놓습니다. 이제 올컷이 쓰는 소설은 무조건 베스트셀러의 반열에 올랐기 때문에 더 이상 경제적인 문제에 시달리지 않게 되었습니다. 오랜 세월에 걸쳐 신세를 졌던 부자 외삼촌에게 엄청난 빚을 다 갚던 날, 올컷은 일기장에 "빚을 다 갚았어요. 신이여, 이제 편안히 죽을 수 있을 것 같아요."라는 글을 남깁니다. 따지고 보면 그 빚은 올컷이 혼자 쓴 것이 아니라 가족 전체가 써 댄 것이지만요. 마침내 지옥 같던 집에서 새로운 집으로 옮겨 가던 날의 일기는 더욱 가슴을 시리게 합니다.

춥고 힘들고 더러운 시간들. 비버처럼 일했던 이 집을 벗어나 기쁜 마음으로 집 열쇠를 늪에 던져 버렸다.

하지만 가족들은 고마워하기는커녕 올컷의 성공이 가져다준 과실을 따먹는 데 정신이 없었습니다. 첫째 애나의 가족은 새로 구입한 집에까지 따라 들어왔습니다. 그리고 올컷이 세상을 떠날 때까지, 아니 그 이후에도 계속 올컷의 돈을 쓰며 살았습니다. 막내 메이는 언니의 배려로 『작은 아씨들』 초판에 삽화를 그렸습니다. 제가 가지고 있는 책에 담긴 그림들입니다. 언뜻 봐도 아시겠지만, 프로 삽화가에 한참 못 미치는 수준입니다. 독자들의 거센 항의 편지까지 받았다지요. 언니가 번 돈으로 프랑스 파리에 유학을 가서 더 공부한 후에야 메이의 실력은 겨우 평균 수준에 근접했다고 합니다. 그래서 꾸준히 새로운 삽화를 그려서 바꿔 넣었지만 이미 언니 덕에 풍요롭게 살고 있어서 절박하지 않았던 것인지 큰 발전은 없었습니다. 이후의 판본들에서는 이 초기 삽화를 모두 폐기하고 완전히 새로운 삽화를 넣는 것이 일반적이 되었습니다.

가장 신난 사람은 아버지였습니다. 그는 '유명 작가 루이자 메이 올컷의 아버지'라는 타이틀로 강연 여행을 다녔습니다. 강연의 주된 내용은 딸의 성공이 자신의 현명한 선택과 훌륭한 가정 교육 덕분이라는 것이었습니다. 심지어 학교를 제대로 안 다녔기 때문에 경험에 근거한 글을 쓸 수 있었다는 어처구니없는 말까지 했다고 합니다.

못난 아버지의 집착은 죽음을 맞이하는 그 순간까지 이어집니다. 1888년 3월, 병세가 악화되어 죽음의 기운이 완연한 아버지의 침상에 병문안을 온 올컷에게 아버지는 갈라진 목소리로 이런 말을 건넵니다.

"난 죽을 것 같구나. 나와 함께 가자."

올컷은 아버지의 주름진 이마에 드리운 머리칼을 쓸어 올리며 이렇게 답합니다.

"아, 저도 그럴 수 있다면 좋겠네요. 금방 갈게요."

평생 혹사당한 올컷의 육체는 이미 한계에 도달해 있었습니다. 수은 중독으로 인한 근무력증, 극심한 두통, 발진과 류머티즘, 그리고 고통을 없애기 위해 과다 복용한 모르핀 중독, 가족력으로 의심되는 정신 분열증과 조울증까지. 집에 돌아온 올컷은 그간 밀려 있던 영수증과 이런저런 비용들을 모두 정리합니다.

그리고 끈질기게 연결되어 있던 아버지가 임종에 든 지 40시간 후 『작은 아씨들』의 위대한 작가 루이자 메이 올컷도 식물인간 상태에 들어가고, 얼마 지나지 않아 숨을 거둡니다. 올컷의 일기장 마지막 페이지는 잡화점에 지불해야 하는 밧줄의 가격으로 마무리되어 있었습니다.

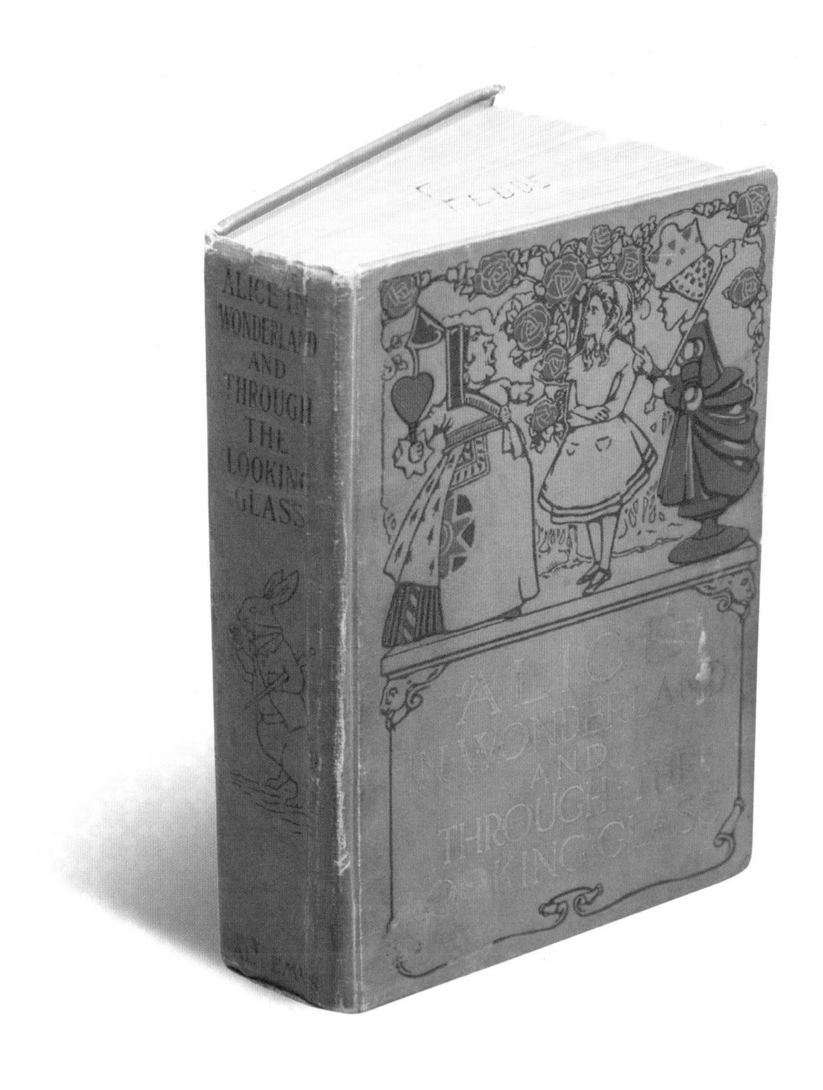

ALICE IN WONDERLAND AND THROUGH THE LOOKING GLASS

루이스 캐럴 『이상한 나라의 앨리스』 1902년판(『거울 나라의 앨리스』 합본)

2

난센스 문학의 우연한 걸작

추억 속의 삽화를 찾아서

제가 낡은 책을 모으는 것을 알고 있는 한 선배가 『이상한 나라의 앨리스』를 구해 달라고 부탁을 해 왔습니다. 이 역시 전 세계적으로 유명하고 인기가 높기 때문에 초판을 구하려면 천정부지로 높아진 가격을 감당해야 합니다. 저보다는 전문 앤티크 서적상을 통하는 편이 낫겠지요. 하지만 선배가 원하는 것은 단지 어렸을 때 읽었던 책의 기괴하고도 아름다운 삽화들을 다시 보고 소장하는 것이라 선뜻 나섰습니다.

『이상한 나라의 앨리스』는 상상력이 넘치는 소설이라 삽화가가 개성을 드러낼 여지도 많습니다. 그런 만큼 그동안 수많은 삽화가들이 이 소설의 삽화를 그렸습니다. 유명한 사람만 대충 꼽아 봐도 초판본 삽화를 그린 존 테니얼부터 아서 래컴, 막스 에른스트, 피터 블레이크 등 당대의 쟁쟁한 삽화가들이 망라되지요. 초현실주의 미술의 대가 살바도르 달리도 삽화를 그린 적이 있고요. 아, 그리고 공식 출간본은 아닙니다만 저자인 루이스 캐럴 자신도 그중 한 명입니다.

선배의 기억 속에 남아 있는 삽화가 어떤 것인지 확인하기 위해 인터넷에서 몇 가지 삽화를 캡처해서 보여 주었습니다. 역시 가장 유명한 존 테니얼의 삽화더군요. 존 테니얼의 삽화가 실린 판본을 구하려면 이 작품이 맨 처음 출간된 1865년에서 1900년대 초반 사이에 제작된 책들 중에서 찾아야 합니다. 1800년대 책들은 초판본이 아니라 해도 꽤 비싸지요. 적당한 가격대를 찾다가 1902년 미국에서 출간된 책을 발견했습니다. 다른 사람이 부탁한 책을 구입하는 것이라 가격에 많이 신경이 쓰여서 판매자와 이메일로 밀고 당기기를 한 끝에 가격을 좀 더 낮출 수 있었습니다. 그리고 한 달 만에 깔끔하게 포장된 책을 만나게 되었습니다.

포장을 벗기자 책이 모습을 드러냈습니다. 자세히 살펴볼까요? 녹색 천을 입힌 하드커버 표지에 금속판으로 압인해서 존 테니얼의 삽화에 입체감을 주고, 거기에 빨간 다색판으로 한 번 더 색을 입혔네요. 제목 글자에는 금박까지 꼼꼼하게 입혔고요. 이 책은 『이상한 나라의 앨리스』와 그 속편인 『거울 나라의 앨리스』의 합본입니다. 앨리스가 하트의 여왕을 만나는 장면이 표지 그림으로 쓰였습니다. 초판본의 표지 그림과 다릅니다만 본문에 있는 삽화 중에서 골랐다는 점은 같네요. 여러 판본들을 찾아보면 하트의 여왕을 만나는 장면이나 카드들로부터 공격받는 장면을 표지에 사용하는 경우가 많더군요. 아무래도 그 부분이 사람들에게 가장 깊은 인상을 주는 모양입니다.

책 두께가 상당하죠? 합본인 이유도 있지만 본문 종이가 상당히 두껍기 때문이기도 합니다. 1900년대 초반까지만 해도 책장을 넘길 때 종이가 구부러지지 않고 얇은 합판처럼 넘어가는 책들이 적지 않았지요. 그러다 두 차례의 세계 대전, 특히 2차 대전 이후 종이가 귀해지면서 책에 사용되는 종이의 두께가 상당히 얇아지게 됩니다.

책등에는 『이상한 나라의 앨리스』의 첫 장면이자 가장 유명한 장면, 즉 흰 토끼가 회중시계를 꺼내서 들여다보는 장면이 그려져 있습니다. 책등에서 약간 해진 곳이 보이시나요? 책을 제본할 때 하드커버 종이 위에 녹색 천을 덧대었는데 이 천이 세월의 풍파에 닳아서 섬유질이 드러난 것입니다. 표지에 천을 입힐 경우, 오랜 기간 여러 번 책을 펼쳐도 섬유질 덕에 100년 넘게 버틸 수 있습니다. 당시 가장 비싼 책들은 가죽 장정을 입혔는데, 오히려 가죽은 관리가 까다로워서 굳어지거나 삭아서 떨어져 나가는 일이 발생했습니다. 그래서 책 표지만 새로이 제본해 주는 제본업이 독립된 직업군 중 하나로 자리 잡고 있었죠.

표지를 펼치면 면지가 나오는데 테니얼의 삽화들이 한꺼번에 담겨 있네요. 당시 인쇄술로는 책에 삽화를 넣는 것이 상당히 번거롭

고 돈이 많이 드는 일이었습니다. 일단 삽화를 그린 뒤 이를 목판으로 만드는 작업부터 까다로웠습니다. 목판은 수명이 빨리 다하기 때문에 일정 부수 이상을 찍으면 판을 교체하는 비용이 추가로 들었습니다. 요즘처럼 그림과 글자를 한꺼번에 인쇄하는 것이 아니라 그림을 따로 인쇄해서 중간중간 끼워 넣다 보니 품도 많이 들었고요. 게다가 그림의 특성상 기름이 섞인 인쇄 잉크가 잔뜩 들어가니 페이지를 충분히 말려서 넣어야 하는데, 잘 말린다고 해도 맞은편 페이지에 기름이 배서 노랗게 되는 일이 많았습니다. 그래서 삽화 페이지 위에 반투명한 트레이싱 페이퍼를 덧붙여야 했습니다. 모두 원가와 인건비를 상승시키는 요인들이지요. 그렇다 보니 고서의 가치를 따질 때 삽화가 몇 장이냐를 주요 평가 요소로 삼기도 합니다. 이 책은 합본이라서 전체적으로 삽화의 수가 많기 때문에 여유 있게 면지에까지 삽화를 넣을 수 있었던 것 같습니다.

책의 속표지에도 그림이 있습니다. 초판본의 속표지에도 이 삽화가 쓰였는데 이 책에서는 특이하게도 다색판으로 찍혀 있군요. 다색판 인쇄는 다채로운 컬러를 구현하기 위해 한 종이에 최소한 세 번 이상 각기 다른 색의 판을 찍는 것입니다. 역시나 까다로운 과정이었던 터라 오래된 책에서는 다색판을 이용한 컬러 삽화를 보기 힘듭니다. 거듭 찍는 과정에서 종이가 밀리거나 판의 위치가 안 맞으면 마치 전용 안경 없이 보는 3D 영화 화면처럼 색이 어긋나기 쉬웠습니다. 일껏 인쇄해 놓고 버리는 종이의 양도 적지 않았습니다. 이 삽화도 자세히 들여다보면 색 위치가 약간 어긋나 있는

Frontispiece.
"THE KING AND QUEEN WERE SEATED ON THEIR THRONE."

게 보입니다만, 이 정도면 매우 성공적인 수준입니다.

저자 이름 아래에는 출판사가 나옵니다. 필라델피아의 헨리앨트머스컴퍼니라는 곳이네요. 맨 처음 이 작품을 출판한 곳은 영국의 유명한 맥밀런 출판사입니다. 미국에서는 이 책이 수입되다 보니 가격이 꽤 높았습니다. 그런데 인기에 편승해 미국 출판사들이 저작권 계약을 정식으로 맺지 않고 마구 찍어 냈습니다. 당시 영국의 저작권이 해외에서는 인정되지 않던 허점을 악용한 것이지요. 그래서 저자인 루이스 캐럴은 미국 출판사들의 파렴치함을 성토하기도 했습니다. 아마 제가 구한 책도 그런 출판물 중 하나가 아닐까 싶습니다. 그렇게 '아낀' 비용 덕분에 좋은 장정과 컬러 인쇄가 가능했던 것일까요?

말도 안 되는 이야기를 잔뜩 넣어 주세요

이제 본격적으로 책 내용으로 들어가 볼까요? 제목 이야기부터 시작하지요. 우리말로는 '이상한 나라의 앨리스'라고 번역되는 경우가 일반적이라서 원제를 Alice in Wonderland로 알고 계신 분들이 많을 것 같습니다. 진짜 원제는 Alice's Adventures in Wonderland, 즉 '이상한 나라의 앨리스의 모험'입니다. 제목이 이렇게 된 데에는 약간 설명이 필요합니다.

이 책의 저자 루이스 캐럴의 본명은 찰스 럿위지 도지슨Charles Lutwidge Dodgson입니다. '루이스 캐럴'은 그가 1856년 처음으로 시를

루이스 캐럴

잡지에 게재하면서 자신의 이름 중 찰스 도지슨을 라틴어로 표기한 후 순서를 뒤집어 만든 필명입니다. 도지슨은 자신의 모교이기도 한 옥스퍼드 대학의 크라이스트처치 칼리지에서 수학을 가르치고 있었는데 그가 첫 작품을 발표했던, 그러니까 루이스 캐럴이라는 필명을 사용하기 시작했던 해에 헨리 리들이 학장으로 부임해 왔습니다. 도지슨, 즉 캐럴은 헨리 리들의 가족과 친해졌습니다.

리들의 세 딸을 데리고 소풍을 가서 보트를 타며 놀던 어느 날이었습니다. 캐럴은 지루해하는 아이들을 위해 보트 위에서 즉흥적으로 이야기를 지어냈습니다. 이 이야기에는 세 딸의 이름이 들어가게 되는데 둘째 딸의 이름이 바로 앨리스 리들이었습니다. 그렇습니다. 이 이야기가 『이상한 나라의 앨리스』의 출발이었지요. 이외에도 첫째 딸 로리나는 앵무새 로리, 막내 에디스는 어린 독수리

Eaglet, 함께 보트에 타고 있던 신학생 로빈슨 더크워스는 오리duck가 되었습니다. 심지어 내성적인 성격으로 말 더듬는 습관이 있어서 자기소개를 할 때마다 "저는 도…… 도…… 도지슨이라고 합니다." 라고 했던 캐럴 자신을 빗대어 도도새를 등장시키기도 합니다. 또 도마뱀은 현직 수상의 이름, 모자 장수는 당시 유명한 발명가의 이름에서 따왔습니다. 등장인물들의 이름에서부터 알 수 있듯이 『이상한 나라의 앨리스』는 패러디와 블랙 유머를 좋아하는 영국인 특유의 '영국식 농담'에 가까운 소설입니다. 내용이 한없이 황당해진 것은 별다른 계획 없이 앉은 자리에서 이야기를 이어 붙이다 보니 그렇게 된 측면이 크고요.

자신이 주인공으로 등장해서 그런지 캐럴의 이야기에 크게 흥미를 느낀 앨리스는 기회가 될 때마다 그 뒷이야기를 해 달라고 졸랐습니다. 그러면서 앨리스는 "말도 안 되는 이야기들을 잔뜩 넣어 주세요."with lots of nonsense in it라는 주문을 합니다. 그 주문에 맞추려다 보니 『이상한 나라의 앨리스』는 이른바 난센스 문학 장르의 선구적 작품으로 손꼽히게 되었지요. 바로 이런 측면 때문에 독설가로 악명 높은 오스카 와일드를 비롯해 많은 이들의 열광을 이끌어 낼 수 있었고요.

출간을 결심하게 된 데에도 앨리스가 있습니다. 앨리스가 거듭 읽을 수 있도록 이 이야기를 종이에 써 달라고 부탁하자 캐럴은 선물 삼아 글을 써 나갔습니다. 그런데 우연히 캐럴의 집에 놀러 왔다가 이 글을 보게 된 소설가 친구가 출간을 권유했습니다. 내성적인 성격답게 계속 주저하던 캐럴은 다른 친구에게 한번 읽어 보라고 원고를 넘겨주었습니다. 그 친구의 여섯 살 난 아들이 아버지로부터 원고를 받아 읽고는 "세상에 이 책이 6만 권 있었으면 좋겠어요!"라고 말하지요. 아이 입장에서는 꽤 큰 수를 말한 셈인데, 이 책이 6만 권의 1,000배가 넘게 세상에 존재하게 될 줄은 그 아이의 상상력으로도 가늠할 수 없었을 겁니다. 이 반응에 용기를 얻은 캐럴은 본격적으로 출간을 결심하게 됩니다.

앨리스에게 선물하려고 쓴 원고는 출판하기엔 분량이 너무 적었습니다. 『이상한 나라의 앨리스』의 앞부분에 해당하는, 토끼 굴에 빠져서 겪는 모험담만 있었지요. 그래서 캐럴이 붙인 제목은 '땅속에서의 앨리스의 모험'이었습니다. 그런데 출판을 위해 책 분량을 두 배로 늘리고 보니 앨리스가 지하뿐 아니라 이곳저곳을 다 돌아다니게 되었습니다. 당연히 제목도 바뀔 필요가 있었기에 원래 제목에서 앞부분은 놔두고 뒷부분의 장소만 확장해서 '이상한 나라의 앨리스의 모험'Alice's Adventures in Wonderland이 되었습니다.

그런데 이렇게 제목을 붙이고 나니 너무 길기도 하고 'S'가 반복되는 발음이 불편하기도 해서 사람들은 그냥 '이상한 나라의 앨리스'Alice in Wonderland라고 불렀습니다. 나중엔 출판되는 책에도 축약된 제목이 붙었고 그것을 번역한 우리나라에서도 이 제목으로 알려지게 된 것입니다.

본편의 인기에 힘입어 출간한 속편 『거울 나라의 앨리스』Through the Looking Glass라는 제목도 재미있습니다. 이 책이 미국에서 출간되자 독자들로부터 “도대체 ‘looking glass’가 뭐예요?”라는 질문이 쏟아졌습니다. 쉽게 말하자면 looking glass는 거울mirror의 영국식 표현입니다. 루이스 캐럴은 영국인이었으니 당연히 이 표현을 사용한 것이고요. 그래서 우리나라에도 ‘거울 나라의 앨리스’라고 번역되었습니다.

문제는 looking glass와 mirror가 정확하게 같은 것은 아니라는 점입니다. looking glass는 우리가 알고 있는 거울이 맞지만 mirror는 웹스터 사전의 설명을 참고하면 거울을 포함해 상을 비추어 볼 수 있는 대상을 전반적으로 지칭하는 단어입니다. 어떤 이는 이 차이를 그리스 신화의 페르세우스 이야기를 예로 들어 설명하기도 합니다. 메두사를 쳐다보면 돌로 변하는 저주를 피해서 메두사의 목을 베기 위해 페르세우스는 잘 닦은 방패에 메두사의 모습을 비추어 공격하지요. 이때 방패는 거울과 같은 역할을 하지만 정확히 거울은 아니므로 mirror라고 불러야 한다는 것입니다. 즉, looking glass는 유리 뒤에 수은이나 반사판을 덧대어 만든 거울만을 의미하는 반면, mirror는 무언가를 비추어 볼 수 있는 대상을 통틀어 의미한다는 점에서 차이가 있습니다.

도대체 이런 구분이 무슨 의미가 있을까요? 여기에는 계급적 차이가 반영되어 있습니다. 사실 루이스 캐럴은 고급 사립 학교인 럭비 고등학교(네, 여러분이 아시는 그 럭비가 시작된 학교 맞습니다.)를 나온 뒤, 옥스퍼드 대학 출신 아버지를 따라 같은 대학에 진학하여 모교에서 교수가 된, 요즘 말로 ‘금수저’에 해당하는 사람입니다. 그러니 속편에서 고풍스러운 화장대 거울을 묘사할 때 looking glass라는 정확한 표현이 자연스럽게 떠올랐겠죠. 하지만 영국 하층민 혹은 미국인들은 mirror라는 두루뭉술한 표현이 더 익숙하기 때문에 이런 혼란이 발생한 것입니다.

이 두 표현이 계급적 차이를 나타내는 상징처럼 사용되면서 이를 가리켜 'looking glass와 mirror의 전쟁'이라고 일컫기도 하고 계급 간에 사용되는 단어의 차이를 'U'와 'not U'(여기서 u란 상류층, Upper Class를 의미합니다.)로 나누는 분류학이 나오기도 했습니다.

여기에 looking glass라는 표현을 말 그대로 '들여다보는 유리'로 받아들여 돋보기나 망원경까지 looking glass라고 부르는 사람들이 생겨나 혼란은 더욱 커졌습니다. 동명의 영화사도 있고 팝 앨범도 있는데 둘 다 망원경 그림을 그려 놓았습니다.

최근엔 격식을 갖춰서 만든 거울, 특히 앤티크한 거울은 looking glass라고 부르고 일반적인 거울은 mirror라고 부르는 것으로 대충 용법이 정리되어 가고 있습니다만, 이 작품의 인기가 지속되고 있는 만큼 "도대체 'looking glass'가 뭐예요?"라는 질문도 끊임없이 이어지고 있습니다. 어원학 사이트에 가서 이 질문을 올리면 질릴 대로 질린 회원들에게 "아, 좀 딴 데 가서 검색해 보고 오세요!"라고 핀잔을 받을 정도입니다.(네, 저도 받았습니다.)

작가만큼 유명한 삽화가, 존 테니얼

현대 스파이 소설의 선구자로 꼽히는 에릭 앰블러의 1938년 소설『어느 스파이의 묘비명』에는 이런 구절이 나옵니다.

> "이 아저씨는 테니얼이 그린 트위들덤과 트위들디와 꼭 같지 않나요? 그런 바지만 입히면!"

약간 방심한 채로 책을 읽다가 이 구절에서 좀 놀랐습니다. 소설에서는 더 이상의 언급이 없고 주석도 붙어 있지 않더군요. 즉 이 구절은 소설을 읽는 독자들이 모두 트위들덤과 트위들디라는『이상한 나라의 앨리스』속 캐릭터들, 더구나 존 테니얼이라는 삽화가와 그의 그림까지 다 알고 있다는 전제를 깔고 있는 것입니다. 글을 쓴 작가는 기억해도 삽화가에 대해서는 잘 모르거나 관심을 갖지 않는 독자가 대부분입니다. 그래서 작가만큼이나 유명한 삽화가의 존재는 신기하고 예외적으로 느껴집니다.

루이스 캐럴은 이 원고를 앨리스에게 선물하려고 했기 때문에 처음 손으로 쓸 때부터 그림을 그릴 자리를 비워 두었고 그 공간에 본인이 직접 그림을 그려 넣었습니다. 그의 삽화는 습작에 가까워서 도저히 출판물에 그대로 쓸 수준이 아니었습니다. 하지만 적어도 앨리스만큼은 원래 앨리스의 모습에 아주 가깝게 그렸습니다. 캐럴 자신도 바로 그런 이유 때문에 다른 사람에게 삽화를 맡기고

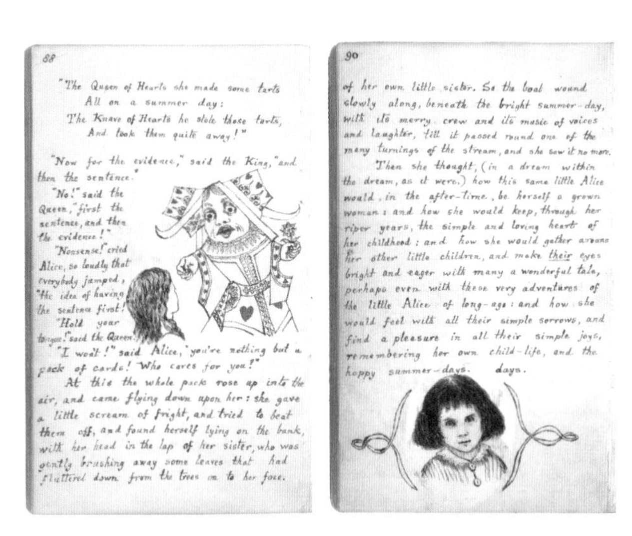

88

"The Queen of Hearts she made some tarts
All on a summer day:
The Knave of Hearts he stole those tarts,
And took them quite away!"

"Now for the evidence," said the King, "and then the sentence."
"No!" said the Queen, "first the sentence, and then the evidence!"
"Nonsense!" cried Alice, so loudly that everybody jumped, "the idea of having the sentence first!"
"Hold your tongue!" said the Queen.
"I won't!" said Alice, "you're nothing but a pack of cards! Who cares for you?"
At this the whole pack rose up into the air, and came flying down upon her: she gave a little scream of fright, and tried to beat them off, and found herself lying on the bank, with her head in the lap of her sister, who was gently brushing away some leaves that had fluttered down from the trees on to her face.

90

of her own little sister. So the boat wound slowly along, beneath the bright summer-day, with its merry crew and its music of voices and laughter, till it passed round one of the many turnings of the stream, and she saw it no more.
Then she thought, (in a dream within the dream, as it were,) how this same little Alice would, in the after-time, be herself a grown woman: and how she would keep, through her riper years, the simple and loving heart of her childhood: and how she would gather around her other little children, and make their eyes bright and eager with many a wonderful tale, perhaps even with these very adventures of the little Alice of long-ago: and how she would feel with all their simple sorrows, and find a pleasure in all their simple joys, remembering her own child-life, and the happy summer-days. days.

캐럴이 손수 글을 쓰고 삽화를 그린 최초의 원고.

싫어 하지 않았습니다. 하지만 출판사에서 도저히 안 되겠다고 고개를 가로젓자 친구들에게 삽화가를 소개해 달라고 부탁했고, 더크워스의 추천으로 만난 사람이 당대의 유명한 삽화가였던 존 테니얼입니다.

캐럴은 테니얼에게 앨리스를 어떻게 묘사해야 하는지 세세하게 설명하기도 하고, 다른 여자아이 모델의 사진을 참고용으로 보내기도 했습니다. 그런데 테니얼은 캐럴의 애절한 호소는 들은 척도 하지 않고 자기 마음대로 그림을 그렸습니다. 그 결과 앨리스는 머리는 가분수에 다리는 짧은, 어딘지 불안정해 보이는 아이의 모습이 되어 버렸습니다. 특히 목이 길게 늘어난 앨리스의 모습은 정말

TWEEDLEDUM AND TWEEDLEDEE. 223

'DEE,' "if you think we're alive, you ought to speak."

"I'm sure I'm very sorry," was all Alice could say; for the words of the old song kept ringing through her head like the tick-

ing of a clock, and she could hardly help saying them out loud:

"Tweedledum and Tweedledee
Agreed to have a battle;
For Tweedledum said Tweedledee
Had spoiled his nice new rattle.

CHAPTER II.

THE POOL OF TEARS.

"CURIOUSER and curiouser!" cried Alice (she was so much surprised, that for the moment she quite forgot how to speak good English); "now I'm opening out like the largest telescope that ever was! Good-bye, feet!" (for when she looked down at her feet, they seemed to be almost out of sight, they were getting so far off,) "Oh, my poor little feet, I wonder who will put on your shoes and stockings for you now, dears? I'm sure *I* shan't be able! I shall be a great deal to far off to trouble myself about you: you must manage the

(왼쪽)트위들덤과 트위들디.
(오른쪽) 목이 긴 앨리스.

존 테니얼의 자화상.

공포 영화의 한 장면이 따로 없습니다. 후에 디즈니에서 애니메이션으로 만들어진 천사 같은 앨리스의 모습에 익숙한 분들께는 더욱 충격과 공포를 안겨 주는 그림이 아닐까 싶습니다. 테니얼은 왜 이렇게 이상한 그림을 그렸을까요?

원래 존 테니얼은 『펀치』 매거진의 카투니스트로 유명한 사람이었습니다. 카투니스트인 만큼 당연히 대상을 비꼬고 과장하는 방식의 그림에 능했죠. 하지만 테니얼의 화풍이 원래 그렇다 하고 넘어갈 것이 아니라, 그런 사실을 뻔히 알면서도 왜 더크워스는 테니얼을 추천했고 출판사는 이를 받아들였으며 또한 왜 테니얼의 그림이 독자들에게 열렬한 환영을 받았는지 생각해 볼 필요가 있습니다.(테니얼의 그림은 오직 한 사람, 책의 저자인 루이스 캐럴만 싫어했던 것 같습니다.)

앞서 말씀드린 대로 『이상한 나라의 앨리스』는 애초에 말도 안 되는 이야기들을 이어 붙인 길고 긴 농담과 같은 것입니다. 영국식 농담이죠. 온갖 말장난으로 아이러니하게도 영어의 수준을 높인 것으로 평가받고 있는 셰익스피어부터, 평전보다 농담 어록이 더 두껍다는 처칠, 그리고 재치 있는 유머가 난무하는 소설 『은하수를 여행하는 히치하이커를 위한 안내서』와 장수 텔레비전 드라마 시리즈 「닥터 후」까지 이어지는 영국의 면면한 전통이라고 할 수 있습니다.

한 장면만 예를 들어 볼까요? 책의 첫 장면에서 앨리스는 흰 토끼를 따라 토끼 굴에 들어갔다가 어둡고 긴 굴속으로 떨어지게 됩니다. 핵심만 간결하게 표현한다면 '아주 긴 굴을 따라 한없이 추락하다가 마침내 바닥에 닿았다'라고 한두 문장 정도로 처리할 이 부분을 캐럴은 한없이 잡아 늘입니다. 오래 추락하다 보니 앨리스는 배가 고파졌는데 잘 보니 굴속 여기저기에 찬장이 있길래 거기서 무언가 먹으려고 집어들기도 하고, 그래도 추락이 끝나지 않자 이런저런 딴생각을 하기도 합니다. "이 상태로 지구 반대쪽으로 나가면 나는 거꾸로 걸어 다니게 되는 걸까?" 하는 '과학적인' 고민부터 "고양이 다이나가 함께 있었다면 좋았을 텐데……. 공중에는 쥐가 없지만 대신 박쥐를 잡으면 되잖아?"라는 '아재 개그'까지. 이런저런 넋두리를 한참 하고 난 다음에 지겨워질 만해서야 비로소 앨리스는 바닥에 닿습니다. 즉, 내러티브로서 추락이라는 사건이 중요한 것이 아니라 에피소드로서 그 과정에서 파생되는 패러디와 아이러니가 더 중요하게 다루어지고 있습니다.

앞서 『이상한 나라의 앨리스』에 나오는 등장인물들이 모두 당대의 실존 인물들에 대한 패러디라고 말씀드렸지요. 여기저기 뜬금없이 등장하는 시 역시 당대에 유명했던 문학 작품들을 조금씩 비꼬아서 만든 패러디입니다. 모델이 된 인물이나 시를 잘 모르는 우리들로서는 어떤 부분이 재밌는지 포착하기 힘들지만, 당시 사람들은 이런 비틀어 꼬기에 포복절도하지 않았을까요? 이런 내용에 걸맞은 그림은 카툰과 같은 과장되고 우스꽝스러운 그림이겠지요.

처음 책을 내는 신인 작가인 주제에 거대 출판사 맥밀런에 "아이들이 좋아할 테니 표지는 빨간색으로 해 주세요." 등등의 디테일을 수없이 요구하며, 심지어 초판 2,000부는 삽화의 인쇄 상태가 마음에 안 든다고 폐기를 강행하기까지 했던 캐럴이었지만 투덜거리면서도 테니얼의 그림을 받아들였습니다. 스스로도 이 이야기가 패러디로서 가치를 갖는다는 점을 인정했기 때문일 것입니다.

시간과 공간의 제약이 있는 패러디가 20년, 30년이 지나고 전 세계로 공간이 확장되면서 본래의 의미가 옅어지자 『이상한 나라의 앨리스』는 패러디물이 아니라 동화로 자연스럽게 탈색이 이루어집니다. 디즈니의 애니메이션은 그 탈색된 바탕에 화려한 색을 덧칠했고, 이후 출간되는 책들의 삽화는 대부분 디즈니적 환상에서 출발하게 됩니다.

퇴색되는 신화

이제부터는 『이상한 나라의 앨리스』에 관련된 가장 이상한 이야기를 하겠습니다. 스미소니언 재단에서 발간하는 월간지 『스미소니언』 2010년 4월 호에 「루이스 캐럴의 변화된 평판」이라는 글이 실렸습니다. 부제는 '왜 『이상한 나라의 앨리스』 저자인 루이스 캐럴에 대한 대중의 평가는 그렇게 극적으로 뒤집히게 되었을까?'였습니다. 도대체 이게 무슨 소리인가 싶지요? 시간을 거슬러 논란이 시작된 시점으로 돌아가 보겠습니다.

루이스 캐럴은 옥스퍼드 대학 교수로서 당대의 엘리트였고 성공회 교구의 집사 신분인 데다 독신이었습니다. 게다가 환상적인 동화를 쓰면서 아이들을 사랑하는 이미지를 보여 주었기 때문에 천사 같은 아이들과 늘 함께하는 성자 같은 이미지를 가지고 있었습니다. 빅토리아 시대에는 고전적이면서 스마트하고 동시에 품이 넉넉한 영국 신사의 모습이 강조되었는데 캐럴은 그에 딱 맞는 인물이었죠. 영국 왕실에서 손자들과 만나도록 초청할 정도였다고 하니 그가 당대에 얼마나 좋은 평판을 지니고 있었는지 알 만합니다. 문제는 1898년 캐럴이 세상을 떠난 후 주변인들이 그에 관한 기억이나 숨겨진 이야기들을 여기저기 팔고 다니면서 시작되었습니다.

처음에는 분위기가 그리 나쁘지 않았습니다. 캐럴은 당시에 무척 비싸고 귀한 물건이었던 카메라를 소유하고 열정적으로 사진을 찍는 사진가이기도 했습니다. 생전에 찍은 사진 중 지금 남아 있는 것만도 약 3,000장이나 될 정도입니다. 그의 사후, 조카인 콜링우드는 캐럴의 전기를 출판하면서 '어린이의 친구'라는 챕터에 남자아이들을 안고 볼에 키스하며 웃고 있는 캐럴의 사진들을 넣었습니다. 여기까지만 해도 캐럴의 기존 이미지와 그리 다르지 않은 모습이었습니다.

그런데 1930년대 유럽 지성계에 프로이트 정신 분석학이 크게 유행하면서 다양한 현상들을 성적 충동과 그 억압을 통해 이해하려는 시도들이 늘어나자, 사람들은 갑자기 루이스 캐럴에 주목했습니다. 사실 지금까지 제가 말씀드린 이야기들의 행간을 주의 깊게 읽은 분들이라면 어딘가 어색하다는 느낌을 받으셨을 것입니다. 아무리 친절한 신사라고는 하지만 아이에게 선물하기 위해 수작업으로 책 한 권을 통으로 만들고 거기에 직접 삽화까지 그리는가 하면, 특히 앨리스를 묘사한 삽화에 애면글면하는 모습은 친절이라기엔 좀 과하지 않나요?

1933년 저널리스트인 앤서니 골드슈미트가 「『이상한 나라의 앨리스』에 대한 정신 분석」이라는 글을, 심지어 옥스퍼드 대학 출판부에서 펴내면서 캐럴을 향한 십자포화가 시작되었습니다. 이 글에서 캐럴이 앨리스에 대한 성적 욕망을 소설로 표현했다고 결론 내렸기 때문입니다. 사실 골드슈미트는 정신 분석학 전문가도 아니었습니다. 앨리스가 구멍으로 추락하는 장면이 성교를 의미한다고 주장할 만큼 그의 논리는 그럴 것 같다 하는 '느낌적인 느낌'에 가까운 수준이었습니다. 하지만 일단 봇물이 터지자 수많은 사람이 이 소설의 텍스트와 캐럴의 행적을 두고 난도질했습니다.

여기에 앨리스의 언니 로리나가 전기 작가와의 인터뷰에서, 캐럴이 부모님을 통해 열한 살 난 앨리스에게 청혼했다는 말을 하면서 사태는 걷잡을 수 없이 폭발하게 됩니다. 이미 나이가 여든이 넘은 로리나가 앨리스를 질투해서 지어낸 말이다, 아니 사실은 캐럴이 앨리스가 아닌 로리나에게 청혼한 것이고 로리나는 당시 열네 살이었으니 빅토리아 시대의 전통으로 보아 결혼이 가능한 나이였다 등등의 설이 난무했습니다. 그 와중에 캐럴이 리들가의 가정 교사를 포함해 여러 여자에게 '우리 집에서 하루 묵고 가지 않으실래요?'라는 요지의 편지를 보낸 사실이 드러나면서 캐럴의 이중성에 대한 성토는 절정을 향해 갑니다. 한 술 더 떠, 『롤리타』를 집필해 아동에 대한 성적 욕망을 '롤리타 콤플렉스'라고 부르게 된 계기를 만든 러시아 작가 블라디미르 나보코프까지 나섭니다. 그는 직접 『이상한 나라의 앨리스』의 러시아판을 번역하면서, 루이스 캐럴이 열두 살 소녀 롤리타를 사랑한 주인공 험버트와 '불쌍한 동지'라고 낙인을 찍어 버립니다. 급기야 캐럴이 생전에 찍은 약 3,000장의 사진 가운데 절반 이상이 아이들의 사진이고 심지어 그중 30장 이상은 누드 사진이라는 것까지 밝혀졌습니다. 1999년 이 사진들이 전시회를 통해 공개되면서 캐럴은 오도 가도 못하는 아동 성애자가 됩니다.

아동이나 청소년 관련 성적 표현물을 가지고만 있어도 죄가 되는 우리나라에서 『이상한 나라의 앨리스』가 금서 목록에 오르지 않은 것이 이상할 지경입니다.

시대에 따른 해석의 차이?

루이스 캐럴을 성자나 영국 신사로 여기던 분위기에 대한 반작용으로 그를 변태로 비판하는 것이 지난 세기의 흐름이었다면, 최근 들어서는 캐럴의 행동을 당대의 기준에서 재평가해야 한다는 시각이 늘어나고 있습니다. 이 시각에 따르면, 아이들과 어른들의 친밀한 관계가 유독 권장된 빅토리아 시대에는 어린이에 대해 현재의 시각과 상당히 다른 관점들이 존재했던 터라 캐럴의 행동이 그렇게 이상하거나 비난받을 만한 것이 아니었다고 합니다. 심지어 아이들의 누드 사진을 찍는 것이 당시 유행이었고, 논란의 근거가 되고 있는 앨리스의 사진도 친부모의 허락을 받고 찍은 것이라는 주장도 있습니다. 남녀칠세부동석이 등장하는 조선 시대 소설에 대해 2016년의 시점에서 여성 차별이라고 평가한다면 핀트가 어긋나는 것처럼, 캐럴에 대한 비판은 시대의 차이를 무시한 억지라는 것입니다.

조금 다른 주제지만 『이상한 나라의 앨리스』의 대표적인 에피소드 중 하나인 '버섯 위의 애벌레' 이야기도 이와 비슷한 사례입니다. 1960년대 히피들은 정신적 자유와 해방을 강조하는 가운데 약물 활용 방법을 적극적으로 모색했습니다. 하버드 대학에 환각 물질 연구소를 차린 티모시 리어리 교수나, 평생 엑스터시를 비롯해 다양한 신종 마약을 합성한 알렉산더 슐긴 같은 이들이 대표적인 사례입니다. 심지어 리어리의 영향을 받은 시인 앨런 긴즈버그는 "흐루시초프와 케네디가 엘에스디LSD를 함께 복용한다면 냉전이 끝날 것"이라고 말할 정도였습니다. 히피들은 고전 문학이 된 동화 『이상한 나라의 앨리스』가 담고 있는 몽환적 성격에 주목했습니다. 이야기 자체가 논리성에 구애받지 않고 한없이 확장되는 상상력을 다루고 있어서 그들의 지향점에 부합했기 때문입니다. 기성세대가 침대 머리맡에서 읽어 주던 동화를 뒤튼다는 쾌감도 있었을 것입니다.

무엇보다 이 작품에는 약물과 직접 연관될 만한 장면들이 등장합니다. 히피들이 가장 주목한 장면은 앨리스가 탁자 위에 놓인 약을 먹고 몸이 커졌다 작아졌다 하는 부분입니다. 동화 속에서는 토끼를 따라 작은 문을 들락거리기 위해 약을 먹는 것으로 묘사되지요. 그런데 히피들에게 이 장면은 마약을 복용했을 때 자신이 크게 부풀어 오르거나 아주 작아지거나 혹은 공중을 둥둥 떠다니는 것처럼 환각을 느끼는 현상으로 보였던 것입니다. 1960년대를 풍미한 사이키델릭 록 그룹 제퍼슨에어플레인은 「화이트 래빗」White Rabbit이라는 곡의 가사에서 직접적으로 앨리스를 호명하면서 소설 내용을 마약의 효과와 직접 연관시켰습니다. 이 노래가 크게 히트하면서 앨리스 역시 히피들처럼 반사회적이라는 시선을 받게 됩니다.

> 한 알의 약을 먹으면 너는 더 커지고
> 한 알을 더 먹으면 너는 작아지지
> 그리고 엄마가 준 약들은
> 아무 효과도 없어
> 앨리스에게 부탁해 봐
> 그녀가 3미터로 커졌을 때
>
> 토끼를 쫓아가면 구멍에 빠질 거란 걸 알고 있지

물 담배를 빨고 있는 애벌레에게 이야기해 봐
앨리스를 불러 봐
그녀가 아주 작아졌을 때

앨리스가 토끼 굴에 빠지는 모습을 성교와 연관시키는 것처럼 이런 가사 역시 관점에 따라서 얼마든지 해석이 바뀔 수 있습니다. 그럼에도 버섯 위의 애벌레가 등장하는 장면은 꽤나 충격적입니다. 애벌레가 빨고 있는 물 담배는 원래 아편을 흡입하는 수단일뿐더러, 애벌레가 앉아 있는 버섯은 히피들이 마약 대용품으로 사용하던 환각 버섯을 그대로 연상시키기 때문입니다.

저도 어렸을 때 이 부분을 읽으면서 무척 당황스러웠던 기억이 있습니다. 동화책에 버젓이 물 담배를 피우는 애벌레가 나오다니 이래도 되는 건가 의아했죠. 어른이 담배를 피우는 장면조차 텔레비전에서 모자이크 처리가 되는 요즘 같은 시대엔 아마 부모들이 아이에게 읽어 주다가 건너뛰고 싶은 장면이 아닐까 싶습니다.

생각해 보면 우리나라에도 '호랑이 담배 피우던 시절'이라는 관용구가 있습니다. 워낙 흔히 쓰는 표현이라 그러려니 하지만, 상상할 수 없는 일이 벌어지던 아주 오랜 옛날이라는 의미로 얼마든지 다른 표현들이 가능했을 텐데 왜 하필 담배였을까요?

정탐할 목적으로 구한말 조선에 온 혼마 규스케가 당시 사회상과 정보 들을 꼼꼼히 기록하여 남긴 『조선잡기』에는, 조선인들의 지독한 담배 사랑에 그가 혀를 내두르는 장면이 나옵니다. 남자든 여자

든 심지어 아이들에 이르기까지 곰방대를 입에서 떼어 놓는 일이 없었다지요. 오죽하면 공중목욕탕에 와서도 벌거벗은 채 곰방대를 빠끔빠끔 빨고 있는 사람이 드물지 않았다고 합니다. 즉, 지금과 달리 당시 조선 사람들은 담배에 대한 저항감이 거의 없었고, 따라서 호랑이가 담배 피우는 모습을 자연스럽게 연상한 것이지요.

마찬가지 논리가 『이상한 나라의 앨리스』의 버섯 위 애벌레 장면에도 적용될 수 있습니다. 일단 버섯에서 마약을 연상하는 것은 1960년대 환각 버섯이 널리 사용되면서부터의 일이니 단순한 우연의 일치일 것입니다. 문제는 물 담배를 빠는 장면인데, 현재와 같이 아편의 사용이 법적으로 엄격하게 금지된 것은 의외로 그리 오래

되지 않았습니다. 중동을 통해 유럽으로 유입된 아편은 요즘의 커피처럼 공공의 사교 공간에서 즐기는 레크리에이션의 한 수단이었습니다. 이때 사용된 도구가 물 담배였지요. 특히 빅토리아 시대에는 규모가 큰 주택이라면 흡연실을 따로 두고 물 담배를 상비해 둘 정도였습니다. 유명한 탐정 캐릭터 셜록 홈스 역시 아편 중독으로 나오지만 질병이라기보다는 특정한 기호나 취미에 지나치게 빠져드는 성향 정도로 묘사되고 있지요. 아편이 세계적으로 금지 약물로서 관리되기 시작한 것은 1908년 무렵이고, 영국의 경우 1920년에 와서야 관련 입법이 이루어졌습니다. 그러니 『이상한 나라의 앨리스』가 집필된 1865년의 시점에서 물 담배는 그저 신사의 취미처럼 여겨졌을 테지요. '담배 피우는 호랑이'와 '아편 빠는 애벌레'는 결국 같은 선상에 놓인 알레고리인 것입니다.

진실은 저 너머에

그렇다면 옹호자들의 주장대로 캐럴의 행동은 당시로서는 그다지 문제 되지 않는 매우 정상적인 것이었을까요? 당사자가 아닌 한, 150여 년 전에 어떤 일이 있었는지 정확히 파악하고 평가하는 것은 불가능한 일입니다. 다만 현재까지 남아 있는 자료들을 종합해 보면 캐럴의 행동이 당시에도 꼭 일반적인 것은 아니었던 것 같습니다.

캐럴은 1832년생입니다. 주인공의 실제 모델인 앨리스 리들은

리들가의 세 자매, 맨 오른쪽이 앨리스이다.

1852년생으로, 정확히 스무 살의 나이 차이가 있죠. 두 사람이 처음 만난 것은 1856년이었습니다. 캐럴은 24세, 앨리스는 겨우 4세일 때입니다. 처음 만난 이후로 캐럴은 리들가에 뻔질나게 드나들었는데, 정작 집주인인 리들 부부는 안중에도 없고 거실이든 정원이든 세 딸들, 특히 앨리스를 찾아다니며 놀아 주려고 했다고 합니다. 그러면서 앨리스의 사진을 찍어 주고 싶은데 카메라가 자신의 집에 있으니 앨리스를 집으로 보내 달라고 리들 부인에게 부탁합니다. 당시에는 카메라가 지나치게 비싼 데다 이런저런 거창한 장비들이 딸려 있었습니다.

아이의 모습을 사진으로 남길 흔치 않은 기회라고 생각해서 리들 부인은 쾌히 승낙합니다만, 캐럴의 초청이 한 번에 그치지 않고 두 번, 세 번 거듭되자 점차 의심을 품게 됩니다. 공식적으로 기록에 남아 있지는 않지만, 리들 부인은 앨리스에게 캐럴이 사진을 어떻게 찍더냐고 물었을 것이고, 맨살이 다 드러나는 누더기 옷이나 혹은 전라로 사진을 찍었다는 대답을 들었을지도 모르겠습니다. 리들 부부가 캐럴에게 더 이상 아이들의 사진을 찍지 말고 가급적 만남을 자제해 달라고 요청했거든요. 이를 보면 빅토리아 시대에는 아이들 누드 사진을 찍는 게 자연스러웠다는 옹호자들의 주장이 사실인지 의심스럽습니다. 적어도 리들 부부는 이것이 정상적인 행동이 아니라고 느꼈던 것 같습니다.

캐럴이 리들가의 가정 교사에게 보낸 편지들도 남아 있습니다. 어떻게든 가정 교사와 친해지려고 노력하는 캐럴의 마음이 드러나 있습니다. 이 편지를 근거로 캐럴이 실제로 좋아한 사람은 아이들이 아니라 가정 교사였다고 주장하는 연구자들도 있습니다. 하지만 리들 부부 몰래 아이들을 만나기 위해 가정 교사와 친해지려 한 것이라는 주장이 더 설득력 있는 것 같습니다. 실제로 캐럴은 리들 부부가 여행을 가면 보호자 역할을 했던 가정 교사의 도움을 받아 아이들을 만났습니다.

『이상한 나라의 앨리스』를 낳은 1862년의 소풍도 그런 와중에 이루어진 것입니다. 리들 부부의 의심 어린 눈초리를 피해 야외에서 아이들을 만나 보트에 태우고 강을 거슬러 오르다가 이야기를 지어냈지요. 앨리스가 이 이야기를 재밌어하자 캐럴은 뒷이야기를 들려주겠다는 구실로 몇 번 더 만나려고 시도합니다. 하지만 이 소풍에 대해 알게 된 리들 부부는 크게 화를 내며 아예 캐럴이 리들가에 발을 들이지 못하도록 막습니다. 1863년의 일이지요.

이런 흐름에서 보면 왜 캐럴이 『이상한 나라의 앨리스』를 처음에 손수 책으로 만들었는지 알 수 있습니다. 만나서 이야기해 줄 수 없으니 글로 쓰고 또 자신의 마음을 담은 그림을 그린 것이지요. 그렇게 1년 넘게 만든 책을 앨리스에게 크리스마스 선물로 직접 주고 싶다며 리들가를 찾아가지만 문전박대를 당합니다. 그래서 크리스마스에서 하루 지난 26일에야 앨리스에게 전해 줄 수 있었다고 합니다. 그리고 이듬해인 1865년 이 원고를 확장해 정식 책으로 출판한 것입니다.

캐럴은 앨리스 외에도 많은 아이와 수시로 편지를 주고받았습니다. 일기도 매일같이 썼기 때문에 그의 사후에 남은 일기장만 열세 권이나 됩니다. 하지만 무슨 이유에서인지, 캐럴이 숨을 거두자 가족들은 그가 남긴 기록물 상당수를 벽난로에 넣어 태워 버립니다. 아이들의 편지도 이 과정에서 대부분 잿더미가 되었고 특히 앨리스와 주고받은 편지는 거의 남지 않았습니다. 후에 공개된 일부 일기장에서도 앨리스와 관련된 페이지들이 찢겨 나가 있었습니다. 왜일까요? 그 편지와 일기, 그리고 아마도 함께 사라졌을 많은 사진에는 어떤 내용이 담겨 있었을까요?

솔직히 별로 궁금하지는 않습니다. 혹시 누군가 그 자료들을 가지고 있더라도 영원히 어둠 속에 묻어 두었으면 하는 마음입니다.

남은 이야기

출간되자마자 전 세계적인 베스트셀러가 된 소설의 실제 모델이고 보니 앨리스의 삶 또한 세간의 관심에서 벗어나기 힘들었습니다. 그런 이유 때문에 앨리스는 더더욱 캐럴을 편하게 만나기 어려웠을 테지요. 당시라고 해서 이런저런 뒷말이 없지는 않았던 것 같습니다. 출간 이후 둘 사이의 연락은 거의 끊겼다고 합니다. 앨리스는 부유한 자산가이자 크리켓 선수를 만나 결혼하는데 캐럴은 이 성대한 결혼식에도 참석하지 않았습니다.

캐럴도 부담을 느꼈는지 속편 『거울 나라의 앨리스』에 대해서는 주인공 앨리스의 모델이 앨리스 리들이 아니라 여행 중에 만난 앨리스 레이크스라는 여성이라고 인터뷰하기도 했습니다. 구설을 피하고자 하는 마음은 이해하지만 우연히 이름이 같은 다른 사람을 속편의 모델로 썼다고 주장하는 것은 좀 무리가 아닌가 싶습니다.

대중의 호기심은 앨리스의 결혼 후에도 계속되었습니다. 앨리스의 세 아들 중 위의 둘은 1차 대전에서 전사하고 막내만 살아남았는데, 이 막내의 이름이 캐럴Caryl이었습니다. 사람들은 혹시 캐럴의 이름을 따서 붙인 것 아니냐며 쑥덕거렸고, 앨리스는 매번 캐럴과는 상관없는 이름이라고 해명해야 했습니다.

캐럴은 20세기의 시작을 보지 못하고 1898년 향년 66세로 영면에 들었지만 앨리스는 그보다 훨씬 오래 살았습니다. 오래 사는 것이 꼭 좋은 것은 아니었습니다. 앨리스는 돈 관리에는 관심도 능력도 없었던 터라, 재력가인 남편이 죽자 집안이 서서히 기울어 가게 됩니다. 저택 유지비조차 감당하기 어려운 지경이 되자 1928년 앨리스는 캐럴의 선물을 경매에 내놓습니다. 바로 캐럴이 손으로 쓴 『이상한 나라의 앨리스』 원본이었지요.

복잡한 사정이 있었을지 모르나, 그래도 저택을 팔거나 살림을 줄일 생각을 하기보다 책을 팔 생각을 먼저 했다는 점이 실망스럽습니다. 더구나 경제 사정이 안 좋았던 영국에서 구매자가 나타나지 않자 소더비 경매를 통해 이 책이 미국인에게 넘어가게 된 것은 더욱 안타까운 부분입니다. 심지어 앨리스는 미국에 건너가, 이 책을 구입한 미국 기업가의 만찬에 참석해서 자리를 빛내 주기도 하고 캐럴의 이름을 내세워 아동 기금을 모으는 행사들을 열기도 합니다.

이런저런 부산스러운 사연들을 뒤로하고 앨리스 역시 1934년 눈을 감습니다. 다행히도 2차 대전이 끝난 후인 1946년, 이 원본은 영국에 무사히 돌아왔습니다. 원본을 소유했던 기업가가 사망하여 책이 다시 경매에 나오자, 미국인들 사이에 전후 재건에 허덕이는 영국인들 대신 이 책을 사서 돌려주자는 시민운동이 벌어진 것입니다. 이 시민운동에서 모금한 돈으로 경매에서 책을 낙찰받을 수 있었지요. 현재 원본은 영국 도서관에 소장되어 이곳을 오가는 수많은 이들에게 이상하고도 신기했던 지난 세월의 이야기들을 말없이 들려주고 있습니다.

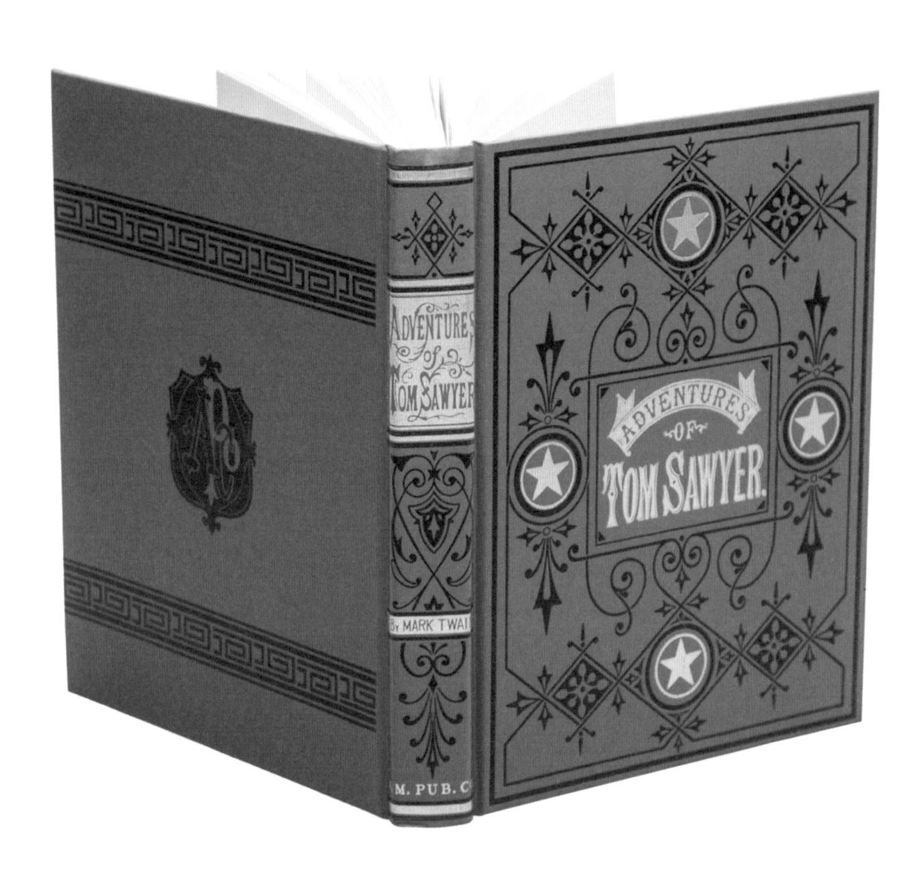

ADVENTURES OF TOM SAWYER

마크 트웨인 『톰 소여의 모험』 1991년판

3

마크 트웨인식 농담 혹은 노스탤지어

어떤 향수병

밴쿠버의 겨울은 끝없는 비의 연속입니다. 열흘 넘게 이어지는 지겨운 빗소리를 지워 볼 셈으로 솔어사일럼의 시디를 플레이어에 걸었습니다. 「향수병」Homesick이라는 노래를 듣다 보니 가사가 마음을 울렸습니다.

> 난 향수병에 걸렸어.
> 내가 한 번도 가져 본 적 없는 집에 대한 향수병.
> (I'm so homesick.
> Homesick for the home I've never had.)

내가 가져 본 적조차 없는 집에 대한 향수병에 걸렸다니……. 뿌리 없이 떠도는 사람들의 고독이 뼈에 사무치는 가사입니다. 노래를 듣는데 마음속 깊은 곳에서 닫혀 있던 기억의 서랍 하나가 삐거덕 열렸습니다.

세 소년의 영상이 하나 떠올랐습니다. 무인도의 나무 그루터기에 아무렇게나 걸터앉거나 땅바닥에 누워 모닥불을 쬐고 있는 가출한 아이들. 나룻배를 훔쳐 타고 강 하류의 무인도에 자리 잡은 아이들은 실컷 놀고 헤엄치고 배불리 먹고 낮잠을 자거나 잡담을 하며 게으름을 피우다가 잠드는, 꿈에서나 그리던 자유로운 생활에 빠져듭니다. 하지만 즐거움도 잠시, 채 며칠도 지나지 않아 모든 일이 점점 시들해져 가자 이 반항아들의 마음속에 막연한 불안과 답답함 그리고 그리움이 봄날 아침의 뿌연 안개처럼 피어오르기 시작합니다. 그런데 바로 이 장면에서 이상한 단어가 등장합니다.

그것은 바로 호움식이었습니다.

호움식? 무슨 음식인가? 어린 시절 그 책을 수십 번도 넘게 거듭 읽었기 때문에, 이 이상한 단어의 꺼끌꺼끌한 어감은 길을 걸을 때마다 발걸음에 차이는 돌부리처럼 선명하게 입안에 남아 있습니다. 어른이 되어서야 그것이 'homesick' 그러니까 향수병을 의미하는 것임을 알게 되었습니다. 어릴 적 집에 있었던 문학 전집은 일본판을 중역한 책이었는데 일본 말로 적혀 있는 이 단어를 해석할 수 없었던 번역자가 일본식 발음 그대로 표기해 버린 것입니다.

영상이 차츰 뚜렷해집니다. 모닥불 옆에 모로 누운 지저분한 아이는 허클베리 핀입니다. 그루터기에 걸터앉은 '바다의 공포' 조하퍼도 보이네요. 나뭇가지를 들고 모닥불을 쑤석이고 있는 아이는 바로 톰 소여입니다.

엉뚱한 계기로 기억의 서랍이 빼꼼 열리자 그 틈으로 온갖 기억들이 그칠 줄 모르고 흘러나왔습니다. 판자 울타리를 칠하는 일을 그럴싸한 말솜씨로 친구에게 떠넘기는 톰, 낡은 밀짚모자를 쓴 채 더러운 통 속이나 남의 집 계단 밑에서 잠을 청하는 헉, 예쁘지만 새침한 태도로 톰의 애를 태우다가 결국 마음을 여는 베키, 어떤 공포 영화의 캐릭터보다 더 무서운 인전 조, 친자식도 아닌 톰 때문에 늘 골머리를 앓으면서도 한없는 애정을 주는 폴리 이모…….

이쯤 되니 도저히 참을 수 없었습니다. 『톰 소여의 모험』을 구입하기 위해 당장 컴퓨터를 켜고 늘 가던 고서 전문 사이트들을 뒤지기 시작했습니다. 저 역시 견딜 수 없는 '호움식'에 걸려 버린 것입니다.

가장 화려한 초판

『톰 소여의 모험』은 워낙 세계적으로 유명하고 인기 많은 작품이기 때문에 판본도 다양합니다. 그 많은 판본 중에서 제가 구하기로 마음먹은 것은 바로 1876년에 발간된 초판본이었습니다. 많은 장서 수집가가 초판본, 그중에서도 1판 1쇄를 주로 구하려고 합니다. 하지만 저는 수집보다 독서가 목적이라 굳이 비싼 돈을 들여 초판본을 구입하기보다는 제 취향에 맞는 적당한 가격의 아름답고 고풍스러운 책을 찾는 편입니다. 하지만 『톰 소여의 모험』의 경우는 초판본 외에는 선택의 여지가 없었습니다. 가장 아름다운 책이 바로 초판본이기 때문입니다.

예쁜 장정을 적지 않게 봐 왔지만 이렇게 아름다운 책은 처음입니다. '파아란' 하드커버 위에 섬세하게 수놓인 장식 무늬들과 그 위에 화려하게 올라앉은 금박의 제목까지.

사실 이 표지를 놓고 밴쿠버 시내에 있는 어느 고서점 주인과 논쟁을 벌인 적이 있습니다. 제가 빅토리아 시대에 나온 책들을 통틀어 가장 표지가 아름다운 책이 『톰 소여의 모험』 초판본이라고 하니까, 고서점 주인은 그건 아마 공식적으로 판매된 책이 아니라 개인이 돈을 들여 따로 장정한 책일 거라고 주장하더군요. 이분의 주장도 일리는 있습니다. 서구에서 구텐베르크 인쇄술의 발달로 책이 대중에게 보급되기 시작한 초기부터 한동안 인쇄업과 제본업은 구분되는 직종이었습니다. 현재 우리는 인쇄와 장정이 마무리된, 책이라는 형태의 최종 결과물을 구입하는 것을 당연하게 여기지요. 하지만 과거에는 인쇄소에서 딱 본문만을 찍어서 팔았고, 이를 구입한 사람들이 자신의 필요와 취향에 따라 제본업체에 따로 장정을 맡겼습니다.

주머니가 가벼운 학생들은 표지 없이 본문 인쇄물만 가지고 다니면서 공부를 했습니다. 심지어 비용을 더 줄이기 위해 여러 친구들이 본문의 각 부분을 나누어 구입한 후 돌려 보기도 했습니다. 이렇게 돌고 돈 책들은 당연히 쉽게 훼손되어 버렸죠. 당시로는 무척 비쌌던 책의 첫 번째 용도가 이런 필수적인 학습이었다면 또 다른 용도는 사치품의 운명이 늘 그렇듯이, 부유한 집 안을 장식하는 것이었습니다. 이를 위해 별도로 전문가에게 장정을 맡길 경우, 전문가는 일단 하드커버는 기본이고 여기에 멋진 천을 씌우거나 비싼 가죽을 입힙니다. 서재를 제대로 장식하려는 의욕이 큰 사람이라면 속된 말로 '깔맞춤'을 하기 위해 책 내용과 상관없이 한꺼번에 수십 권 이상을 같은 스타일의 표지로 장정하기도 했습니다. 우리가 영화나 텔레비전을 통해 본, 가죽 장정 서적들이 늘어선 웅장한 빅토리아식 서재의 모습은 그렇게 탄생한 것입니다.

그런데 반반하게 무두질된 가죽이라는 게 그렇게 쉽게 구할 수 있는 것이 아니다 보니 이전 시대에 양피지로 만든 책들을 재활용하는 경우가 적지 않았습니다. 책을 해체해서 그 양피지를 표지로 사용하는 것이지요. 양피지는 가죽 위에 잉크로 글을 쓴 것이기 때문에 잉크가 밴 부분만 깎아 내면 그 위에 다시 글을 쓸 수 있었습니다. 그래서 표지뿐 아니라 아예 책 전체가 재활용 양피지인 경우도 꽤 됩니다.

그 시절에 장정된 표지를 벗겨 내면 원래 책보다 훨씬 진귀한 성경 필사본 조각이 발견되곤 합니다. 1229년에 만들어진 중세의 기도서에서 기원전 200년경에 쓰인 아르키메데스의 책이 발견된 사건은 매우 유명하죠. 양피지를 재활용하는 전문직도 존재했는데 이들을 영어로 팰림프세스트palimpsest라고 했습니다. 그래서 오늘날 팰림프세스트는 '숨겨진 의미'라는 뜻으로 사용되기도 합니다.

가죽 장정으로 두르고 나면 제목을 쓰고 장식을 하는 과정이 이어집니다. 소 엉덩이에 인두로 화인을 찍듯 무늬를 찍기도 하고, 제목을 금박으로 입히기도 하고, 때로는 일부분을 파내서 기하학적 문양을 만들어 내기도 합니다.

그러다 1800년대부터 출판 시장이 폭발하면서 출판사가 기하급수적으로 늘어나고 그와 함께 출판사가 장정까지 완성된 형태의 책을 판매하는 것이 일반화되었지요. 하지만 이전의 전통은 여전히 남아 있어서, 이즈음의 책들은 서지 사항을 적는 간기면에 인쇄소와 제본업체의 이름을 기재하기도 했습니다. 또 어떤 이들은 책을 구입하면 원래의 대량 배본용 싸구려 표지를 뜯어 버리고 전문 제본업체에 다시 장정을 맡기기도 했습니다. '셜록 홈스' 시리즈처럼 잡지에 장기간 연재된 소설을 모아 한꺼번에 장정해서 소장본으로 만든 책들도 오늘날 심심치 않게 중고 시장에 나옵니다.

그러니 고서점 주인이 1800년대 후반에 출판된 『톰 소여의 모험』의 본래 장정이 그렇게 화려할 리 없다, 그건 개인이 따로 장정한 것이다 하고 주장한 것도 무리는 아닙니다. 하지만 이 같은 합리적 추론에도 불구하고, 『톰 소여의 모험』은 처음부터 이렇게 화려하게 나온 것이 맞습니다. 초판본이 가장 화려했고, 이후 다시는 그렇게 화려하게 출판되지 못했습니다. 여기에는 마크 트웨인과 당시 출판계의 복잡한 사정이 얽혀 있습니다.

수로 안내원, 작가가 되다

『톰 소여의 모험』의 작가 마크 트웨인은 1835년에 태어나 미주리주의 해니벌이라는 작은 마을에서 자랐습니다. 미시시피강에 면해 있던 이 마을에서의 성장 과정은 후에 『톰 소여의 모험』과 『허클베리 핀의 모험』에 그대로 투영됩니다. 안 그래도 그리 넉넉지 않던 집안 형편은 아버지가 일찍 돌아가시면서 급격하게 기울기 시작합니다. 지금으로 치면 아직 중학생도 되지 않은 나이인 열한 살부터 트웨인은 학교를 그만두고 인쇄공 보조를 시작으로 닥치는 대로 일해야 했습니다.

별다른 희망도 없는 작은 시골 마을 아이들에게 가장 선망의 대상이 된 직업은 가끔 항구에 들어오는 증기선의 수로 안내원이었습니다. 미시시피강을 오르내리며 사람과 물건 들을 나르는 거대한 증기선을 직접 움직인다는 것은 생각만 해도 가슴 뛰는 일이었지요. 게다가 소설 속 톰 소여처럼 어려서부터 허세 부리기를 좋아했던 마크 트웨인은 수로 안내원의 멋진 복장에 더욱 반했다나요.

몇 가지 직업을 전전하던 마크 트웨인은 마침내 꿈꾸던 수로 안내원이 됩니다. 당시 미시시피강은 수초가 우거지거나 모래톱이 얕은 곳이 많아서 자칫 증기선이 난파될 위험이 있었던 터라 강 전체를 손바닥처럼 읽는 수로 안내원의 수요가 컸습니다. 배 아래쪽에서 수위를 측정하던 수로 안내원 보조가 "마크 원!Mark one" "쿼터 레스 트웨인!Quarter less twain" 하다가, 마침내 "마크 트웨인!Mark twain" 하면 그게 수로 안내원에게는 가장 반가운 말이었다고 합니다. 사람 두 명 깊이의 안전 수위라는 뜻이었으니까요.(당시 수심 측량 용어로 마크 원은 6피트, 쿼터 레스 트웨인은 10.5피트, 마크 트웨인은 12피트를 의미합니다. 트웨인은 two를 의미하고요.) 본명이 새뮤얼 랭혼 클레먼스인데 후에 필명을 마크 트웨인이라 한 이유가 이것 때문임은 잘 알려져 있지요.

무척 좋아했던 직업이었기에 트웨인은 평생 이 일을 하고 싶었다고 합니다. 그랬다면 작가 마크 트웨인도, 톰 소여와 허클베리 핀도 세상에 나오지 못했겠지요. 하지만 트웨인의 바람과는 달리 얼마 지나지 않아 미시시피강에서 증기선의 시대가 끝나 버리고 맙니다. 미시시피강의 증기선은 주로 남북을 오가며 물자를 수송했는데, 남북 전쟁이 터지면서 그 수로가 막혀 버린 것입니다. 어찌나 아쉬웠던지 마크 트웨인은 나중에 유명 작가가 되어 하트퍼드에 저택을 지을 때 증기선의 조종실 모양을 본떠, 유리창이 사방으로 난 팔각형의 돌출 구조로 집필실을 만들게 됩니다.

수로 안내원을 그만두고 난 후 마크 트웨인의 좌충우돌은 그 진폭이 더욱 커집니다. 전쟁에 뛰어들겠다고 친구들과 의용대를 조직해서는 산속에서 텐트를 치고 놀기만 하다가 때려치우는가 하면, 금광을 찾아 벼락부자가 되겠다고 서부로 가서 금광꾼들 사이에서 지내다가 돈을 모두 날리기도 합니다. 그러다 당장 생계가 급

마크 트웨인

마크 트웨인의 하트퍼드 저택.

해지자, 어릴 적 동네 신문에 글을 썼던 경험을 살려 지역 신문사에서 기자 생활을 시작합니다. 점잔 빼는 지루한 문체가 일반적이던 당시의 글과 달리, 그의 글은 날카로운 유머와 풍자가 살아 있었기 때문에 제법 인기를 끌게 됩니다. 그 작은 성공을 바탕으로 트웨인은 캘리포니아, 하와이, 지중해 등을 돌며 그 무렵 유행하던 장르인 여행기를 써냅니다. 특히 1869년에 나온 『순진한 사람들의 해외 여행기』The Innocents Abroad가 그의 작품 중에서도 생전 판매량으로는 기록적인 수준인 10만 부의 판매를 기록하고 뒤이어 나온 『유랑』Roughing It 역시 전작에 버금가는 인기를 얻으면서 마크 트웨인은 일약 유명 작가의 반열에 오릅니다.

이 여행 과정에서 그는 평생의 반려자인 올리비아 랭던을 만납니다. 후대에 와서는 랭던이 남편의 창조성을 방해했다고 불평하는 사람들도 생겨났지만, 당시만 해도 랭던은 트웨인과 비교할 대상이 아니었습니다. 뉴욕에서도 손꼽히는 부자 가문의 딸이었던 데다 교육 수준으로나 외모로나, 바닥에서 마구 구르며 살다가 잡문 몇 편으로 유명세를 얻은 트웨인과는 달라도 너무 달랐지요. 그래서 마크 트웨인은 184통이나 되는 연애편지를 보내는 등 온갖 방법으로 구애를 했습니다. 그 정성에 질린 랭던의 아버지는 트웨인의 친구 열여덟 명에게 이 사람이 어떠냐고 묻는 편지를 보냅니다. 하지만 백수 시절 함께 놀던 친구들이나, 일확천금에 눈이 벌게서 금광을 떠돌던 시절의 친구들이 어디 변변한 사람들이었겠습니까. 그래도 한때 어울려 다니던 친구가 그렇게 짝사랑하는 여자와 결혼하겠다는데 좀 좋게 이야기해 줄 법도 하건만 답장들마다 마크 트웨인에 대한 악평 일색이었다고 합니다. 처음엔 눈살을 찌푸리던 랭던의 아버지는 열여덟 통 전부가 악평인 상황에 이르러서는 도대체 이자가 어떻게 살았길래 이렇게 친구가 없나 동정하는 마음이 되어 "내가 대신 자네의 친구가 되어 주겠네."라고 말하며 결혼을 허락합니다.

초호화 장정으로 만든 까닭

어렵사리 올리비아 랭던과 결혼한 마크 트웨인은 작가로서의 성공에 더해, 아내가 결혼하면서 가지고 온 엄청난 재산으로 부와 명예를 한꺼번에 거머쥐게 됩니다. 하지만 낭비벽도 심하고 그에 못지않게 돈에 대한 집착도 컸던 트웨인은 더 많은 책을 판매하기 위해 온갖 수단을 동원합니다. 그의 요구에 가장 잘 부응했던 출판사가 바로 『톰 소여의 모험』을 펴낸 아메리칸 출판사였습니다.

당시 미국은 출판사가 난립하고 출판물이 폭증하고 있었습니다. 필사본에서 구텐베르크 인쇄술의 시대를 거쳐 빅토리아 시대 중반에 이르러 지식에 대한 대중의 욕구가 분출된 것이지요. 그러면서도 책이 귀중품 대접을 받았던 전 시대의 영향으로 여전히 책값은 꽤 비쌌습니다. 대량 출판 시대 직전의 과도기를 통과하고 있었던 셈입니다. 호손, 소로, 에머슨 등이 집필한 지적인 책들이 보스턴 같은 대도시의 큰 서점들에 진열되어 팔렸지만 가격 때문에 판매량의 증가에는 한계가 있었습니다. 더구나 정확한 수요를 예측할 수 없어서 출판사의 위험 부담이 크다는 문제가 있었습니다.

이런 문제를 타개하기 위해 등장한 판매 방식이 이른바 예약 출판입니다. 전직 성직자, 대학생 그리고 노처녀나 이혼녀 등 사회 활동이 가능한 여성들로 구성된 방문 판매원들이 대도시는 물론 시골의 작은 가게나 농장, 카우보이들이 있는 들판에 이르기까지 전방위적으로 접근하여 팸플릿을 보여 주고 구매 예약을 받은 후, 예약된 부수만큼 찍어 내는 것입니다. 이런 판매 방식은 재고 부담이 적은 데다 서점에 배분해야 하는 마진을 줄일 수 있고 무엇보다 판매 부수를 크게 증가시킬 수 있는 공격적인 세일즈 모델이었습니다. 이 분야에서 가장 탁월한 수완을 보인 출판사가 바로 아메리칸 출판사였습니다.

이렇게 예약 판매를 하기 위해서는 몇 가지 조건이 필요합니다. 일단 완성된 책을 보고 사는 것이 아니니 그 책이 읽을 가치가 있는지 믿을 만한 보증이 있어야 했습니다. 몇 개의 챕터를 미리 인쇄한 판촉용 견본을 들고 다니긴 했지만 그것만 봐서야 전체 내용이 어떨지 알 게 뭡니까? 그래서 이미 어느 정도 이름이 알려진 유명 작가여야 했습니다. 게다가 지식인이 아닌 일반인들, 책을 평소 거의 읽지 않는 사람들도 끌어당길 수 있어야 했기 때문에 아주 자극적이거나 웃기는 내용을 담아야 했습니다. 마크 트웨인은 전작들의 성공으로 이름이 꽤 알려진 상태였던 데다, 요즘으로 치면 스탠딩 코미디언에 가까운 유머 작가로도 유명했기 때문에 이에 딱 맞는

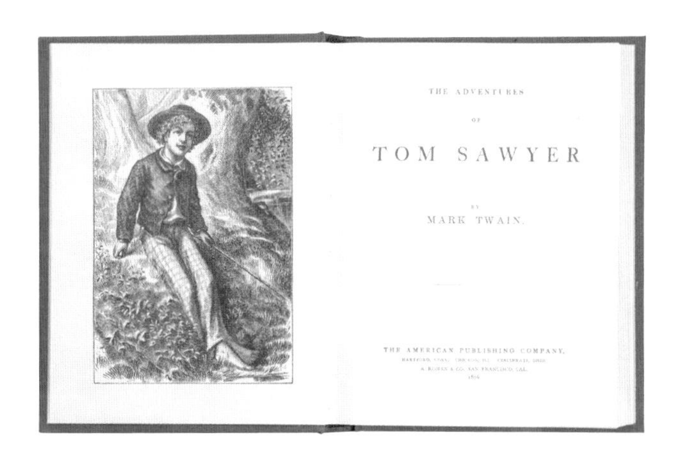

조건이었습니다.

하지만 책이 비싸다는 문제는 여전히 남았습니다. 『톰 소여의 모험』 초판본의 가격은 3달러였는데 이를 현재 환율로 환산하면 약 67달러, 우리 돈 8만 원이 넘는 가격입니다. 집에 성경 말고 책이라고는 거의 없는 사람들에게 이 책이 성경 옆에 꽂아 둘 만한 책이라고 설득하려면 최대한 화려하게 만들어야 했습니다. 전 시대의 멋들어진 가죽 장정을 흉내 낸 초호화 장정이 등장한 이유입니다. 게다가 최대한 '있어' 보이도록 페이지 수를 마구 늘리기까지 했습니다. 마크 트웨인 스스로 "당시 책은 무게 단위로 팔렸다."라고 농담을 할 정도였습니다. 『톰 소여의 모험』 초판본은 페이지에 좌우 여백을 아주 넉넉히 두는가 하면, 심지어 목차 앞쪽에 아무것도 인쇄되지 않은 백지를 16장이나 끼워 넣는 꼼수를 부렸습니다. 나중

THE ADVENTURES OF TOM SAWYER.

CHAPTER I.

"TOM!"

No answer.

"Tom!"

No answer.

"What's gone with that boy, I wonder? You TOM!"

No answer.

The old lady pulled her spectacles down and looked over them about the room; then she put them up and looked out under them. She seldom or never looked *through* them for so small a thing as a boy; they were her state pair, the pride of her heart, and were built for "style," not service—she could have seen through a pair of stove lids just as well. She looked perplexed for a moment, and then said, not fiercely, but still loud enough for the furniture to hear:

TOM AT HOME.

"Well, I lay if I get hold of you I'll—"

She did not finish, for by this time she was bending down and punching under the bed with the broom, and so she needed breath to punctuate the punches with. She resurrected nothing but the cat.

"I never did see the beat of that boy!"

She went to the open door and stood in it and looked out among the tomato vines and "jimpson" weeds that constituted the garden. No Tom. So she lifted up her voice at an angle calculated for distance, and shouted:

"Y-o-u-u *Tom!*"

There was a slight noise behind her and she turned just in time to seize a small boy by the slack of his roundabout and arrest his flight.

"There! I might 'a' thought of that closet. What you been doing in there?"

"Nothing."

"Nothing! Look at your hands. And look at your mouth. What *is* that truck?"

"*I* don't know, aunt."

"Well, *I* know. It's jam—that's what it is. Forty times I've said if you didn't let that jam alone I'd skin you. Hand me that switch."

The switch hovered in the air—the peril was desperate—

"My! Look behind you, aunt!"

The old lady whirled round, and snatched her skirts out of danger. The lad fled, on the instant, scrambled up the high board-fence, and disappeared over it.

AUNT POLLY BEGUILED.

His aunt Polly stood surprised a moment, and then broke into a gentle laugh.

"Hang the boy, can't I never learn anything? Ain't he played me tricks enough like that for me to be looking out for him by this time? But old fools

is the biggest fools there is. Can't learn an old dog new tricks, as the saying is. But my goodness, he never plays them alike, two days, and how is a body to know what's coming? He 'pears to know just how long he can torment me before I get my dander up, and he knows if he can make out to put me off for a minute or make me laugh, it's all down again and I can't hit him a lick. I ain't doing my duty by that boy, and that's the Lord's truth, goodness knows. Spare the rod and spile the child, as the Good Book says. I'm a laying up sin and suffering for us both, *I* know. He's full of the Old Scratch, but laws-a-me! he's my own dead sister's boy, poor thing, and I ain't got the heart to lash him, somehow. Every time I let him off, my conscience does hurt me so, and every time I hit him my old heart most breaks. Well-a-well, man that is born of woman is of few days and full of trouble, as the Scripture says, and I reckon it's so. He'll play hookey this evening,* and I'll just be obleeged to make him work, tomorrow, to punish him. It's mighty hard to make him work Saturdays, when all the boys is having holiday, but he hates work more than he hates anything else, and I've *got* to do some of my duty by him, or I'll be the ruination of the child."

Tom did play hookey, and he had a very good time. He got back home barely in season to help Jim, the small colored boy, saw next-day's wood and split the kindlings before supper—at least he was there in time to tell his adventures to Jim while Jim did three-fourths of the work. Tom's younger brother (or rather, half-brother) Sid, was already through with his part of the work (picking up chips) for he was a quiet boy, and had no adventurous, troublesome ways.

A GOOD OPPORTUNITY.

While Tom was eating his supper, and stealing sugar as opportunity offered,

*South-western for "afternoon."

"Umf! Well, you didn't get a lick amiss, I reckon. You been into some other audacious mischief when I wasn't around, like enough."

Then her conscience reproached her, and she yearned to say something kind and loving; but she judged that this would be construed into a confession that she had been in the wrong, and discipline forbade that. So she kept silence, and went about her affairs with a troubled heart. Tom sulked in a corner and exalted his woes. He knew that in her heart his aunt was on her knees to him, and he was morosely gratified by the consciousness of it. He would hang out no signals, he would take notice of none. He knew that a yearning glance fell upon him, now and then, through a film of tears, but he refused recognition of it. He pictured himself lying sick unto death and his aunt bending over him beseeching one little forgiving word, but he would turn his face to the wall, and die with that word unsaid. Ah, how would she feel then? And he pictured himself brought home from the river, dead, with his curls all wet, and his sore heart at rest. How she would throw herself upon him, and how her tears would fall like rain, and her lips pray God to give her back her boy and she would never, never abuse him any more! But he would lie there cold and white and make no sign—a poor little sufferer, whose griefs were at an end. He so worked upon his feelings with the pathos of these dreams, that he had to keep swallowing, he was so like to choke; and his eyes swam in a blur of water, which overflowed when he winked, and ran down and trickled from the end of his nose. And such a luxury to him was this petting of his sorrows, that he could not bear to have any worldly cheeriness or any grating delight intrude upon

SID LOUIS.

MARY.

it; it was too sacred for such contact; and so, presently, when his cousin Mary danced in, all alive with the joy of seeing home again after an age-long visit of one week to the country, he got up and moved in clouds and darkness out at one door as she brought song and sunshine in at the other.

He wandered far from the accustomed haunts of boys, and sought desolate places that were in harmony with his spirit. A log raft in the river invited him, and he seated himself on its outer edge and contemplated the dreary vastness of the stream, wishing, the while, that he could only be drowned, all at once and unconsciously, without undergoing the uncomfortable routine devised by nature. Then he thought of his flower. He got it out, rumpled and wilted, and it mightily increased his dismal felicity. He wondered if *she* would pity him if she knew? Would she cry, and wish that she had a right to put her arms around his neck and comfort him? Or would she turn coldly away like all the hollow world? This picture brought such an agony of pleasurable suffering that he worked it over and over again in his mind and set it up in new and varied lights, till he wore it threadbare. At last he rose up sighing and departed in the darkness.

엔 종이도 더 두꺼운 것으로 바꾸었죠.

책을 읽는 데 익숙하지 않은 사람들의 구매욕을 자극하는 동시에 페이지 수를 획기적으로 늘리는 방법은 삽화를 대폭 넣는 것입니다. 『톰 소여의 모험』 초판본에는 당시는 물론 지금도 쉽게 따라하지 못할 만큼 엄청난 개수의 삽화가 들어가 있습니다. 삽화가 거의 모든 페이지에 들어간 셈이죠. 특히 각 챕터의 첫 페이지는 거의 전면 삽화로 아름답게 꾸몄습니다. 표지 장정도 그렇지만 이 삽화들의 화려함만큼은 이후 다른 판본들에서 비슷하게라도 재현한 경우가 거의 없습니다.

화가 트루 윌리엄스가 그린 초판본의 삽화들은 참 따뜻합니다. 하지만 윌리엄스는 알코올 중독자인 데다 그림 수준도 들쑥날쑥하고 기본적으로 무척 낡은 스타일의 그림을 그리는 사람이었습니다. 안 그래도 변덕 많은 마크 트웨인은 후속작 『허클베리 핀의 모험』에서 삽화가를 에드워드 윈저 켐블로 교체해 버렸습니다. 그런데 저는 트루 윌리엄스의 그림에 더 정이 갑니다. 폴리 이모의 매를 피해 울타리를 넘는 톰이 빼꼼 눈알을 굴리는 모습은 절로 웃음이 나오는 장면입니다.

이래저래 초판본이 아니고서는 성에 차지 않을 것 같아 적당한 가격의 책을 열심히 찾아봤습니다. 미국인이 가장 사랑하는 작가, 세계적으로 가장 유명한 소년의 이야기인지라 초판본의 가격은 어지간히 상태가 안 좋은 것이라 해도 수백만 원에서 수천만 원대를 오가는 어마어마한 수준이었습니다. 몇 주 동안 탐색을 거듭한 끝에 결국 포기하고 찾은 대안은 복간본이었습니다.

복간본이란 주로 저작권 문제가 없는 고전들을 재출간한 책이지요. 종이의 재질이 예전만 못하고, 손때가 묻지 않아 세월의 흔적이 느껴지지 않는다는 아쉬움이 있긴 하지만 초판본의 아름다움을 간접적으로나마 느껴 볼 수 있는 대안입니다. 이스턴프레스 같은 복간본 전문 출판사들도 있습니다. 초판본 장정이 그리 구매욕을 불러일으킬 수준이 아니라서 복간본은 실제 초판본 표지 대신 당대에 개인적으로 돈을 들여 소장용으로 만들었던 책들처럼 가죽 장정으로 출간되는 경우가 많습니다. 하지만 『톰 소여의 모험』은 초판본 장정이 워낙 호화로웠기 때문에 그대로 복원하여 출간되었습니다. 저작권에서 자유롭다 해도 이 정도 고급 장정이면 가격이 꽤 비쌉니다.

회고록을 쓰듯

마크 트웨인의 삶을 깊이 들여다보면 기본적으로 그는 소설가라기보다 여행기나 해학적인 글을 주로 쓰는 저널리스트에 가깝다는 점을 알게 됩니다. 그에게 처음 성공을 안겨 준 두 권의 책도 모두 여행기죠. 더구나 당대에 그를 가장 유명하게 만든 것은 글쓰기보다 더 요란했던 이른바 강연회였습니다. 말이 강연회지 사실 온갖 농담들로 청중들을 웃기는 전국 순회 스탠딩 코미디 쇼에 가까웠습니다. 그렇다면 『톰 소여의 모험』이라는 멋진 소설이 어떻게 갑자기 등장할 수 있었을까요? 그 답은 간단합니다. 애초에 이 작품은 픽션이 아니라 작가 자신의 실제 삶을 그대로 옮긴 회고록에 가까운 소설입니다.

『톰 소여의 모험』에 등장하는 인물과 배경 들을 실제와 짜 맞추는 퍼즐 놀이를 잠시 해 볼까요? 먼저 소설의 배경이 되는 세인트 피터즈버그는 앞서 말씀드린, 미시시피 강가에 있는 작은 마을 해니벌을 그대로 옮긴 것입니다. 마크 트웨인의 가족은 이곳에서 농장을 하던 이모의 권유로 이사 오게 되었고, 여름휴가 때면 아예 이모네 농장에 가서 몇 주씩 지냈다고 합니다. 하지만 소설 속 폴리 이모의 모델은 마크 트웨인의 이모가 아니라 친어머니입니다. 워낙 '한 성격' 하시는 분이라서 어린 시절 마크 트웨인이 야단을 많이 맞았다고 하는데, 그래서 톰 소여가 친아들이 아닌 것으로 설정했는지도 모르겠네요. 동생 시드는 친동생 헨리가 모델입니다. 소설에서처럼 얄미운 모범생이라서 어렸을 땐 많이 싸웠다고 합니다. 그런데 소설에서 톰과 시드는 친형제가 아니라 폴리 이모가 함께 키우고 있는 친척 사이로 나옵니다. 어머니를 이모로 만들어 놓더니 동생마저 딴 집에 보내 버리고 싶었던 것일까요?

'호움식'이라는 단어가 등장하는 무인도 가출 사건도, 살인 사건과 인전 조의 비참한 최후도, 울타리 칠하기나 구슬 교환 등의 소소한 에피소드도 모두 실제로 있었던 일들입니다. 물론 유머 작가답게 적당한 허풍과 변형은 있지만 기본적으로 대부분의 내용이 마크 트웨인이 직접 경험한 일들을 바탕으로 합니다. 마치 회고록을 집필하듯이 써 나간 것이라 매우 빠른 시간 안에 완성할 수 있었다고 합니다.

어린 시절을 이상적으로 묘사하던 당시의 분위기에서 벗어나 생생한 이야기를 담았기 때문에 『톰 소여의 모험』은 많은 사람의 공감을 불러일으킬 수 있었습니다. 예를 들면 산적에 관한 다음과 같은 구절이 그렇습니다.

"산적놀이를 하려면 갱단이 있어야 하거든. 그렇지 않으면 폼이 나지 않아. '톰 소여와 그 일당'. 어때, 그럴듯하게 들리지, 헉?"

"응, 그럴듯한데, 톰. 하지만 누구를 털지?"

"닥치는 대로 누구든 털면 돼. 매복하고 있다가 말이야. 대개 그렇게 하거든."

"그다음엔 죽이는 거니?"

"아니, 꼭 그런 건 아냐. 몸값을 낼 때까지 동굴 속에다 가둬 두지."

"몸값이 뭔데?"

"돈이지 뭐야. 그 사람들의 친구들에게 구할 수 있는 한 많은 돈을 모아서 가져오게 하는 거야. 그리고 1년을 가둬 두고 있다가 그때까지도 돈을 가져오지 않으면 그땐 죽여 버려. 그게 보통 하는 방법이거든. 하지만 여자들만은 죽이지 않아. 여자들은 그냥 가둬 두기만 하고 죽이진 않는다고.

여자들은 얼굴도 예쁘고 돈도 많고 게다가 지독하게 겁도 많거든. 여자들이 갖고 있는 시계 같은 건 몽땅 빼앗지만, 그들한테 말을 건넬 때는 모자를 벗고 정중하게 해야 해. 이 세상에 산적만큼 예의 바른 사람은 없으니까. 어느 책을 읽어 봐도 모두 그렇게 적혀 있거든. 그렇게 하면 여자들은 산적을 사랑하게 된단 말씀이지. 그래서 동굴에 갇힌 지 한두 주일만 지나면 더 이상 눈물도 질질 흘리지 않고 제발 가라고 해도 가려고 안 해. 내쫓아도 곧바로 뒤돌아서서 다시 돌아온단 말이지. 어느 책을 봐도 다 그렇게 적혀 있어.

(『톰 소여의 모험』, 김욱동 옮김, 민음사 385~386면에서 인용.)

아이들을 천사 같은 존재로 봤던 빅토리아 시대의 관점에서 보

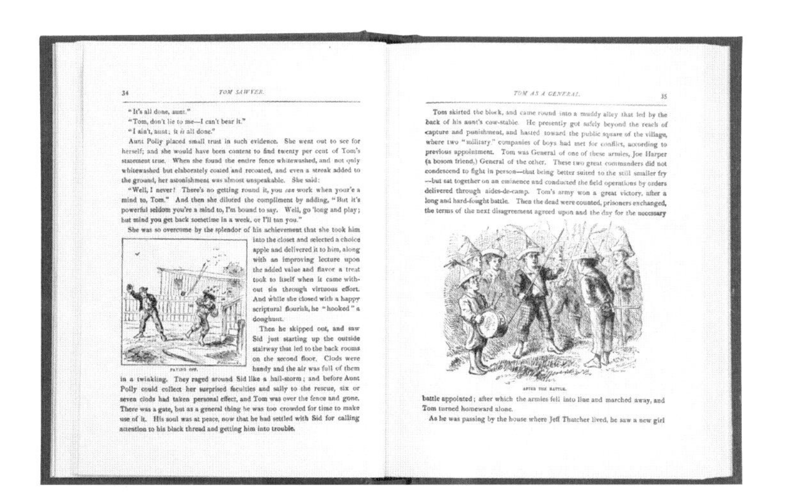

34 TOM SAWYER.

"It's all done, aunt."

"Tom, don't lie to me—I can't bear it."

"I ain't, aunt; it *is* all done."

Aunt Polly placed small trust in such evidence. She went out to see for herself; and she would have been content to find twenty per cent of Tom's statement true. When she found the entire fence whitewashed, and not only whitewashed but elaborately coated and recoated, and even a streak added to the ground, her astonishment was almost unspeakable. She said:

"Well, I never! There's no getting round it, you *can* work when your'e a mind to, Tom." And then she diluted the compliment by adding, "But it's powerful seldom you're a mind to, I'm bound to say. Well, go 'long and play; but mind you get back sometime in a week, or I'll tan you."

She was so overcome by the splendor of his achievement that she took him into the closet and selected a choice apple and delivered it to him, along with an improving lecture upon the added value and flavor a treat took to itself when it came without sin through virtuous effort. And while she closed with a happy scriptural flourish, he "hooked" a doughnut.

PAYING OFF.

Then he skipped out, and saw Sid just starting up the outside stairway that led to the back rooms on the second floor. Clods were handy and the air was full of them in a twinkling. They raged around Sid like a hail-storm; and before Aunt Polly could collect her surprised faculties and sally to the rescue, six or seven clods had taken personal effect, and Tom was over the fence and gone. There was a gate, but as a general thing he was too crowded for time to make use of it. His soul was at peace, now that he had settled with Sid for calling attention to his black thread and getting him into trouble.

TOM AS A GENERAL. 35

Tom skirted the block, and came round into a muddy alley that led by the back of his aunt's cow-stable. He presently got safely beyond the reach of capture and punishment, and hasted toward the public square of the village, where two "military" companies of boys had met for conflict, according to previous appointment. Tom was General of one of these armies, Joe Harper (a bosom friend,) General of the other. These two great commanders did not condescend to fight in person—that being better suited to the still smaller fry—but sat together on an eminence and conducted the field operations by orders delivered through aides-de-camp. Tom's army won a great victory, after a long and hard-fought battle. Then the dead were counted, prisoners exchanged, the terms of the next disagreement agreed upon and the day for the necessary

AFTER THE BATTLE.

battle appointed; after which the armies fell into line and marched away, and Tom turned homeward alone.

As he was passing by the house where Jeff Thatcher lived, he saw a new girl

면 경악할 이야기이지만, 책으로 배운 악당 노릇에 푹 빠져 있는 철없는 아이들의 모습이 정말 생생하지 않나요? 바로 이런 날카로운 생동감이 독자들의 마음에 톰 소여의 모습을 단박에 깊숙이 각인시킨 것입니다.

하지만 냉정하게 생각해 보면 이런 이야기들은 그저 '예전엔 우리 그랬지.'라는 가벼운 회고나 혹은 일부러 위악적으로 과장한 술자리의 추억담과 그리 다르지 않아 보이기도 합니다. 과연 무엇이 『톰 소여의 모험』을 미국을 대표하는 소설, 영원한 고전의 반열로 끌어올린 것일까요?

이 소설이 아동용이라고?

애초에 『톰 소여의 모험』은 유머 작가로 입지를 다지고 있던 트웨인이 자신의 어린 시절 이야기를 재미있게 과장해서 쓴, 상업적이고 통속적인 소설이었습니다. 무슨 대단한 의도나 문학적 성취의 의지를 가지고 쓴 것이 아니라, 순전히 사람들의 흥미를 자극해서 더 많은 책을 팔기 위해서 쓴 것입니다. 그래서 온갖 지저분한 농담과 비도덕적 행동과 차별적 사고가 고스란히 담겨 있습니다.

사실 어린 시절, 어린이용으로 순화된 책이었음에도 불구하고 톰과 헉이 담배를 피우거나 술을 마시는 장면이 자주 나오는 것에 경악한 기억이 있습니다. 살인과 시체도 등장하고, 싸구려 우스갯소리가 늘 그러하듯이 여성과 흑인, 빈민 들에 대한 비틀린 편견도

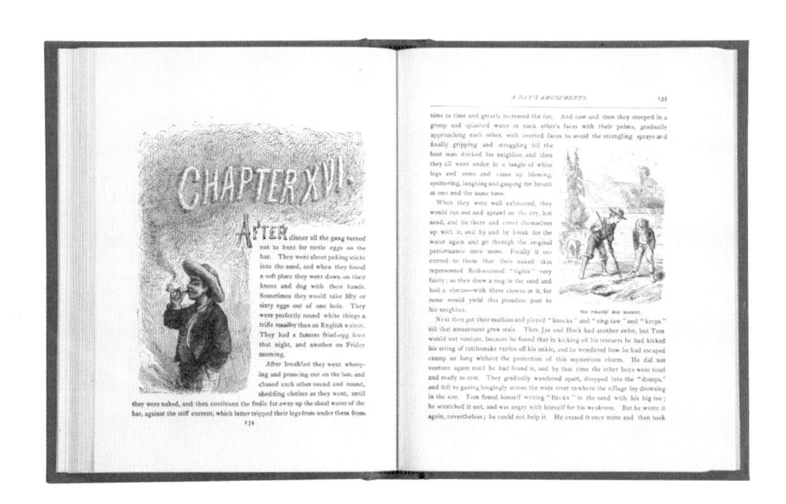

CHAPTER XVI.

AFTER dinner all the gang turned out to hunt for turtle eggs on the bar. They went about poking sticks into the sand, and when they found a soft place they went down on their knees and dug with their hands. Sometimes they would take fifty or sixty eggs out of one hole. They were perfectly round white things a trifle smaller than an English walnut. They had a famous fried-egg feast that night, and another on Friday morning.

After breakfast they went whooping and prancing out on the bar, and chased each other round and round, shedding clothes as they went, until they were naked, and then continued the frolic far away up the shoal water of the bar, against the stiff current, which latter tripped their legs from under them from

134

A DAY'S AMUSEMENTS. 135

time to time and greatly increased the fun. And now and then they stooped in a group and splashed water in each other's faces with their palms, gradually approaching each other, with averted faces to avoid the strangling sprays and finally gripping and struggling till the best man ducked his neighbor, and then they all went under in a tangle of white legs and arms and came up blowing, sputtering, laughing and gasping for breath at one and the same time.

When they were well exhausted, they would run out and sprawl on the dry, hot sand, and lie there and cover themselves up with it, and by and by break for the water again and go through the original performance once more. Finally it occurred to them that their naked skin represented flesh-colored "tights" very fairly; so they drew a ring in the sand and had a circus—with three clowns in it, for none would yield this proudest post to his neighbor.

THE PIRATES' EGG MARKET.

Next they got their marbles and played "knucks" and "ring-taw" and "keeps" till that amusement grew stale. Then Joe and Huck had another swim, but Tom would not venture, because he found that in kicking off his trousers he had kicked his string of rattlesnake rattles off his ankle, and he wondered how he had escaped cramp so long without the protection of this mysterious charm. He did not venture again until he had found it, and by that time the other boys were tired and ready to rest. They gradually wandered apart, dropped into the "dumps," and fell to gazing longingly across the wide river to where the village lay drowsing in the sun. Tom found himself writing "BECKY" in the sand with his big toe; he scratched it out, and was angry with himself for his weakness. But he wrote it again, nevertheless; he could not help it. He erased it once more and then took

숨김없이 드러납니다. 이 소설을 어린이용으로 편집되지 않은 '무삭제판'으로, 영어 원문으로 읽으면 더욱 당황스럽습니다. 앞에 인용했던 글도 웃음기를 거두고 진지하게 읽으면 섬뜩하기 이를 데 없는 내용입니다. 심지어 마치 그게 재미있는 일이라는 투로 이야기하는 것은 약자의 입장에서는 더욱 소름 끼치는 일입니다.

이 책에 가득한 편견과 차별, 비아냥거림의 대표적인 예로, 주요한 등장인물 중 하나인 인전 조를 들 수 있습니다. 저는 일본판을 중역한 책을 통해 이 소설을 접했기 때문에 '인전'도 인디언의 일본식 표기를 그대로 옮기는 과정에서 발생한 실수라고 생각했습니다. 하지만 영문판에도 '인디언indian'이 아니라 '인전injun'으로 표기되어 있더군요. 이 단어는 인디언의 남부 지방 방언이라고 설명되기도 하지만, 좀 더 구체적으로 말하자면 인디언을 비하해서 부르는 말입니다. 흑인을 '깜둥이'라고 부르거나 "가장 좋은 인디언은 죽은 인디언이다."라며 낄낄거릴 때의 바로 그 뉘앙스를 담고 있습니다. 물론 실제로 1800년대 중반 마크 트웨인의 고향에서는 이 말이 곧잘 쓰였겠지요. 하지만 이것이 백인이 쓴 문학 작품에 담길 때는 '정치적으로 올바른가'라는 질문에 필연적으로 부딪히게 됩니다. 더구나 서문에서 마크 트웨인 스스로 밝히고 있듯이 이 책이 소년 소녀를 대상으로 한다면 문제는 더욱 심각해집니다.

이런 문제를 마크 트웨인 자신도 충분히 알고 있었습니다. 그럼 왜 마크 트웨인은 풍자 글이나 여행기 등을 쓰다가 갑자기 아동용 소설을 쓰게 되었을까요? 마크 트웨인은 딸들에게 읽히려고 썼다는 둥 고향 생각이 절실했다는 둥 이런저런 이유를 내세웠지만, 제가 추측하기로는 1800년대 후반 빅토리아 시대의 절정이 아동 도서의 전성기였기 때문일 것입니다. 즉, 어린 시절의 재미있는 일들이 떠올라서 소설로 풀어내다 보니 독자를 어린이로 하게 된 것이 아니라 처음부터 '진짜 돈 되는 건 아동 도서구나. 그럼 뭘 쓰지? 아, 내 어린 시절 이야기를 양념에 버무려 재밌게 쓰면 되겠네.' 이런 순서로 생각이 이어진 것이 아닌가 싶습니다.

그래서인지 마크 트웨인은 소설이 전개됨에 따라 상당히 당황했다고 합니다. '재밌게, 재밌게'를 외치다 보니 내용의 수위가 너무 높아지게 된 거죠. 그래서 주변 사람들에게 보여 주며 "아동용으로도 괜찮을까? 괜찮지 않아?" 하고 거듭 물었지만 계속 부정적인 피드백을 받았습니다. 그의 가장 열렬한 지지자인 아내와 친구마저 어느 모로 봐도 절대로 아동용은 아니라고 단언할 정도였죠. 그럼에도 불구하고 마크 트웨인의 욕심은 결국 상식을 이겨 버려서 이 소설은 기어이 아동용으로 출간되었습니다. 마크 트웨인은 서문에 당당히 "소년 소녀 들을 즐겁게 해 주기 위해 이 책을 썼다."라고 쓰고, "그런 이유 때문에 어른들한테서 외면당하지 않았으면 한다."라는 뻔뻔한 문장까지 덧붙였습니다.

그렇다 보니 일찌감치 마크 트웨인을 접했던 사람들과 『톰 소여의 모험』, 『허클베리 핀의 모험』이 고전의 반열에 오른 후 이 작품을 접한 사람들 사이에 명확한 세대 차이가 발생합니다. 작가 업턴 싱클레어는 회고담을 통해 "어린 시절 나와 친구들 모두 『톰 소여의 모험』과 『허클베리 핀의 모험』을 읽으며 배꼽이 빠져라 웃었지만 누군가 나중에 그가 위대한 작가로 인정받을 거라고 말했다면 그거야말로 최고의 마크 트웨인식 농담이라고 생각했을 것이다."라고 말했습니다. 또한 퓰리처상을 수상한 저명한 편집자이자 작가인 윌리엄 앨런 화이트는 자서전에서 마크 트웨인에 대해 자신의 어머니가 어떻게 그런 무신론자의 싸구려 소설을 좋아할 수 있냐며 충격받았던 일을 쓰기도 했습니다. 당대에 신문에 실린 『허클베리 핀의 모험』의 광고는 "얼마나 웃긴지 약국에서 진정제를 사는 것보다 싸게 먹힌다!"라며 진정제 가격과 책값을 비교하는 내용을 담고 있었을 정도이니 마크 트웨인의 소설들이 '싸구려'라는 인식이 자리 잡은 것도 무리가 아닙니다.

저질 통속 소설 취급을 받던 『톰 소여의 모험』이 고전 문학의 반열에 오르게 된 데에는 한 사건이 계기가 되었습니다. 사건은 엉뚱하게도 보스턴 근교의 작은 마을 콩코드에서 시작됩니다.

고전에 이르는 길

콩코드라는 지명이 낯익지 않으신가요? 바로 1장에서 다룬 『작은 아씨들』의 작가 루이자 메이 올컷이 살던 곳입니다. 올컷의 아버지가 당시 미국 동부 지역 엘리트들의 중심지인 보스턴 근처에 있고 싶어서 자리 잡은 곳이지요. 그만큼 콩코드는 작고 조용하지만 지적 자부심이 가득한 곳이었으며 유명 인사의 왕래도 잦았습니다. 주민들의 지역 사회 활동 참여도 활발했는데 공립 도서관 운영도 그중 하나였습니다.

그런데 최신 베스트셀러로 아동 도서 서가에 버젓이 꽂혀 있는 『허클베리 핀의 모험』을 읽은 콩코드 공립 도서관 운영 위원들은 기겁을 하게 됩니다. 전작인 『톰 소여의 모험』도 아이들의 탈선을 부추기는 것 같아 마뜩지 않았지만 그냥 천방지축 어린 시절에 대한 회고담이라 그러려니 하고 눈감고 넘어갔는데 『허클베리 핀의 모험』은 온갖 상스러운 말투와 욕설, 살인과 범죄 들이 재미있는 일인 것처럼 묘사된 정도가 한술 더 뜨는 것 아니겠습니까. 지역 사회의 지적 수준과 품위를 대표하는 도서관 운영 위원들은 "이 작품이야말로 진짜 쓰레기다!"라며 분노를 터뜨렸습니다. 도서관에서는 이 책을 금서로 지정하는 결정을 내렸습니다.

그냥 작은 마을 도서관의 해프닝으로 끝날 수도 있었던 이 사건은 『톰 소여의 모험』 때부터 대중을 도덕적으로 타락시키는 싸구려 소설의 유행을 못마땅해하고 있던 빅토리아식 신사 숙녀 들의 누적된 불만을 폭발시키는 도화선이 되었습니다. 가장 격렬한 반응을 보인 사람은 당시 미국 전역에서 가장 유명한 작가 중 한 명이자 여전히 콩코드에 살면서 우연히도 이 도서관 운영 위원을 맡고 있던 루이자 메이 올컷이었습니다.

> "만약 클레먼스 씨가 우리의 순진무구한 소년 소녀를 위한 더 나은 이야깃거리를 생각해 내지 못한다면 차라리 아예 절필하는 것이 나을 것이다."

당시 올컷이나 트웨인의 사회적 명성을 생각하면 '이따위로 쓸 거면 작가 생활을 때려치워라!'라는 말을 공개적으로 했다는 것은 엄청난 사건이었습니다. 이를 계기로 언론에 마크 트웨인의 작품들이 가진 저속성을 지탄하는 글들이 속속 게재됩니다.

이런 필화 사건은 지금도 그리 드문 것이 아닙니다. 살만 루슈디의 『악마의 시』가 종교적 비하를 담고 있다고 해서 이란의 국가 지도자 호메이니로부터 암살 선언이 내려져 전 세계가 떠들썩했던 사건이나, 마광수 교수의 『즐거운 사라』가 음란물로 판매 금지 처분을 받았던 사건도 넓게 보자면 이와 비슷한 맥락입니다.

하지만 그때나 지금이나 사회적 도덕률로 문학 작품을 재단하고 억누르려는 시도는 오히려 반작용을 가져옵니다. 이 경우 역시 마찬가지였습니다. 평소 마크 트웨인의 작품을 좋아했던 사람들은 물론, 그리 호감을 가지고 있지 않았던 지식인들조차 그의 책이 금서로 지정되는 것에 반대 의견을 개진하기 시작합니다. 도덕률을 앞세워서 문학적 표현의 자유를 억압하려는 시도로 본 것이지요.

이들이 마크 트웨인을 옹호하기 위해 『톰 소여의 모험』과 『허클베리 핀의 모험』의 문학적 가치를 재발견하려고 노력하다 보니 여러 가지 특징들이 새로이 강조되었습니다. 작품이 본래 가지고 있었던 유머와 세대 공감의 요소들은 물론, 이를 이끌어 내는 핵심인 시대적 묘사의 사실성 그리고 고루한 권선징악 스토리의 반복이었던 빅토리아식 아동 도서의 한계를 뛰어넘는 현실성이 지닌 가치가 새삼 부각된 것입니다.

여기에 한 걸음 더 나아가, 작품에 등장하는 비속어나 비틀린 유머, 욕설까지도 미국식 영어의 토속성을 보여 주는 훌륭한 문학적 성취로 언급되었습니다. 예를 들어 보스턴의 역사학자 토머스 서전 페리는 신문에 기고한 서평에서 "지금부터 40~50년 전 서부의 삶이 생생히 묘사되었다. 문학은 교훈의 도구가 아니라 삶의 모사일 경우에만 최고의 경지에 달한다."라며 "허클베리 핀의 풍부한 기지, 용기, 남자다움은 미국인들의 독립심에서 비롯된 악당 근성의 긍정적인 면을 구체화한 것"이라고 썼습니다. 저널리스트 프랭클린 샌본은 "내가 지금껏 본 다른 어떤 책보다도 1854년부터 1860년까지의 미국 정치사를 더 자세히 설명한 역사 소설"이라고 치켜세웠습니다. 소설가 조엘 챈들러 해리스는 "우리 소설 가운데 『허클베리 핀의 모험』보다 더 유익한 작품은 없다. 이것은 역사이며 낭만이며 삶이다."라고 평하고, 트웨인에게 이 책이 언어학 연구물로서의 가치도 높으며 지금까지 미국 문학이 이루어 낸 가장 독창적인 위업이라고 극찬하는 편지를 보냈습니다. 이렇게 찬사가 쌓이고 쌓이다 보니 마크 트웨인의 작품은 일약 미국 문학을 대표하는 국민 소설로 신분 상승을 하게 되었습니다.

그러거나 말거나 마크 트웨인 자신은 금서 지정 소식을 듣자마자 이제 공짜로 전국에 광고를 하게 되었으니 『허클베리 핀의 모험』은 대박을 칠 거라고 기뻐했습니다. 또 수시로 글과 강연에서 이 사건을 들먹이며 "콩코드의 바보들"에 대한 농담을 했습니다. 심지어 자신을 비판한 올컷의 『작은 아씨들』을 "금박을 칠한 싸구려 소설"로 표현했습니다.

게다가 트웨인의 해외 강연은 그를 미국을 넘어 전 세계적 유명 작가로 만들어 줍니다. 뒤에 다시 이야기하겠지만 마크 트웨인은 『허클베리 핀의 모험』의 성공 이후 연이은 사업 실패와 낭비벽으로 그 많던 재산을 다 날리고 파산 상태에 이르게 됩니다. 빚을 갚기 위해 온 가족을 이끌고 수년간 전 세계 순회강연 여행에 나서지요. 가장 단기간에 확실하게 돈을 벌 수 있는 수단으로 강연 여행을 택한 것이었지요. 아이러니하게도 불가피하게 시작한 강연 여행은 미국에 국한된 인기 작가였던 마크 트웨인의 명성을 세계적으로 확산시킵니다. 전혀 의도한 것은 아니지만, 마치 미국의 유명 록 그룹이 새 앨범을 내면 전 세계 순회공연을 통해 앨범을 알리는 것과 비슷한 효과를 가져온 셈입니다. 세계를 대상으로 책과 작가를 홍보하는 일은 상상하기도 어렵던 시절, 마크 트웨인의 전 세계 순회 강연 여행은 외국 사람들에게 그를 미국 대표 작가로 각인시키는 계기가 되었습니다.

그런데 이보다도 더 결정적인 계기가 그의 사후에 찾아왔습니다. 1900년대 초반부터 몇 차례 반복된 공황과 두 차례의 세계 대전을 거치면서 세계 질서는 완전히 재편되고 미국은 최강국으로 부상하게 됩니다. 힘과 부, 날로 뻗어 나가는 국력과 풍요로운 경제를 바탕으로 모든 것이 장밋빛으로 보였던 미국의 전성기, 지금도 이른바 '좋았던 옛 시절'good old days로 미국인들이 기억하는 1950년대의 시작입니다. 다시 활발해진 출판 시장에서, 마크 트웨인을 값싼 유머 작가로 인식하던 당대의 기억은 희미해지고 그의 작품들은 아동용으로 내용과 표현이 순화되어 끝없이 재발간되었습니다. 기성세대에게는 추억이었고 새로이 태어난 세대에게는 전설이었습니다. 젊은 국가 미국의 거칠고 척박했던 시절과, 개개인의 철없던 유년 시절이 오버랩되면서 톰 소여와 허클베리 핀은 그 자체로 미국다움에 대한 낭만적 추억이 된 것입니다. 공황과 전쟁이라는 최악의 수난을 수십 년에 걸쳐 간신히 건너온 후에 맛보는 풍요는 그런 노스탤지어에 충분한 경제적, 정서적 땔감을 제공했습니다. 그렇게 『톰 소여의 모험』과 『허클베리 핀의 모험』은 미국을 대표하는 고전의 지위에 올랐습니다.

혜성을 타고 사라지다

어쩌면 『톰 소여의 모험』 등장인물들의 실제 모델 가운데 소설 속 캐릭터대로 평생을 살아간 거의 유일한 인물은 톰 소여, 즉 마크 트웨인이 아닐까 싶습니다. 톰 소여는 정도 많고 상상력도 뛰어나며 적극적인 행동력도 갖추고 있지만, 또 한편으로는 돈과 명예라는 세속적 가치에 집착하고, 이를 얻기 위해 비정상적 수단도 거리낌 없이 동원할 만큼 교활하며, 반성이나 성숙을 모르는, 끝까지 철없는 캐릭터이기도 합니다.

마크 트웨인의 캐릭터를 네 단어로 요약한다면 '돈, 허세, 무절제, 소송' 정도일 것입니다. 그는 돈과 명예, 폼 나는 일을 좋아하고 남에게 엉뚱한 시비를 걸어 걸핏하면 소송하기를 즐겨 했던(그리고 대부분의 소송은 패소했던), 가끔 만나거나 강연장에서 멀리 떨어져 구경하고 있으면 재밌지만, 가까이 있으면 상당히 피곤한 부류의 사람이었습니다. 애초에 수로 안내원이 되고 싶었던 이유도 멋진 복장을 갖춘 폼 나는 직업이기 때문이었지요. 골드러시 붐에 편승하여 무작정 서부의 금광을 헤매 다닐 만큼 일확천금, 인생 역전 같은 허황된 꿈에 집착하는 성격이었습니다. 올리비아 랭던에게 스토킹에 가깝게 구애했던 것도 외로 꼬아 보자면 그녀의 엄청난 재산과 과연 무관했던 것일까 싶기도 합니다. 당장 결혼 직후 그가 들어가 살았던 집이나, 『톰 소여의 모험』을 썼던 유명한 하트퍼드의 저택은 모두 아내의 돈으로 마련한 것이었으니 말입니다. 그러고 보면 그의 장인이 받은 18통의 답장에 적힌 친구들의 악담은 적어도 한결같다는 점에서, 일부 못된 친구들의 시기와 질투라기보다는 누구나 공통적으로 느꼈던 진실에 가까운 것이 아니었을까요?

유명 작가가 되고 부자가 된 후에도 트웨인은 일확천금을 꿈꾸며 온갖 쓸데없는 발명품 특허를 사들이는 데 돈을 쏟아부었습니다. 그런데 정작 알렉산더 그레이엄 벨이 가지고 온 전화기 특허는 이것을 어디에 쓰겠냐며 퇴짜를 놓았다고 하니 욕심만 있을 뿐 안목은 부족했던 모양입니다. 이보다 더 심한 오판은『톰 소여의 모험』을 출간하고 난 이후에 벌어집니다. 낭비벽이 심해 재산이 자꾸 새 나가는 데다 유명인들과 교류하기 위해 만든 하트퍼드의 저택이 유지비가 어마어마하게 들자 마크 트웨인은 더욱 돈에 집착하게 되었습니다. 그리고『톰 소여의 모험』이 큰 성공을 거두었음에도 왜 이렇게 돈에 쪼들리는지 곰곰이 생각한 끝에 엉뚱하게도 출판사가 인세를 떼먹고 있기 때문이라는 결론에 이르렀습니다.

마크 트웨인이 명성을 얻기 전부터 꾸준히 지원했고 그의 신작이 나오면 온갖 수단을 다 동원해 홍보 총력전을 펴 오던 아메리칸 출판사로서는 어이없는 일이었습니다. 통상 책값의 10퍼센트 정도인 작가 인세도 마크 트웨인의 경우는 파격적으로 자그마치 60퍼센트나 받고 있는 상황이었습니다. 그런데도 마크 트웨인은 만족하지 못하고 스스로 출판사를 차렸습니다. 아메리칸 출판사가 하는 예약 판매를 자신이 직접 하면 더 많은 돈을 가져갈 수 있지 않을까 하는 욕심 때문이었습니다.

성실하긴 하지만 출판업 경험은 없었던 조카사위를 사장으로 내세우고 『톰 소여의 모험』의 후속작인 『허클베리 핀의 모험』부터 이 출판사에서 출판하기 시작했습니다. 『허클베리 핀의 모험』은 『톰 소여의 모험』보다 더 큰 베스트셀러가 되었을 뿐 아니라 연이어 출판된 남북 전쟁의 영웅 그랜트 장군의 자서전도 흥행했습니다. 마크 트웨인의 시도는 무난히 성공하는 듯 보였습니다.

하지만 예약 판매라는 시스템은 그리 만만한 것이 아니었습니다. 노련한 방문 판매원들을 확보해 교육하고, 전국적인 네트워크를 만들어 관리해야 할 뿐 아니라, 중간 도매상을 거치지 않기 때문에 인쇄, 제본, 배송과 수납, 회계, 재고 관리까지 모두 처리해야 했습니다. 그런 노하우와 시스템이 하루아침에 만들어질 리 있나요? 아메리칸 출판사의 승승장구에도 불구하고 후발 출판사들이 쉽사리 그 방식을 따라 할 수 없었던 이유가 거기에 있었습니다. 그런 상황에서 자신이 쉽게 통제하려고 내세운 조카사위는 경험이 부족했고, 마크 트웨인은 인건비를 아낀다며 인력 충원과 투자를 최소화하면서도 출판사 금고가 개인 금고인 양 수시로 돈을 꺼내 썼습니다. 또 그랜트 장군의 유족에게는 명예를 지켜 준다는 이유로 10만 달러라는 거액 선인세를 안겨 주었습니다. 『작은 아씨들』이 출판될 때 올컷이 받은 선인세가 300달러라는 점을 고려하면 정말 천문학적인 액수라 할 만합니다.

당연히 출판사는 점점 기울어 갔습니다. 저명한 친척 작가의 명성에 누가 될까 봐 조카사위는 퇴근도, 휴일도 잊고 신발이 닳도록 거래처를 돌아다녔습니다. 하지만 마크 트웨인은 출판사의 경영 상황이 악화되는 것을 조카사위의 무능 탓으로 돌리며 "벌레 같은 놈" "내 인생에서 만난 최고의 머저리"라고 공개적으로 모욕을 주었습니다.

마음이 조급해진 마크 트웨인은 거듭 무리수를 두게 됩니다. 그랜트 장군 자서전의 성공을 재현하고자 다른 장군들의 자서전 시리즈를 더욱 호화로운 장정으로 펴냈다가 큰 실패를 맛보지요. 게다가 급한 김에 당시 인기를 얻고 있던 쥘 베른의 『열기구 여행』Five weeks in a Baloon을 흉내 낸 『톰 소여의 아프리카 모험』이나 '셜록 홈스' 시리즈를 흉내 낸 『탐정 톰 소여』Tom Sawyer, Detective 같은 졸작을 양산한 것은 두고두고 '흑역사'로 남게 됩니다.

결국 이 출판사가 파산하자 마크 트웨인은 엄청난 빚을 걸머지게 됩니다. 더욱 비극적인 일은 이 모두가 자신의 책임이라는 생각에 괴로워하던 조카사위가 파산 직후 집을 나가 음독자살로 생을 마감한 것이었습니다. 40세의 젊은 나이였습니다. 하지만 마크 트웨인은 이 소식을 듣고도 눈 하나 깜짝하지 않았고 심지어 장례식조차 참석하지 않았다고 합니다.

우리의 관심을 끄는 사실은 이 조카사위의 이름이 찰스 웹스터, 그리고 출판사의 이름이 그의 이름을 딴 찰스웹스터 출판사라는 점입니다. 어디서 많이 들어 본 이름 아닌가요? 맞습니다. 『키다리 아저씨』를 쓴 작가 진 웹스터의 아버지입니다. 진 웹스터가 어렸을 때 아버지를 여의고 이런저런 우여곡절을 거치며 고아처럼 자란 자신의 경험을 바탕으로 쓴 소설이 『키다리 아저씨』입니다. 아버지와 같은 존재를 그리워하는 마음이 담겨 있지요.

마크 트웨인이 전 세계 순회강연 여행을 떠난 것은 엄청난 빚을 갚기 위해서였습니다. 그 세월이 자그마치 9년이었습니다. 돈을 잘 쓰는 만큼 벌기도 잘 벌어서, 9년 만에 빚을 다 갚았을뿐더러 나중에 세상을 떠날 때 둘째 딸 클라라에게 50만 달러라는 거액을 상속해 줄 만큼 큰 재산을 다시 모았습니다. 하지만 그 대가는 결코 가볍지 않았습니다. 고되고 긴 강연 여행 중에, 사랑하는 첫째 딸 수지, 그리고 "나는 온 세상의 인정보다 아내의 인정이 중요하다."라며 평생의 반려로 사랑한 아내, 비서처럼 곁을 지키던 막내딸 진이 차례로 세상을 떠났습니다. 특히 말년의 마크 트웨인에게 손과 발이 되어 주던 진이 1909년 심장 마비로 갑자기 세상을 떠난 것은 큰 충격이었습니다.

마크 트웨인은 1835년 핼리 혜성이 나타나던 해에 태어났습니다. 강연회에서 그는 자신이 혜성을 타고 이 땅에 왔으니 혜성과 함께 돌아갈 것이라는 농담을 자주 했습니다. 이 농담만은 그저 농담에 그치지 않고 현실이 되었습니다. 혜성을 타고 왔던 희대의 이야기꾼, 영원한 소년 톰 소여는 딸 진이 세상을 떠난 이듬해인 1910년 다시 돌아온 핼리 혜성을 타고 세상을 떠났습니다.

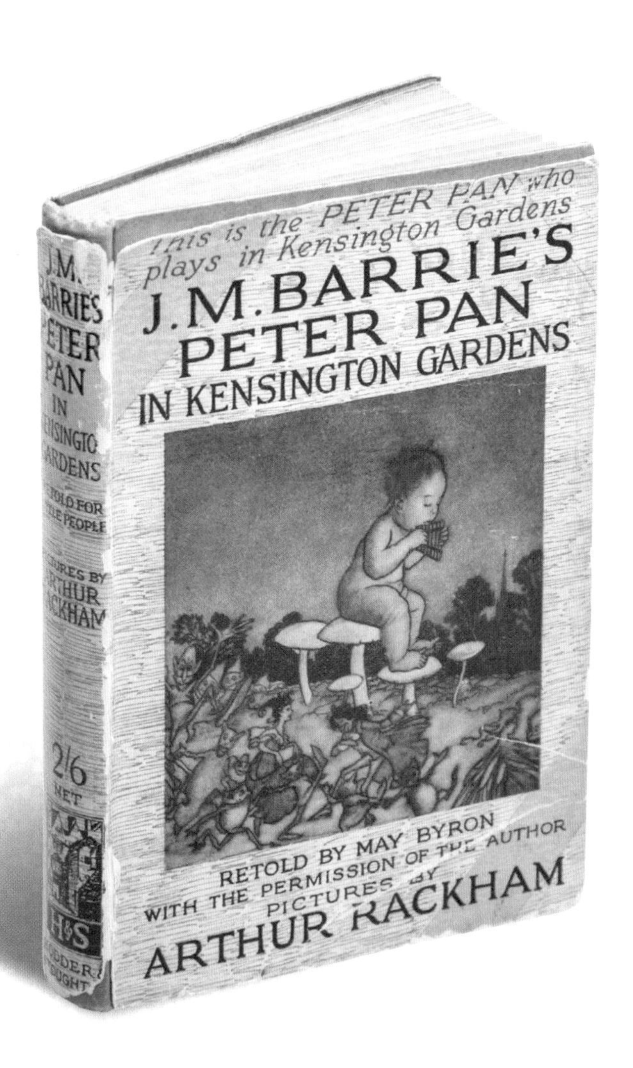

**PETER PAN
IN KENSINGTON GARDENS**

제임스 매슈 배리 『켄싱턴 공원의 피터 팬』 1939년판

4

영원한 아이들, 네버랜드에 표류하다

1960년의 어느 호텔 바

잔을 비웠다. 호텔 바에서 흑맥주라니, 스코틀랜드 촌놈은 어쩔 수 없다는 말이 귓가에 울리는 듯하지만 뭐 어떠랴. 조금 떨어진 곳에서 손님과 잡담을 하고 있는 바텐더 조니를 향해 가볍게 빈 잔을 들어 보였다.

웬디가 내게 눈을 흘겼다.

"그만 마셔. 벌써 세 잔째잖아."

"세 잔이면 이제 겨우 시작이지 뭐. 괜찮아."

"괜찮긴. 지난번에도 혀가 꼬인 채 집에 갔으면서. 자긴 생각보다 술이 약한 편이라고."

'촌놈치고는'이라는 말이 저 문장 어디쯤에 숨어 있으려나 생각하면서 신경질적으로 잔을 흔들었다. 조니, 빨리 나 좀 구해 달라고.

"우리 있잖아, 결혼은……."

젠장, 늦어 버렸다. 이런 상황에 귀찮은 표정을 짓다니, 잔을 가지러 온 조니의 면상에 주먹을 날리고 싶은 것을 간신히 참았다.

"웬디, 난 아직 준비가 안 됐다고 말했잖아. 제대로 된 직장이 있는 것도 아니고 잡지에 싸구려 연재소설이나마 싣기 시작한 게 얼마나 됐다고."

"돈이라면 나도 벌잖아. 이래 봬도 정규 타이피스트라고. 저녁엔 집에서 추가로 타이핑 아르바이트를 할 수도 있어."

맥주가 오기를 기다리며 빈손을 어찌할 수가 없어서 주머니를 뒤적거렸다. 뭔가 화제를 좀 돌려야 할 텐데.

"웬디, 웬디라……. 다시 생각해 보니 참 평범한 이름이네. 뭐, 내 이름 재커리가 어디 대단한 구석이 있다는 건 아니지만."

"또 딴소리! 그리고 엄마가 그러시는데 엄마 어렸을 적만 해도 웬디라는 이름은 거의 없었대."

"설마! 이 바 안에도 웬디가 한 명쯤은 더 있을 거라는 데 술 한 잔을 걸 수도 있어."

"웬디 하면 뭐 생각나는 거 없어?"

"『피터 팬』?"

"그 책 작가가 아이들을 무척 좋아했는데, 자주 가던 집의 네 살짜리 아이가 자기와 잘 놀아 주는 그 작가를 '친구'라고 불렀대. 그런데 아무래도 어리니까 발음이 잘 안 되잖아. 그래서 '펜디Fiendy'라고 불렀다나? 거기에서 힌트를 얻어 웬디라는 이름을 처음 만든 거래. 『피터 팬』이 큰 인기를 얻으면서 여자아이들 이름을 웬디라고 짓는 게 대유행이 되어 지금은 이렇게 흔해져 버렸지만."

그때 낯선 목소리가 끼어들었다.

"푸헤헤! 그렇다면 아가씨는 그 재커리인가 뭔가 하는 친구와는 그만두고 나와 결혼하면 되겠구먼."

갑자기 뺨을 얻어맞은 기분이 되어 소리가 들려온 쪽으로 몸을 내밀었다. 웬디의 옆에 앉은 지저분한 술주정뱅이 노인이 싸구려 위스키 잔을 늘어놓은 채 킬킬거리고 있었다.

"응? 어때? 저런 시시한 친구에게 붙어 있지 말고 나한테 와. 내가 바로 피터거든. '피터와 웬디'. 원래 소설 제목도 이거잖아. 제대로 된 커플이라고."

"뭐라고?"

의자를 걷어차고 일어섰다. 와당탕 의자가 넘어지는 소리에 바에 있던 사람들의 시선이 모두 이리로 쏠렸다. 겁에 질린 웬디가 재빨리 내 팔을 잡았다.

"하지 마, 하지 마. 그러지 마!"

매사 느릿하기만 한 조니지만 이렇게 시끄러운 사태를 수습할 때는 영국인답게 재빠르고 단호했다. 노인 앞에 팔짱을 끼고 버티어 서서는 조니가 낮고 정중하지만 위협적인 목소리로 말했다.

"데이비스 씨, 번번이 이러시면 곤란합니다. 여긴 동네 펍이 아니고 호텔 바입니다. 신사답게 행동하실 수 없다면 나가 주셔야겠습니다."

"큭큭, 신사라고? 신사 좋아하시네. 위선덩어리 쓰레기들 주제에. 그 뒤의 더러운 속내를 내가 모를 줄 알아? 모를 줄 아냐고!"

당장이라도 들이받을 듯이 말하긴 했지만 주정뱅이 노인은 금세 기운을 잃고 위스키 병을 챙겨 비틀비틀 나갔다. 기분을 망친 나와 웬디도 잠시 후 헤어졌다.

다시는 볼일이 없을 것 같던 그 노인과 또 한 번 마주친 것은 바로 그다음 날 아침 출근길에서였다. 골목길 구석 어딘가에 술병을 안고 구겨져 있을 법한 노인이었는데 내가 그의 얼굴은 발견한 곳은 의외로 신문 가판대였다. 바에서 나가고 얼마 지나지 않아 근처에 있는 슬로언 광장 지하철역에서 투신자살을 한 모양이었다. 그런데 정작 놀라운 것은 그의 충격적인 죽음보다, 그 죽음을 보도한 신문들의 헤드라인이었다.

'절대로 성장하지 않는 아이의 죽음'

'피터 팬, 죽음의 도약'

'피터 팬의 비극'

세상에……. 그는 진짜 피터 팬이었다!

피터 팬 이야기의 족보

왜 난데없이 픽션인지 논픽션인지 알쏭달쏭한 이야기가 등장한 것인지 의아해하실 분들이 많을 것 같습니다. 이 이야기는 1960년 4월 5일 저녁, 로열코트 호텔의 바에서 술을 마신 후 인근의 슬로언 광장 지하철역에서 투신자살한 63세의 데이비스에 관한 신문 기사를, 제가 상상력을 가미해서 꾸며 본 것입니다. 그저 대도시의 흔한 사고로 짧게 지나갈 수도 있었던 이 사건은 영국에서 주요 뉴스로 크게 다루어졌습니다. 헤드라인은 무려 '피터 팬의 죽음'이었지요. 데이비스라는 이 남자는 도대체 왜 피터 팬이라고 불렸을까요? 이 글을 읽어 나가다 보면 뒤에 가서 그 이유를 아실 수 있습니다.

제임스 매슈 배리의 『피터 팬』은 더 이상 설명이 필요 없을 정도로 유명한 작품입니다. 20세기를 대표하는 동화 중 하나라고 해도 누구도 이의를 달지 않겠지요. 그런 만큼 초판본을 소장하고 싶어 하는 사람들도 많습니다. 그런데 『피터 팬』 초판본을 구하고 싶어 고서점을 찾은 분들은 당황스러울 겁니다. 제임스 매슈 배리의 책들 중 정작 '피터 팬'이라는 제목의 책은 없는 반면 피터 팬이라는 단어가 들어간 책은 여럿이기 때문입니다. 『피터와 웬디』Peter and Wendy, 『피터 팬, 혹은 성장하지 않는 아이』Peter Pan, or, The Boy Who Would Not Grow Up 사이에서 혼란스러워하며 오락가락하고 있으면, 말할 상대가 없어서 지루해하던 입담 좋은 서점 주인 할아버지가 슬그머니 다가와 어깨를 두드리며 이렇게 말할 겁니다.

"『피터 팬』에 대해 잘 모르시는군요. 『피터 팬』의 원작은 저기 저 자물쇠로 잠근 유리장 안에 있는 『켄싱턴 공원의 피터 팬』이랍니다. 아서 래컴의 그림이 아주 멋지죠. 손에 들고 계신 그 베드퍼드

일러스트판은 재출간본이에요."

만약 그 고서점이 두 친구가 공동 경영하는 곳이라면, 다른 주인 할아버지가 그 말을 듣고는 정리하던 책을 내팽개치고 달려와서 목청을 높일 겁니다.

"바보 같은 소리! 자넨 좀 함부로 나서지 말라니까. 아동 서적은 내가 담당이라고. 그런 얼토당토않은 잘못된 정보를 드리다니. 손님, 『피터 팬』의 원작은 피터 팬이라는 단어가 전혀 들어가지 않은 『작고 하얀 새』The Little White Bird랍니다. 아쉽게도 저희 서점엔 들어와 있지 않습니다만."

그러고는 두 분이 대판 싸우시겠죠. 이 장면은 실은 제가 캐나다 밴쿠버의 고서점에서 겪은 일입니다. 두 분을 말리느라 비싼 가격인데도 제대로 깎지도 못하고 서둘러 사 온 책이 바로 『켄싱턴 공원의 피터 팬』이지요.(이제 생각하니, 두 분 혹시 일부러?)

혼란을 피하기 위해 일단 『피터 팬』의 '족보'부터 정리해야 할 것 같습니다. 스코틀랜드의 가난한 집에서 태어난 제임스 매슈 배리는 문필가의 꿈을 안고 런던으로 무작정 상경합니다. 당시 무명작가들이 대개 그러했듯이 잡지에 짧은 글들을 기고하면서 경력을 쌓아 나갑니다. 글쓰기에 재능이 있었던지라 점차 이름이 알려지던 1902년, 그가 쓴 단편들을 모은 책 『작고 하얀 새』가 발간됩니다. 이 단편집에는 생후 7일 된 아기인 피터 팬이 요정들을 따라 켄싱턴 공원으로 날아가 함께 살아간다는 이야기가 실려 있었습니다. 이 모티프가 무척 마음에 들었던 배리는 이야기를 더욱 발전시

제임스 매슈 배리

켜 피터 팬을 소년으로, 켄싱턴 공원을 환상의 섬 네버랜드로 묘사한 희곡 「피터 팬, 혹은 성장하지 않는 아이」를 써서 1904년 무대에 올리게 됩니다.

들도 보도 못한 요정 이야기와, 배우들을 하늘로 날리는 와이어 무대 장치들에 질려 버린 관계자들은 이 연극이 일주일도 못 가 망할 거라며 악담을 퍼부었습니다. 하지만 정반대로, 이 연극은 엄청난 성공을 거두었습니다. 당연히 연극 내용을 소설로 써서 펴내자는 출판사들의 제안이 빗발쳤으나, 배리는 일언지하에 모두 거절해 버립니다. 피터 팬에 각별한 애정을 가지고 있던 배리는 오로지 연극 무대 위에서 살아 움직이는 피터 팬만이 진짜라고 생각한 것입니다.

그에게 이 연극은 하나의 놀이이기도 했습니다. 생각나는 대로 수시로 내용을 수정해서 무대에 올리는 통에 어제의 연극과 오늘의 연극이 달라지곤 했습니다. 그런 그에게 연극 내용을 활자로 만들어 고정해 버리는 것은 피터 팬을 박제로 만드는 것과 같은 끔찍한 일이었습니다.

그러면서도 배리는 기왕에 책으로 출판되어 있던 『작고 하얀 새』에서 아기 피터 팬의 이야기만 따로 떼어 내어 다시 출판하는 것은 괜찮다고 판단했습니다. 그렇게 해서 1906년에 펴낸 책이 『켄싱턴 공원의 피터 팬』입니다. 따라서 이 책의 내용은 여러분이 알고 있는 피터 팬 이야기와 상당히 다릅니다. 굳이 따지자면 프리퀄에 해당하지요. 연극 「피터 팬, 혹은 성장하지 않는 아이」는 아기 피터 팬 이야기의 연장이라기보다 변형과 확장에 가깝기 때문에 직접 연관을 지으려 하면 오히려 혼란스러워지기도 합니다. 그래도 이미 상당한 인기를 얻고 있는 연극의 원작을 출판하는 셈이라 출판사는 큰 기대를 걸었고, 당대 최고의 삽화가로 각광받고 있던 수채화의 명인 아서 래컴을 파트너로 짝지어 책을 펴냈습니다.

『켄싱턴 공원의 피터 팬』은 폭발적인 반응을 얻으면서 대히트를 기록했습니다. 그런데 엉뚱한 문제가 생겼습니다. 연극 내용이 책으로 나오면 또다시 엄청난 성공을 거둘 것이 자명해진 마당에 원작자인 배리가 계속 출판을 거부하자, 이 틈을 타서 아류작들이 등장하기 시작한 것입니다. 내용이 엉터리인 경우도 문제였지만, 연극을 보고 나서 그 내용을 글로 옮겨 출판하는 뻔뻔스러운 경우들이 더 문제였습니다. 사실상 실제 연극과 큰 차이가 없는 내용이었기 때문입니다.

결국 이런저런 압력에 못 이긴 배리는 비로소 우리가 아는 피터 팬 이야기를 쓰게 됩니다. 단, 이번에는 아서 래컴과 작업하지 않겠다고 선언했지요. 신화적인 분위기가 특징인 아서 래컴의 그림은 너무 우중충해서 배리가 원했던 밝은 분위기와 거리가 멀었기 때문입니다. 그래서 선택된 삽화가가 바로 프랜시스 베드퍼드입니다. 원래 건축가 지망생이었던 베드퍼드는 설계 도면 작성에 쓰이던 펜과 잉크를 활용한 섬세하고 풍부한 스타일로, 피터 팬의 세계에 잘 부합했습니다. 게다가 인기 절정의 연극을 소설화하는 것이라 출판사도 최고의 자원을 투입하여 아주 고급스러운 장정으로 책을 꾸밉니다. 이 과정을 거쳐 1911년에 나온 『피터와 웬디』 초판본은 지금도 고서 수집가들이 군침을 흘리는 아름다운 책으로 꼽힙니다.

그런데 이번에는 제목이 문제가 되었습니다. 작가 입장에서는 어떻게든 연극과 소설의 차별성을 유지하려고 제목을 달리한 것인데, 독자들에게 피터 팬은 '피터'가 아니라 언제나 '피터 팬'이라서 제목이 혼동을 준다는 불만이 제기되었습니다. 그래서 약 10년 후 '피터 팬과 웬디'라고 제목이 바뀌었다가 나중에는 그냥 '피터 팬' 이라는 제목만 남게 되었습니다.

여기에 연극 대본을 그대로 옮긴 『피터 팬, 혹은 성장하지 않는 아이』도 1929년에 출판되었고 그 사이사이에 각 판본들이 아동용 축약본으로 재출간되었습니다. 게다가 그 와중에도 배리는 책 내용을 끊임없이 수정했기 때문에 '피터 팬' 이야기는 제목도 내용도

(왼쪽) 아서 래컴판의 본문 삽화.
(오른쪽) 프랜시스 베드퍼드판의 표제지.

출판 연도도 뒤죽박죽이 되어 버렸습니다. 가장 널리 알려진 피터 팬 이야기는 피터 팬이 팅커 벨과 함께 달링가 아이들의 침실 창가로 날아들어 와 웬디에게 그림자를 달아 달라고 부탁하는 내용으로 시작되는 1911년판 『피터와 웬디』이기 때문에 보통은 이 작품을 피터 팬 이야기의 원작으로 인정하고 있습니다.

요정을 믿으시나요? 그렇다면 박수를

요즘이야 케이블 티브이의 수많은 채널에다 유튜브 등에서 볼거리, 즐길 거리가 끊이지 않는 세상이지만 제가 어렸을 때만 하더라도 교육방송을 포함해 고작 네 개 밖에 안 되는 지상파 채널이 전부였습니다. 그나마 아이들이 볼 만한 프로그램은 몇 되지 않았고요. 그래서 명절이나 휴일에 해 주는 이른바 특선 만화를 손꼽아 기다리곤 했습니다.

어느 해 어린이날이었습니다. 이날에는 방송사에서 재밌는 만화를 보여 주곤 했기 때문에 기대에 차서 텔레비전 앞에 자리 잡고 앉았습니다. 그런데 「어린이에게 꿈과 희망을 전해 주는 피터 팬」이라는 프로그램 예고가 뜨는 겁니다. 로봇 만화가 아니라서 실망하긴 했지만 적어도 만화이긴 할 거라는 기대로 좀 더 기다려 보았더니 웬걸, 당시 이미 중견 가수였던 윤복희 씨가 주인공을 맡은 연극의 실황을 그대로 녹화 중계하는 프로그램이었습니다. 실망을 넘어 배신감까지 곱씹으며 원망스럽게 화면을 들여다봤습니다. 제

평생 처음 본 연극이 아니었나 싶습니다.

그런데 연극이 진행될수록 속상한 마음은 어디론가 날아가 버리고 점점 이야기에 빠져들었습니다. 특히 팅커 벨이 피터 팬 대신 독약을 먹고 죽게 되자 피터 팬이 팅커 벨을 살리기 위해 관객들, 그러니까 화면을 정면으로 응시하며 "요정을 믿으시나요? 그렇다면 박수를 쳐 주세요!" 하고 외치는 장면에서는 저도 모르게 함께 박수를 쳤지요. 그러고는 화들짝 놀라서 누가 보지 않았을까 방 안을 둘러보았습니다. 이런 피터 팬의 마법은 100년의 세월을 넘어 지금도 지구 어딘가에서 끊임없이 이어지고 있습니다. 과연 그 힘은 어디에서 오는 걸까요?

피터 팬이 지닌 매력을 단 한마디로 표현하라고 한다면 저는 '자유'라는 단어를 고를 것입니다. 피터 팬이라는 이름을 듣는 순간, 우리 머리에 떠오르는 이미지는 요정의 가루를 반짝이며 하늘을 나는 아이의 모습입니다. 하늘을 난다는 것은 오랜 세월 동안 인간에게 절대적인 자유의 상징과도 같았습니다. 단순히 내가 원하는 곳 어디든 빨리 도착할 수 있는 '이동' 능력에 국한된 의미가 아닙니다. 나를 붙들고 있는 지상의 복잡하고 힘든 관계들을 모두 털어내고 걸리적거릴 것이 아무것도 없는 빈 공간으로 탈주한다는 '비상'을 의미합니다. 이토록 홀가분하게 세상에서 벗어나는 방법이 달리 있을까요? 더구나 피터 팬은 카펫을 타거나 지니의 품에 안겨 하늘을 나는 알라딘과 달리 어떤 도구나 도움도 없이 스스로 나는 능력을 지닌 아이입니다.

베드퍼드가 그린 일러스트의 한 장면.

피터 팬이 등장했던 1900년대 초반은 라이트 형제의 처녀비행이 성공하면서 그간 꿈으로만 여겨 왔던 인간의 비행이 곧 가능할지 모른다는 흥분으로 가득하던, 하지만 아직 비행이 일상으로 자리 잡지는 못한 과도기였습니다. 그러니 피터 팬의 비행은 당대 사람들에게 불가능하지만은 않은 환상으로 더욱 가슴을 고동치게 만들었을 것입니다.

피터 팬의 자유가 지닌 시대성은 여기에 그치지 않습니다. 당시 영국은 빅토리아 시대에서 에드워드 시대로 넘어가고 있었습니다. '대영 제국'의 절정기를 지나 서서히 내리막으로 향하던 시기였지요. 어느 시대든 그 절정에서는 영광에 도취되어 이를 고착하기 위해 애쓰는 기성세대들에 의해 사회가 경직되곤 합니다. 이 무렵 영국은 사회적 차원에서는 계급 격차와 지역 격차가 심화되고, 가정이라는 미시적 차원에서는 남녀의 구분, 그리고 어른과 아이의 구분이 강화됩니다. 여성과 아이가 여성다움, 아이다움에 충실하고 가장의 권위에 복종해야 집안의 질서가 바로 선다는 믿음이 있었습니다. 육아의 차원에서는 아이들을 천사로 보는 동시에 훈육과 처벌이 필요한 미성숙한 존재로 보는 이중적 태도도 드러납니다. 이러한 가정에서 사랑은 위안인 동시에 족쇄였습니다.

웬디의 가족이 '달링가Darling family'인 것은 부르주아식 가족이 지닌 위선에 대한 은유입니다. 달링 씨는 부인이 주식과 배당에 대해 아무것도 모르기 때문에 숫자에 밝은 자신을 존경할 수밖에 없다는 이야기를 딸에게 공공연히 하는 속물입니다. 피터 팬이 달링가의 창문으로 뛰어들 수 있었던 것도 달링 씨가 아이들을 돌보는 개 나나를 조그만 실수도 용서하지 않고 끈으로 묶어 두었기 때문입니다. 달링 씨는 피터 팬에 대한 아이들의 믿음을 철없는 아이들의 거짓말로 쉽게 무시해 버리기도 하지요. 사랑이 넘치는 집Darling house을 떠나 창밖으로 몸을 던지는 아이들의 마음에는 단순히 재밌겠다는 기대 이상의 갈망이 깔려 있는 것입니다.

그런 의미에서 부모가 없는 아이 피터 팬이야말로 가족 구조에서 완벽하게 자유로운 존재입니다. 고아 됨의 자유, 이것은 삶의 현실적 조건에 대한 두려움만 접어 둘 수 있다면 누구나 한번쯤 꿈꾸어 본 위험한 환상 아닌가요?

피터 팬이라는 이름도 자유의 이미지를 가진 신화 속 존재와 관련이 있습니다. 피터 팬에서 팬Pan은 그리스 신화에서 갈대로 만든 피리(시링크스라는 악기로, 오늘날의 팬파이프입니다.)를 부는 판Pan에서 따온 것입니다. 판은 염소의 다리를 가진 신이라서 초기 연극에서는 피터 팬이 염소의 등에 타고 피리를 불며 등장하는 설정도 있었지요. 호색한이자 방탕의 상징인 판은 무절제라는 차원에서는 디오니소스와, 사랑에 대한 갈망이라는 차원에서는 에로스와 연결됩니다. 혹은 무모한 비행이라는 점에서 이카루스와, 장난꾸러기 미소년이라는 점에서 아도니스와 연관성을 찾기도 합니다.

피터 팬과 함께 날아들어 온 요정 팅커 벨 역시 비슷한 맥락이라 할 수 있습니다. 소설에서는 요정인 팅커 벨의 목소리가 종을 치는 것처럼 땡땡tintin거리기 때문에 팅커 벨이라고 부르게 되었다고 소

(왼쪽) 염소를 타고 있는 피터 팬의 삽화.
(오른쪽) 프랑스 화가 니콜라 푸생이 1637년에 그린 「판과 시링크스」.

아서 래컴판의 아기 피터 팬과 요정들.

개하고 있습니다. 저자인 배리는 석양 무렵 반짝거리는 햇빛이 잠시 공중을 떠다니는 듯 보이는 것에서 영감을 받아 팅커 벨의 캐릭터를 떠올렸다고 설명했습니다. 당시의 연극에서도 팅커 벨을 표현하기 위해 무대 뒤에서 거울로 빛을 반사해서 비추었다고 하네요. 또한 '팅커tinker'는 구멍 난 냄비를 때우는 땜장이(냄비를 두들기는 소리가 땡땡거려서 이런 이름이 붙었습니다.)라는 의미이기도 합니다. 배리의 고향인 스코틀랜드에서 땜장이 일을 하는 사람은 주로 떠돌아다니는 집시들이었습니다. 자유롭고 아이 같고 마법을 믿는 집시의 이미지를 요정에 투사한 결과, 팅커 벨이라는 이름이 탄생한 것입니다.

팅커 벨은 연극의 흥행에 매우 중요한 역할을 했습니다. 당시는 아이를 천사로 보는 관념이 절정에 이른 동시에 산업 혁명을 통해 누적된 기계 문명에 대한 피로로 마법, 초자연 현상, 전원으로의 회귀, 우거진 깊은 숲속, 그리고 거기에 사는 요정에 대한 관심이 치솟았습니다. '코팅리 요정 사건'이 일어난 것도 이즈음의 일이었습니다. 십 대 소녀 둘이 책에서 오려 낸 요정 그림을 나뭇가지에 매달아 놓고 찍은 조잡한 사진에, 당대의 유명 작가였던 아서 코난 도일을 비롯해 많은 사람이 진짜 요정이라며 속아 넘어갔지요. 「피터 팬」 연극의 초기 아이디어 단계에서 배리가 메모장에 적어 두었던 가제도 '요정'Fairy이었습니다. 하늘을 날아다니는 요정이 등장하는 연극이라는 소문에 「피터 팬, 혹은 성장하지 않는 아이」는 아동극인데도 오히려 성인 관객이 훨씬 많이 들었습니다.

『피터 팬』의 무대가 되는 네버랜드는 이 모든 환상의 종합 선물 세트와 같은 곳입니다. '절대로 존재하지 않는 곳'이라는, 이름부터 재미있는 이곳은 그 자체로 거대한 테마파크입니다. 네버랜드는 마치 디즈니랜드나 롯데월드의 놀이 기구 지도처럼 해적들의 바다, 인디언의 천막, 인어의 해안, 야수의 숲, 피터 팬과 고아들의 보금자리로 각 구역이 나뉘어 있습니다. 극히 전형적인 모험들이 반복되는 곳으로서 이 모자이크 같은 공간이 추구하는 바는 단 하나, 재미입니다. 테마파크의 놀이 기구들이 극히 위험해 보이지만 정교하게 통제된 안전한 모험을 통해 사람들을 끌어모으는 것처럼 네버랜드는 훅 선장뿐 아니라 모든 요소가 그 자체로는 매우 위협적이지만 동화라는 테두리 안에서 행복한 결말이 예정되어 있는 안전한 모험을 보장합니다. 이 이질적이고 위험한 요소들은 마치 역할 놀이를 하듯 서로를 위협하면서 돕는 순환 관계를 통해 갈등과 해소의 롤러코스터를 끝없이 반복합니다.

이렇게 보자면 테마파크가 꿈과 모험이 가득한 곳이기 이전에 걷잡을 수 없이 부풀어 오른 자본의 블랙홀인 것처럼, 네버랜드는 자유를 꿈꾸며 날아온 아이들을 오히려 제한된 쾌락의 쳇바퀴 속에 가두어 놓는 퇴행의 공간이기도 합니다. 『피터 팬』의 눈부신 빛 반대편에는 그만큼 짙은 어두움, 퇴행의 그림자가 드리워져 있습니다.

성장하지 않는 아이

그런 퇴행은 『피터 팬』의 매력이기도 합니다. 『피터 팬』 전체를 통틀어 가장 유명한 문장을 고르라면 아마 많은 사람이 맨 첫 번째 문장을 떠올릴 겁니다.

> 모든 아이가 성장하지만, 딱 한 명 예외가 있다.

『피터 팬』의 강력한 문화적 상징성은 주인공 피터 팬이 자라지 않는 아이라는 점입니다. 심리학자 댄 카일리가 1983년 『피터 팬 신드롬—성장하지 않는 사람들』The Peter Pan Syndrome: Men Who Have Never Grown Up이라는 책을 펴내면서, 몸은 성장했지만 정신적으로는 성장하기를 거부하는 현상이 '피터 팬 신드롬'이라는 용어로 자리 잡기도 했습니다. 팝의 황제 마이클 잭슨은 어느 인터뷰에서 "난 피터 팬이고 성장하지 않아요."라고 말하기도 했고, 자신의 저택에 네버랜드라는 이름을 붙여 온갖 놀이 기구를 갖추고 어린이들을 초대하기도 했죠. 『피터 팬』이 그토록 오랜 세월 동안 많은 사람을 매혹한 가장 중요한 특징이 바로 영원한 아이라는 이미지입니다.

자라지 않는 아이란 어떤 의미일까요? 우선 생각해 볼 수 있는 것은 어린이로서의 즐거움과 순수함을 간직한다는 것입니다. 세상이 온통 신기하고 새롭게만 보이는 어린이의 시선을 유지하는 것, 장난과 놀이로 가득한 삶, 사랑과 우정 그리고 행복과 희망의 벽돌

만으로 쌓은 세상에 영원히 머무르고 싶은 것은 누구나 한번쯤 가져 본 희망 사항일 것입니다.

그렇다면 반대로 어른이 된다는 것은 즐겁지도 순수하지도 희망적이지도 않은 일이라는 뜻이 됩니다. 어른은 의식주를 비롯한 삶의 조건들을 다른 사람들과의 투쟁을 통해 쟁취해야 하는 전쟁터에 서 있습니다. 게다가 자신에게 기대를 가진 사람들에 대한 의무와 책임도 어깨에 짊어져야 합니다. 자신의 속내를 그대로 드러내 보여서도, 만만하게 보여서도 안 되는 가면 놀이 속에서 타인과의 관계는 지옥이 되고 삶은 거짓의 성채로 변하기 쉽습니다.

따라서 어른이 된다는 것은 죽음과 동일시됩니다. 성장이 종내에는 죽음으로 이어진다는 점에서 자연적 죽음을 의미하기도 하고, 어린 시절이라는 세계가 붕괴한다는 점에서 한 시기의 죽음을 의미하기도 합니다. 피터 팬이 거부하는 것은 어른이 되는 것, 그 세계가 의미하는 수많은 악의 그림자, 그리고 죽음 그 자체입니다. 피터 팬과 훅 선장의 대결 구도가 바로 그 모든 것을 압축하고 있습니다. 아이로서 피터 팬은 빛이자 활기에 찬 삶이고 동시에 '선'입니다. 반면 수염을 기르고 외팔이라는 뒤틀린 신체를 가진 어른 훅 선장은 그림자이자 죽음이며 삶의 비굴함과 처절함이고, 그리하여 '악'입니다.

피터 팬 연극을 보며 열광한 많은 사람들은 나이에 따라 각기 다른 심정이었을 것입니다. 신체적으로 약자인 아이들은 피터 팬의 비행에 매혹되었을 것이고, 아이에서 어른으로 넘어가며 성장통에 시달리는 청소년들은 피터 팬의 전투가 자신들의 싸움처럼 느껴졌을 것입니다. 그리고 자녀들을 핑계로 온 어른들에게는 네버랜드 전부가 노스탤지어였을 것입니다. 아동극인데도 모든 세대에게 사랑받은 것은 어쩌면 당연한 귀결이었습니다.

성장에 대한 거부 혹은 어린이들에 대한 애착은 작가인 배리의 일생을 관통하는 키워드이기도 합니다. 그가 가장 좋아한 작품은 마크 트웨인의 『허클베리 핀의 모험』이었습니다. 철들기를 거부하고 기성세대에 대한 반항으로 미시시피강을 떠도는 헉의 모험에 깊이 공감한 것입니다. 배리는 키가 작고 체구가 왜소한 데다 동안이었는데, 일부러 자신의 몸보다 큰 옷을 걸쳐 입어 더욱 동안으로 보였습니다. 송아지만큼 커다란 하얀 개를 데리고 다녔는데 마치 주인이 개에 끌려다니는 듯한 모양새였습니다. 짐작하신 대로, 이 개가 『피터 팬』의 첫 장면에 등장하는 나나의 모델입니다. 늘 문과 창문을 꽁꽁 닫아 두고 살며 손님도 들이지 않는, 비밀에 가득 찬 작가였지만 배리는 매일같이 이 개와 함께 인근의 켄싱턴 공원을 산책하는 것만은 빼놓지 않았습니다. 그곳에서는 부모의 손을 잡고 나온 아이들을 만날 수 있었기 때문입니다.

데이비스가의 오 형제

1897년의 어느 저녁 데이비스가의 삼 형제를 만난 것도 켄싱턴 공원이었습니다. 활기차게 뛰어다니던 조지, 막 걷기 시작하던 잭,

엄마 실비아가 밀어 주는 유모차에 누워 있던 피터는 커다란 하얀 개를 보고 열광했습니다. 게다가 개의 주인인 배리 아저씨는 온갖 재밌는 얼굴 표정을 지어 가며 아이들을 웃겨 주었습니다. 그렇게 즐거운 에피소드로 끝나는 줄만 알았던 이들의 인연은 얼마 후 우연히 어느 파티 자리에서 배리가 실비아를 만나게 되면서 다시 이어집니다. 배리는 이후 뻔질나게 데이비스가를 방문해서 아이들을 만납니다. 켄싱턴 공원에서의 이 만남을 바탕으로 쓴 소설이 바로 『작고 하얀 새』입니다. 생후 7일 된 아기가 켄싱턴 공원으로 탈출하는 이야기였기 때문에 삼 형제 중 가장 어렸던 피터의 이름을 따서 피터 팬이라는 이름을 붙인 것입니다. 실비아는 이후 마이클, 니코 이렇게 두 남자아이를 더 낳아서 모두 오 형제가 됩니다.

어느 여름날, 배리는 블랙 호숫가에 있는 자신의 별장에 다섯 아이를 초대해서 즐거운 휴가를 보냅니다. 아이들과 재밌게 놀기 위해 분장 놀이를 하다가 여기에 여러 가지 설정을 덧붙여서 이야기들을 지어내지요. 당시 모든 아이들이 좋아했던 『로빈슨 크루소』, 『보물섬』 등의 설정들을 따다가 이리저리 엮다 보니 이곳은 네버랜드라는 섬이고 우리는 여기에 표류한 해적들인데 요정을 만나 영원히 아이로 살게 되었다는 식으로 내용이 전개되었습니다. 휴가를 마친 후 배리는 이 이야기를 확장하여 연극 「피터 팬, 혹은 성장하지 않는 아이」를 만들게 됩니다. 그 뒤에 이어진 일들은 앞서 말씀드렸지요.

이미 상당히 저명한 작가였던 배리는 『피터 팬』의 엄청난 성공

켄싱턴 공원 안에 있는 피터 팬 동상과 공원의 전경.

을 통해 단숨에 시대를 대표하는 대작가의 반열에 오르게 됩니다. 그와 동시에 데이비스가의 아이들 그리고 아이들의 엄마인 실비아에 대한 배리의 일방적인 애정 공세는 점점 심해져만 갑니다. 실비아의 남편, 그러니까 아이들의 아버지가 버젓이 살아 있고 배리 자신도 유부남이라는 점에서 여러모로 비정상적인 만남이었습니다. 하지만 배리는 자신의 의도를 별로 숨기려 하지도 않았습니다. 아이들과 놀아 주다가 아이들이 자신을 아빠로 착각할 때면 너무나 기쁘고, 동시에 '진짜' 아빠가 아니라는 것을 아이들이 알면 어떻게 반응할까 두렵다는 글을 개인 노트에 남기기도 했습니다. 그는 아이들의 아버지가 되고 싶었던 것입니다.

아이들의 친부이자 실비아의 남편인 아서 데이비스는 방해물이었습니다. 『피터 팬』에서 제대로 된 아버지 역할을 할 줄 모르는 사람으로 묘사되는 달링 씨의 모델이 바로 아서 데이비스입니다. 그는 또한 악당 훅 선장의 모델이기도 합니다. 그래서 배리는 초기 연극에서 달링 씨를 연기한 남자 배우가 훅 선장 역을 겸하도록 했습니다.

당연히 아서는 배리를 멀리하려고 했지요. 그런데 변호사로서 부족함 없는 삶을 살아온 그가 난데없이 젊은 나이에 암으로 시한부 선고를 받습니다. 위턱을 모두 제거하는 수술을 받은 후 제대로 말을 할 수 없게 되어 일을 그만둘 수밖에 없었습니다. 아서는 다섯 아이와 아내, 그리고 물려받은 저택을 유지하는 데 심각한 재정 문제를 겪게 됩니다. 유명 작가로서 경제적으로 여유가 있던 배리는 데이비스 가족을 지원해 주었고 이에 감격한 아서는 '지미 아저씨' 라고 부를 만큼 배리에게 의지하게 됩니다.

1907년 아서가 사망하자 배리는 아내에게 이혼을 요구합니다. 아내와 헤어지고 실비아와 결혼하려 한 것입니다. 남편인 배리에게 철저하게 외면받는 삶을 살았던 아내는 이혼을 거부하지만 끝내 버티지 못하고 2년 후인 1909년 이혼에 합의합니다. 하지만 배리의 비정하고도 집요한 노력이 무색하게도 배리가 이혼한 지 불과 이틀 후에 실비아가 쓰러졌고 역시 남편처럼 암으로 시한부 선고를 받습니다. 결국 1년 후 실비아가 사망하자 오 형제는 고아가 되지요.

누가 이 아이들을 맡을 것인가를 놓고 데이비스가의 일가친척들은 가족회의를 엽니다. 실비아의 임종을 지켰던 배리는 이 자리에서 그녀의 유언장을 공개하며 실비아가 자신에게 아이들을 맡겼다고 주장합니다. 하지만 유언장 원본에 쓰인 지미에게to Jimmy라는 철자를 고쳐 쓴 흔적이 확연했습니다.(지미는 제임스의 애칭입니다.) 사실 실비아는 유모였던 제니Jenny에게 아이들을 맡긴다고 썼는데 배리가 이것을 지미로 서투르게 고쳐 쓴 것입니다.

이런 조악한 위조에도 불구하고, 부담을 지기 싫었던 친척들은 유명 작가인 배리가 아이들을 맡는 것에 동의했고 마침내 배리는 아이들의 진짜 아빠가 되었습니다.

누군가를 대신하는 것의 비극

메탈리카라는 헤비메탈 밴드가 있습니다. 지금은 세계적으로 유명한, 살아 있는 전설로 떠받들어지는 그룹이지만 젊은 시절엔 고된 무명 시절을 거쳤습니다. 이 힘든 시절, 나머지 세 명의 멤버들을 끌고 당기며 밴드를 이끈 사람이 베이스 기타를 쳤던 클리프 버턴이었습니다. 연주 실력도 뛰어났지만 늘 유쾌한 성격으로 희망이 보이지 않는 밴드 생활에 지쳐 가던 멤버들을 다독였습니다. 그런데 고생 끝에 낙이 온다고 메탈리카가 대중들에게 막 호응을 받기 시작할 즈음, 순회공연을 위해 타고 가던 버스가 사고를 당해 클리프 버턴은 그 자리에서 사망했습니다.

나머지 멤버들은 커다란 충격을 받았으나 그룹을 계속해 나가기 위해 제이슨 뉴스테드라는 새로운 멤버를 영입했습니다. 제이슨은 클리프 못지않게 연주 실력이 뛰어났고 작곡 실력과 노래 실력까지 갖추고 있어 메탈리카의 사운드를 크게 발전시켰습니다. 하지만 제이슨이 클리프의 자리를 훌륭하게 메우면 메울수록 나머지 멤버들은 점점 더 제이슨을 외면하고 따돌렸습니다. 왠지 그와 친밀해지는 것이 죽은 클리프에 대한 배신처럼 느껴졌기 때문입니다. 게다가 제이슨 자신도 클리프를 대체할 수 없고 대체하기도 싫다는 생각에 그룹에서 겉돌았습니다.

그런 심리적 충돌로 메탈리카의 음악은 더욱 거칠어졌고 아이러니하게도 그럴수록 대중들은 더 환호했으며 그로 인해 멤버들의 고통은 더욱 커져 가는 악순환이 거듭되었습니다. 마침내 인기의 절정에서 제이슨은 탈퇴를 선언합니다. 그는 세계적인 밴드를 버리고 자신만의 작은 밴드를 만들어 하고 싶은 음악을 하겠다고 주장했습니다. 나머지 멤버들은 또 한 번 베이시스트를 잃게 되었다는 충격과, 그 문제의 원인이 자신들에게 있다는 죄책감에 밴드 활동을 잠정적으로 중단하게 됩니다. 리더였던 제임스 헤트필드는 알코올 중독에까지 이르렀고 결국 멤버 전체가 장기간 심리 치료를 받고 나서야 간신히 재기할 수 있었습니다.

어쩌면 『피터 팬』의 작가 배리의 성공과 비극도 나 아닌 누군가를 대체한다는 것에서 비롯되었는지 모릅니다. 삼 형제의 막내로 태어난 배리에게 어린 시절 두 형은 영웅과 같은 존재였습니다. 키가 작고 소심하며 무엇 하나 잘하는 것이 없는 배리와 달리 두 형은 전형적인 스포츠맨에 영재였습니다. 특히 둘째 형은 온 가족의 기대를 한 몸에 받는 엘리트였습니다. 하지만 그 둘째 형이 허망하게 사고로 죽고 연이어 아버지마저 세상을 떠나자 집안엔 온통 어두움만이 가득 찼습니다. 늘 식탁에 엎드려 눈물만 흘리고 있는 어머니를 위해 무엇을 할 수 있을까 고민하던 배리는 둘째 형의 흉내를 내기 시작합니다. 거울을 보고 수없이 연습한 형의 표정과 말투, 몸짓을 흉내 내는 배리의 모습에 어머니가 웃음을 보이자 배리는 신이 나서 더 열심히 연습을 하게 됩니다. 이것이 그가 연극에 빠지게 된 계기입니다.

어머니를 즐겁게 해 주기 위해 끊임없이 대화를 나누며 이야기를 지어내던 배리에게 어느 날 어머니는 그가 없을 때도 거듭 그 이야기들을 읽을 수 있게 글로 써 달라는 부탁을 합니다. 그렇게 시작된 배리의 글은 늘 읽는 사람을 염두에 둔 글, 공연과 낭독을 염두에 둔 글이 됩니다. 『피터 팬』에서 관찰자 역할을 하는 내레이터의 목소리가 들어가 있는 것도 그런 이유에서입니다.

작가를 꿈꾸며 무작정 런던으로 향한 배리가 프리랜서 저널리스트로 잡지에 기고했던 글들도 따지고 보면 그런 흉내 내기였습니다. 배리는 의사, 개, 아이, 엄마, 국회 의원 등 다양한 사람의 시선에서 상상한 글을 써서 독자들의 호응을 얻었습니다. 달리 말하면 그 수많은 글 어디에도 제임스 매슈 배리는 없었습니다. 그렇다 보니 글의 모델이 된 주변 사람들에게 오해를 살 수도 있어, 배리의 어머니는 행여 이웃이 볼까 봐 집 안에서는 아들의 자랑스러운 책들을 숨겨 두기도 했습니다.

배리가 실비아와 그녀의 다섯 아이에 대해 가졌던 감정도, 행복한 가정의 아버지 역할을 대체하고 싶다는 욕망이 아니었을까 생각됩니다. 일부의 우려와 달리 배리가 다섯 아이에게 에로틱한 감정을 갖거나 부적절한 신체적 접촉을 하는 일은 전혀 없었다고 합니다. 배리의 사후, 배리가 아버지 흉내를 내는 것에 진저리를 쳤던 둘째 잭을 포함해 오 형제가 인터뷰를 통해 분명히 밝힌 사실입니다. 배리는 다섯 아이의 양육을 맡은 후 최선을 다해 좋은 의식주와 교육을 제공합니다. 아이들은 모두 비싼 사립 학교에 다녔고 명문대학에 진학했습니다.

하지만 배리가 다섯 아이를 모두 똑같이 사랑한 것은 아니었습니다. 배리는 첫째 조지와 넷째 마이클에게 특별히 더 깊은 애정을 보였습니다. 그런데 첫째 조지가 1차 대전에 참전했다가 사망했습니다. 이때부터 배리는 우울증을 앓기 시작합니다. 결정타는 1920년 옥스퍼드 대학에 다니던 마이클이 익사한 사건이었습니다. 너무나 큰 충격을 받은 배리는 거의 절필 상태에 들어가고 이때부터 이어진 불면증을 달래기 위해 헤로인까지 복용하게 됩니다. 아이가 죽었는데도 자신은 살아 있다는 사실에 자신이 괴물처럼 느껴진다고 일기장에 쓸 정도였습니다.

당대에 가장 유명하지만 가장 미스터리한 작가였던 배리는 결국 1937년 숨을 거둡니다. 그 유명세만큼 그가 남긴 재산은 막대했습니다. 특히 『피터 팬』의 저작권은 황금알을 낳는 거위와 같았습니다. 배리는 죽기 전에 자신은 아이들을 키우기 위해 최선을 다했고 이제 다들 성인이 되었으니 각자 자기 일에 긍지를 갖고 살아가기를 바란다는 말과 함께 추억이 담긴 개인 소지품과 가구 등을 남은 세 형제에게 물려주었습니다. 집을 비롯한 부동산 자산은, 청구서를 서랍에 처박아 두는 것 외에는 아무것도 할 줄 몰랐던 배리 대신 몇십 년간 모든 문제를 도맡아 처리해 준 비서에게 남겼습니다. 그리고 많은 수입이 예상되는 작품 저작권들은 고통받는 가난한 아이들을 돌보는 데 쓰라는 의미로 오몬드거리 아동병원에 기증했습니다.

아름다운 마무리처럼 보이지만 남은 세 형제는 크게 화를 냈습니다. 주요 유산이 그들에게 돌아가지 않았기 때문입니다. 특히 셋째 피터는 자신이 『피터 팬』의 모델이니 저작권을 비롯한 대부분의 재산이 자신의 것이 되어야 마땅하다며 배신감과 분노를 표했습니다. "피터 팬과 동일시되는 바람에 내 삶이 얼마나 망가졌는지 아는가. 나는 피해자다."라는 말과 함께.

하지만 어쩌면 그의 내심은 그 반대였는지도 모릅니다. 앞서 말씀드린 바와 같이, 『피터 팬』의 원작이 되는 『작고 하얀 새』가 쓰이던 시점에 주인공이 아기라는 설정이 우연히 그의 나이와 맞아 피터라는 이름이 쓰였을 뿐입니다. 연극 「피터 팬, 혹은 성장하지 않는 아이」가 만들어졌을 때, 그리고 이후 『피터와 웬디』가 쓰였을 때 그 모델은 일관되게 넷째 마이클이었습니다. 배리의 사랑은 언제나 첫째 조지 그리고 더욱 각별하게 넷째 마이클에게 쏠렸습니다. 이름만 빌려주었을 뿐 셋째 피터는 피터 팬이 될 수도, 배리가 가장 사랑하는 아이가 될 수도 없었습니다. 그는 피터 팬과 동일시되었기 때문에 고통받은 것이 아니라, 피터라는 이름에도 불구하고 자신이 피터 팬이 아니라는 사실에 괴로웠던 것인지 모릅니다.

그가 대학을 졸업한 후 출판사를 차린 것이 배리에 대한 애증과 관련이 있는지는 잘 모르겠습니다. 하지만 거듭된 실패로 알코올 중독에 빠져 몸도 마음도 무너져 가던 그가, 마지막으로 잡은 출판 소재가 배리와 다섯 아이들의 기록, 특히 마이클과 관련된 자료들이었다는 점은 여러모로 의미심장합니다.

출간 직전 최종 원고에서 그는 수영도 할 줄 모르는 마이클이 친구와 함께 익사한 사건이 우연한 사고가 아니라, 동성애를 숨기려고 택한 동반 자살 같다는 결론에 이릅니다. 원고를 책상에 던져 둔 채 술을 마시러 나갔던 피터는 그날 밤 지하철역에 스스로 몸을 던져 생을 마감합니다. 이제 제가 이 글 맨 앞에서 들려 드린 이야기의 주인공이 누군지 아시겠지요?

환상과 모험으로만 가득할 것 같은 『피터 팬』에는 왠지 어울리지 않는 슬픈 장면이 하나 있습니다. 피터 팬과 함께 사는 고아들에게 엄마 같은 존재가 된 웬디가 엄마의 한없는 사랑에 대해 들려주며 엄마는 언제까지나 우리를 기다리고 있을 거라는 감동적인 이야기를 합니다. 그러자 피터 팬은 어깨를 늘어뜨리고 우울하게 대꾸합니다.

> "웬디, 넌 엄마들에 대해서 잘못 알고 있어……. 오래전엔 나도 너처럼 우리 엄마가 언제나 창문을 열고 나를 기다리고 있을 거라고 생각했지. 그래서 마음 놓고 여기서 시간을 보냈어. 하지만 내가 돌아갔을 때 창문은 잠겨 있었어. 엄마가 나를 완전히 잊어버린 거지. 그리고 내 침대에는 다른 작은 아이가 잠들어 있더라고."

피터 데이비스도, 작가 제임스 매슈 배리도 추운 날씨에 굳게 잠긴 창밖에서 아늑하고 따뜻한 방 안을 들여다보며, 그리고 내 것이었어야 할 침대에 누운 누군가를 바라보며 흐느꼈던 사람들인지 모릅니다. 어쩌면 팅커 벨의 요정 가루는 그 모든 눈물을 빛으로 덮어 잊게 만드는 마법의 약물 같은 것이 아니었을까요?

어른이 되어 버린 우리는 피터 팬의 비행이 지닌 자유와 스릴의 즐거움보다, 그 배경의 지독하게 검은 하늘이 먼저 눈에 들어오는 나이가 되었습니다. 우리 삶이 더 이상 아이처럼 단순할 수 없다는 깨달음이 주는, 더는 내 것이 아닌 순수한 기쁨에 대한 그리움, 바로 그것이 우리가 『피터 팬』을 읽으며 느끼는 감정이 아닐까요?

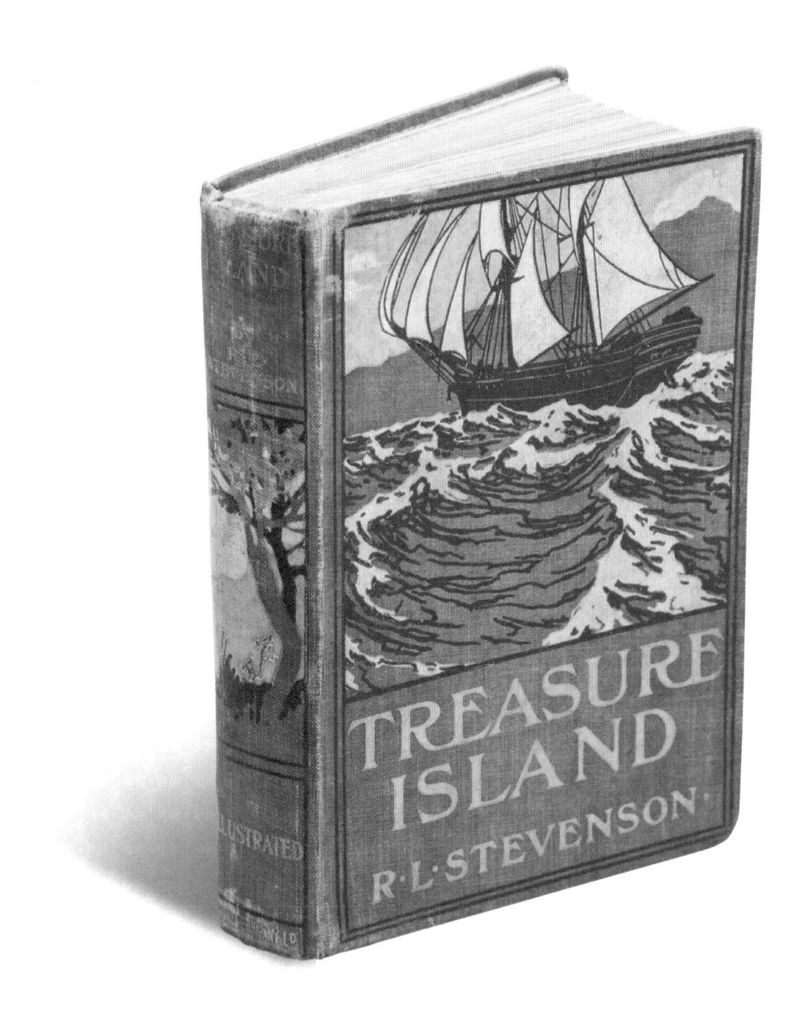

TREASURE
ISLAND

로버트 루이스 스티븐슨 『보물섬』 1905년판

5

해적의 전설, 소년들의 꿈

레고 호텔 해적의 방

캐나다에서 출발해 낡은 차를 몰고 15일간 약 9,000킬로미터를 달려 미 서부 지역을 종단하는 여정. 이 힘든 여행을 가족과 함께 해야겠다고 결심한 가장 큰 이유는 서부 해안의 끄트머리 샌디에이고에 자리 잡고 있는 레고랜드를 두 아들에게 보여 주기 위해서였습니다. 두 녀석 모두 엄청난 레고 마니아라서 더 나이가 들기 전에, 레고의 마법이 더 이상 아이들을 매혹하지 못하는 때에 이르기 전에 한 번쯤은 이곳에 데려가 주고 싶었습니다. 이왕 큰마음을 먹은 김에 레고랜드에 딸린 레고 호텔에서 하룻밤 자기로 했습니다. 가격은 만만치 않았지만 온 호텔에 젖과 꿀, 아니 레고 블록과 피겨가 넘쳐흐르는 레고 천국이었습니다.

여러 테마로 꾸며진 방들 중 우리는 '해적의 방'을 선택했습니다. 아이들의 열광이 절정에 달한 것은 숙소의 문을 열고 들어섰을 때였습니다. 침구는 해적 깃발, 카펫은 보물 지도, 그리고 애꾸눈 선장의 피겨와 배 모양 벙커 침대까지……. 아이들은 방 안 곳곳에 있는 해적의 상징들에 탄성을 질렀습니다. 그중에서도 아이들의 가슴을 가장 뛰게 한 것은 방 한구석에 놓인 보물 상자였습니다. 이 상자에는 번호 조합으로 열리는 자물쇠가 달려 있었습니다. 비밀번호는 체크인 할 때 받은 종이에 적힌 퀴즈들을 방과 호텔 구석구석을 뒤지며 풀어야 알아낼 수 있었습니다. "우아아!" 소리를 지르며 폭풍처럼 방 안을 뒤지다가 문을 벌컥 열고 복도로 뛰쳐나간 아이들 뒤에 멍하니 남겨졌습니다.

침대에 가만히 앉아 방 여기저기를 살펴봤습니다. 검은 해적 깃발, X 표가 된 보물 지도, 해골, 난파선, 보물 상자 등 해적 하면 누구나 금세 떠올리는 이 클리셰들은 어디서부터 시작된 것일까? 오래 생각할 것도 없이 하나의 제목이 떠올랐습니다. 이 모든 풍경을 한꺼번에 설명해 주는, 이젠 일반 명사가 된 듯한 명작. 로버트 루이스 스티븐슨의 『보물섬』이었습니다.

이런저런 생각을 하는 사이, 아이들이 돌풍을 몰고 돌아왔습니다. 비밀번호를 모두 알아낸 모양입니다. "이거야." "아니야." "저리 비켜 봐."를 거듭하던 아이들은 마침내 자물쇠를 여는 데 성공하고 동시에 만세를 외쳤습니다. 자리에서 일어나 보물 상자 쪽으로 몸을 기울여 보니 레고 장난감과 음료수, 그리고 반짝반짝 빛나는 금

레고 호텔 해적의 방에 있는 해적의 상징들.

화(초콜릿)가 가득 들어 있었습니다. 아, 그래, 금화와 보석도 빠질 수 없지. 갑자기 스티븐슨이 『보물섬』을 두고 했던 자신만만한 말이 떠올랐습니다.

> 아이들이 만약 더 이상 이 책에 흥미를 느끼지 못한다면, 아마 아이들이 지금보다 타락했기 때문일 것이다.

순수한 열정이 가득한 아이들이라면 어느 시대라도 자신의 작품을 사랑할 수밖에 없으리라는 자신감을 '타락'이라는 격한 단어까지 써 가며 표현하다니. 얄밉긴 하지만 딱히 부정하기는 어려운 말 같기도 합니다. 스티븐슨이 저 높은 곳에서 지금 이 두 녀석을 보고 있다면 "여전히 순수한 아이들이구먼." 하며 흐뭇해할까요?

스티븐슨 대신 흐뭇한 표정으로 아이들의 뒷모습을 바라보다가 문득 『보물섬』을 마지막으로 읽은 게 언제였는지 기억을 더듬어 보았습니다. 그 멋진 모험담이 어떻게 시작되었더라?

등대 전문가의 반항아 아들

누군가 저에게 『보물섬』의 원서 표지를 상상해 보라고 한다면 그저 외다리 실버, 해적 깃발, 보물이 그득 들어 있는 상자 이미지들 사이에서 표류했을 것 같습니다. 실제로 구하고 보니 『보물섬』은 제가 상상했던 모습 이상이었지요. 녹색 물결이 넘실거리는 표지를 보고 감탄을 금할 수 없었습니다. 희고 푸른 파도를 헤치고 나아가는 범선(아마 히스파니올라호겠죠?)이, 섬과 구름을 배경으로 그려져 있습니다. 책등에는 푸른 나무 그림의 아래위로 제목과 저자, 출판사의 이름이 금박으로 새겨져 있고요. 표지 제목과 저자 이름도 처음에는 번쩍거리는 금박이었지만 100년이 넘는 세월 동안 사람들의 손길을 거치며 벗겨진 것 같습니다. 정말 화려하기 그지없는 장정입니다.

사실 1883년에 나온 『보물섬』 초판본은 이렇게 화려하지 않았습니다. 그저 밋밋한 파란 표지였죠. 제가 산 책은 그로부터 20여 년 후인 1905년에 나온 판본으로, 초판본 출판사인 카셀앤드컴퍼니에서 초판 형태 그대로 펴낸 것입니다. 특히 빅토리아 시대 삽화 중에서도 명작으로 꼽히는 월터 패지트의 아름다운 삽화가 원본 그대로 모두 수록되어 있습니다. 월터 패지트는 서구에서는 『로빈슨 크루소』와 『보물섬』의 삽화로 유명하지만, 우리나라에는 그 이름을 아는 사람이 그리 많지 않지요.

그의 그림은 몰라도 동생 시드니 패지트의 그림을 본 사람은 많을 겁니다. 시드니 패지트는 바로 '셜록 홈스' 시리즈의 삽화가입니다. 원래 소설에는 없는 설정이었던, 사냥 모자를 쓴 홈스의 모습을 그려서 사냥 모자를 파이프 담배와 함께 홈스의 아이콘으로 부각하지요. '셜록 홈스' 시리즈를 읽으면서 뭔가 클래식해 보이는 삽화를 만나셨다면 시드니 패지트의 삽화일 가능성이 높습니다.

여기에 얽힌 뒷이야기도 재미있습니다. 원래 '셜록 홈스' 시리

시드니 패지트가 형 월터 패지트를 모델로 그린 셜록 홈스.

즈를 연재하던 『스트랜드』 매거진 편집부에서는 당대에 이름이 높던 월터 패지트에게 삽화를 맡기려고 했습니다. 그런데 편지가 오가는 중에 연락이 꼬여서 편집자가 동생을 형이라고 착각하고 삽화를 의뢰한 것이지요. 다행히 동생 역시 미술을 전공한 훌륭한 삽화가여서 홈스의 전설을 만들어 내는 데 일조했습니다. 그 덕분에 우리는 『보물섬』의 삽화가 월터 패지트가 어떻게 생겼는지는 알게 되었습니다. 처음 의뢰를 받을 때만 해도 전문 삽화가가 아니었던 탓에 마땅한 모델이 없던 동생이 급한 대로 형을 모델로 홈스를 그렸거든요. 시드니 패지트가 40대에 먼저 세상을 떠난 후에는 형이 '셜록 홈스' 시리즈를 이어받아 삽화를 그리기도 했습니다.

바다를 담은 이 책의 표지처럼 저자 스티븐슨의 삶도 태어날 때

로버트 루이스 스티븐슨

부터 바다와 깊은 관련을 맺고 있습니다. 당시 영국은 해양 세력을 바탕으로 해가 지지 않는 제국이었던 데다, 그의 가족은 대대로 바다를 밝히는 등대를 개발하고 건설하는 일을 하던 엔지니어 집안이었습니다. 특히 그의 아버지 토머스 스티븐슨은 현재에도 등대의 상징으로 여겨지는 회전형 서치라이트를 발명한, 당대의 내로라하는 등대 전문가였습니다. 그래서 아들 역시 자신의 업적을 이어받아 훌륭한 등대 엔지니어가 되기를 바랐습니다.

하지만 스티븐슨은 외가 쪽의 유전자를 더 많이 이어받았는지 섬세하고 심약한 문학 소년으로 자라났습니다. 심지어 외가 쪽의 지병이었던 폐 질환을 평생 앓았기 때문에 늘 아파서 여윈 모습이었습니다. 정규 학교에 다니는 것도 힘들어서 어린 시절엔 가정 교사에게 교육을 받기도 했습니다. 실망한 아버지는 엉뚱하게도 아들의 이름인 로버트 루이스 스티븐슨 중 외할아버지의 이름을 이어받았던 루이스의 철자를 Lewis에서 Louis로 바꾸는 것으로 화풀이했습니다.

스티븐슨은 커 가면서 권위적이고 완고한 아버지에게 점점 거세게 반항하기 시작했습니다. 어떻게든 아들이 등대에 관심을 갖게 하고자 아버지가 자신이 만든 수십 개의 등대를 돌아보는 여행을 보내 줬더니, 그는 오히려 바다와 여행 자체에 심취해서 보헤미안처럼 머리를 기르고는 여행기와 바다에 관한 에세이를 써 댔지요. 아들에게 진절머리가 난 아버지는 그렇게 공학이 싫다면 법대를 가는 것이 어떻겠냐는 타협안을 내놓았습니다. 스티븐슨은 아버지의 재정적 지원을 받는 대신 법대에 진학하기로 했습니다. 같은 고향 출신의 대작가 월터 스콧이 변호사인 동시에 소설가였으니 자신도 문학과 병행할 수 있겠다는 생각이었지요.

성적이 상당히 좋았던 스티븐슨은 어렵지 않게 법대에 합격합니다. 하지만 대학생이 되자마자 공부는커녕 술집과 사창가를 전전하면서 방탕한 생활을 이어 갔습니다. 특히 독실한 부모님과 달리 무신론자 선언을 하면서 "부모가 전해 준 모든 것을 부정한다!"라고 말한 것 때문에 아버지의 분노를 삽니다. 우여곡절 끝에 졸업하자 아버지가 에든버러 시내에 변호사 사무실을 내주고 번쩍번쩍한 금박 명판까지 달아 주었건만, 제대로 출근도 하지 않고 며칠 만에 프랑스로 도망가 버린 사건은 객기 어린 반항의 절정이었습니다. 머리끝까지 화가 난 아버지는 스티븐슨에게 모든 지원을 끊고 절연을 해 버렸습니다.

진짜 보물 지도를 발견하기까지

런던을 거쳐 프랑스로 흘러 들어간 스티븐슨이 향한 곳은 화가 밀레를 비롯해 많은 예술가가 모여 살아 창조적 활기가 넘치던 바르비종이었습니다. 그곳에서 그는 운명의 여인 패니를 만납니다. 아름답고 현명하며 미술에 재능이 있던 그녀에게 스티븐슨은 금세 푹 빠져 버립니다. 하지만 둘 사이에는 적지 않은 난관이 놓여 있었습니다. 패니가 스티븐슨의 아버지가 경멸해 마지않는 미국인이라거나 스티븐슨보다 열 살 연상이라는 점은 오히려 사소한 문제였습니다. 패니는 유부녀였고 이미 아이가 셋이나 있었던 것입니다.

하지만 이미 사랑의 열병에 빠진 스티븐슨은 물불을 가릴 계제가 아니었습니다. 몇 년이나 패니의 곁을 맴돌며 구애를 했지요. 그런데도 끝내 그녀의 마음은 열리지 않았습니다. 바람둥이 남편에게 질려 아이들만 데리고 프랑스로 온 터라 이미 결혼 생활은 파탄이 난 것이나 다름없었지만, 자신은 스티븐슨에게 어울리는 짝이 아니라고 생각했기 때문이었습니다. 결국 그녀는 아이들과 함께 고향인 캘리포니아의 몬터레이로 돌아가 버립니다.

이쯤이면 포기할 만도 하건만, 스티븐슨은 패니의 뒤를 따라 미국으로 건너가기로 결심합니다. 쉬운 일은 아니었지요. 지병인 폐병으로 허약해진 몸도 문제이거니와, 아버지의 경제적 지원이 끊긴 마당이라 대서양을 건너고 미국 대륙을 횡단해 캘리포니아까지 갈 여비도 없었습니다. 있는 돈을 탈탈 털어 무작정 떠난 여행은 제대로 먹지도 입지도 쉬지도 못하는, 말 그대로 목숨을 건 모험이 되었습니다. 이 표현이 전혀 억지스럽지 않은 것이, 천신만고 끝에 패니가 사는 마을 근처에 도착했을 때 스티븐슨은 병세가 크게 악화되어 싸구려 숙소에 드러누워 사경을 헤매었습니다. 뒤늦게 소식을 듣고 한달음에 찾아온 패니의 헌신적인 간호가 없었더라면 우리는 『보물섬』을 만나지 못할 뻔했습니다.

소설보다 더 극적인 과정을 거쳐 이룬 사랑이니 스티븐슨은 얼마나 행복했을까요. 다행히 패니를 만난 아버지는 천박한 미국인이라는 고정 관념과 달리 지적이고 싹싹한 패니를 무척 마음에 들어 하며 스티븐슨에게 다시 경제적 지원을 해 주겠다고 약속했습니다. 그래서 스티븐슨은 패니와 그녀의 아들 로이드와 함께 셋이서 영국에서 단란한 가정을 꾸리게 되었습니다.(패니의 세 아이 중 막내는 병으로 사망했고 큰딸은 결혼해서 분가했습니다.)

스티븐슨에게 이제 남은 아쉬움이 있다면 작가로서 아직 아무런 성취를 이루지 못했다는 점이었습니다. 친구이자 당대의 문필가였던 헨리 제임스의 도움으로 프랑스 여행기인 『내륙 항해』In Land Voyage가 출판되긴 했으나 별다른 반향은 없었습니다. 가정을 꾸리고 나서도 아버지의 도움을 받는 형편이라는 게 아쉽고 답답했지만 그저 때를 기다릴 수밖에 없었습니다.

스코틀랜드의 집에서 여느 때처럼 세 식구가 함께 즐거운 시간을 보내던 어느 날이었습니다. 우중충한 스코틀랜드의 날씨답게 그날도 창밖에는 비가 내리고 있었습니다. 햇살이 가득한 캘리포니아에서 살다 온 열두 살 로이드는 도무지 좀이 쑤셔서 견딜 수가 없었습니다. 그래서 친구처럼 지내는 새아버지 스티븐슨에게 "진짜 재밌는 이야기 좀 해 주세요."라고 졸랐습니다. 그러지 않아도 무료하던 스티븐슨은 이야기를 지어내기 시작했습니다. 그저 로이드를 즐겁게 하는 것이 목적이었기 때문에 자신이 읽은 책들, 예를 들어 대니얼 디포의 『로빈슨 크루소』나 에드거 앨런 포의 『황금 벌레』, 월터 스콧의 『해적』The Pirate 등을 마구잡이로 섞어 가며 생각나는 대로 이야기했지요. 책상 위에 놓여 있던 원고지 한 장을 뒤집어 해적들이 보물을 숨겨 놓은 비밀 장소를 표시한 X 표가 있는 지도, 그 비밀 장소로 안내하는 해골 표지판 등등을 되는대로 그려 가면서요. 의외로 로이드는 물론 패니까지 아주 열광적인 반응을 보였습니다. 뒷이야기를 들려 달라는 가족들의 열화와 같은 요청에 스티븐슨은 이후 며칠간 짧은 이야기를 계속 쓰게 되었습니다. 그리고 어느 정도 분량이 차면 벽난로 앞에 가족들을 모아 놓고 낭독해 주었습니다. 그때마다 가족들은 아주 즐거워했습니다.

모두가 잠든 깊은 밤, 서재의 책상에 홀로 앉은 스티븐슨은 엉성하게 그린 지도 위에 색색의 잉크를 동원해 적어 넣은, 보물을 묻은 날짜며 장소, 플린트 선장의 사인 등을 물끄러미 들여다보았습니다. 겨우 며칠 만에 서너 장이나 되는 글을 썼다는 사실이 스스로도 믿어지지 않았습니다. 더욱 놀라운 것은 가족들, 특히 로이드의 반

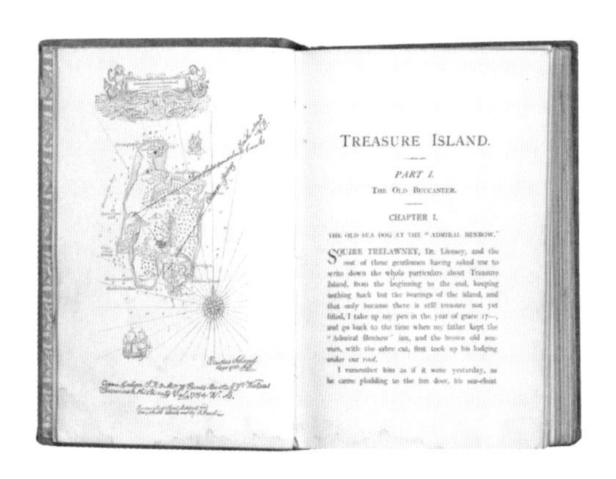
TREASURE ISLAND.

PART I.

THE OLD BUCCANEER.

CHAPTER I.

THE OLD SEA DOG AT THE "ADMIRAL BENBOW."

SQUIRE TRELAWNEY, Dr. Livesey, and the rest of these gentlemen having asked me to write down the whole particulars about Treasure Island, from the beginning to the end, keeping nothing back but the bearings of the island, and that only because there is still treasure not yet lifted, I take up my pen in the year of grace 17—, and go back to the time when my father kept the "Admiral Benbow" inn, and the brown old seaman, with the sabre cut, first took up his lodging under our roof.

I remember him as if it were yesterday, as he came plodding to the inn door, his sea-chest

웅이었습니다. 스티븐슨은 생각했습니다. 내 글이 누군가에게 그렇게 큰 기쁨을 줄 수도 있구나, 내 이야기를 누군가 그렇게 좋아해 줄 수도 있구나. 그럼 아예 이 내용을 제대로 소설로 써 볼까?

시대를 넘어 전 세계 사람들의 사랑을 받는 소설 『보물섬』은 그날 밤 그 한 장의 지도에서 시작되었습니다. 스티븐슨이 그린 것은 상상 속 해적의 보물보다 훨씬 더 큰 가치를 지니고 있는 진짜 보물 지도였던 것입니다.

『보물섬』의 신 스틸러들

스티븐슨의 글은 헨리 제임스의 주선으로 청소년 주간 잡지에 1881년부터 1882년까지 약 2년간 연재되었습니다. 『보물섬』의 목차가 크게는 6개 부로, 작게는 34개 장으로 구성되어 있는 것은 이

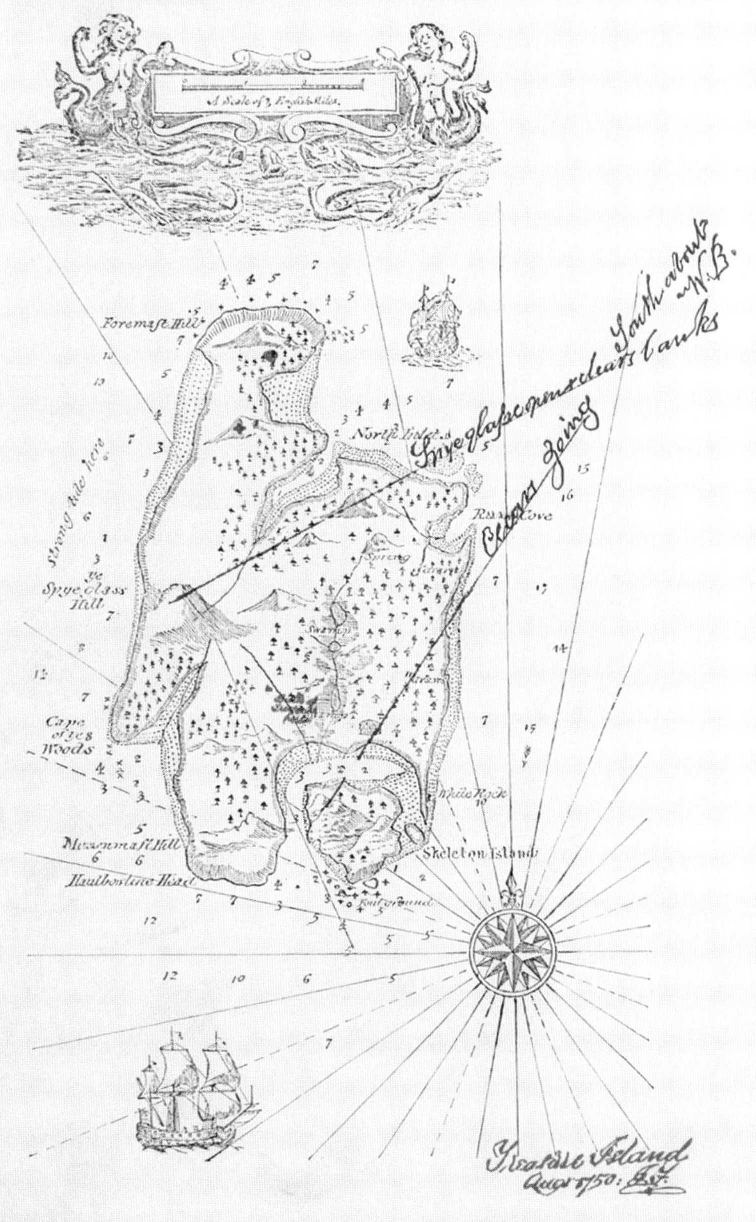

Given by above J.F. to Mr W. Bones Maite of ye Walrus Savannah this twenty July 1754 W.B.

Facsimile of Chart; latitude and longitude struck out by J. Hawkins

러한 주간 연재물들을 모은 것이기 때문입니다. 2년이면 104주인데 어째서 34개 장밖에 안 될까 의아해하실 분들도 있을 텐데 여기에는 사연이 있습니다.

연재가 시작되자마자 반응은 폭발적이었습니다. 독자들의 요구에 스티븐슨은 엄청난 양의 원고를 쉴 새 없이 집필해야 했습니다. 그 바람에 안 그래도 허약한 체력에 병이 도져서 절반인 3부까지 집필한 후 한동안 휴지기를 가졌습니다. 책을 자세히 살펴보면 그 흔적이 남아 있습니다. 4부 도입 부분에서 뜬금없이 리브시 선생님이 그간의 이야기들을 정리해서 설명해 주지요. 한동안 끊겼던 연재를 재개하면서 앞의 이야기들을 상기시켜 주기 위한 장치인 것입니다.

소설 '나부랭이'를 쓴다고 마뜩잖아하던 아버지도 어쨌든 바다 이야기여서인지 『보물섬』만큼은 정말 좋아하고 격려를 아끼지 않았습니다. 등대 전문가이자 해양 전문가로서 자신의 지식을 총동원해 아들의 작업을 도왔다고 합니다. 배의 이름이나 항해 중에 벌어지는 일들은 모두 아버지의 도움으로 매우 디테일하게 묘사될 수 있었지요. 주인공 짐 호킨스가 배 안에서 해적들이 반란을 계획하는 것을 몰래 엿듣는 장면 아시지요? 이 장면을 집필할 때 호킨스가 숨어 있을 곳이 마땅치 않아 스티븐슨이 곤란해하자 아버지는 "사과를 운반하는 나무통이 무척 크니까 그 안에 숨으면 될 거다."라고 제안하기도 했습니다.

늘 스티븐슨을 도와준 절친한 친구 헨리 제임스는 『보물섬』의 집필 과정에서는 독특한 방식으로 도움을 줍니다. 그는 다리 한쪽이 불편해서 나무 의족을 달고 다녔습니다. 걸을 때마다 마룻바닥에 또각또각 소리를 내는 점이 재미있었던 스티븐슨은 그를 모델로 주인공보다 더 매력적인 악역, 외다리 실버를 만들어 냅니다. 지적인 동시에 거칠고 달변이면서 무게감 있는 해적 우두머리인 실버처럼 헨리 제임스도 지적이고 말을 잘했습니다. 그런데 그게 좀 과해서 매우 수다스럽고 신경질적이기도 했지요. 그래서 스티븐슨은 외다리 실버에게 어울리지 않는 수다스럽고 부산한 성격을 따로 뽑아내어 실버의 어깨 위에 올려 둡니다. 늘 실버와 함께 다니는 앵무새 플린트 선장의 탄생입니다.

외다리 실버의 캐릭터는 많은 이들에게 깊은 인상을 남깁니다. 당시의 아동 소설 혹은 청소년 소설은 예외 없이 선과 악이 분명하게 구분되는 스토리를 가지고 있었습니다. 당연히 결말에 가서는 선한 이가 복을 받고 악한 이가 응당한 벌을 받는 권선징악으로 끝을 맺었고요. 그런데 외다리 실버는 잔인하고 교활하면서도 주인공 짐에게는 한없이 친절합니다. 야비해 보이지만 매우 지적이며 신중하고, 과격해 보이지만 섬세한 면도 있습니다. 소설의 절정 부분에서 짐을 죽이자는 해적들과 맞서 싸울 때는 그의 양심이 깨어난 것처럼 보이기도 하고, 혹은 이미 대세가 기울었으니 동료들을 배신하고 반대편에 붙으려는 치사한 계산을 하는 것 같기도 합니다. 게다가 소설의 결말에서 외다리 실버는 벌을 받는 것이 아니라 자기 몫을 챙겨서 달아납니다.

이런 모호한 도덕성이 비난의 대상이 되기도 했지만 아이들에게는 오히려 더욱 가슴이 두근거리게 하는 요소였습니다. 오로지 기득권 편에서 원칙대로만 살아가려는 부르주아 리브시 선생님(의사이자 판사)이나 전형적인 부자 트렐로니Tree+Lawn(땅 많은 지주)와 달리, 거침없이 모험에 뛰어들어 뼈와 살을 부딪치며 싸우다가 어느 날 종적 없이 사라지는 사나이 실버의 모습이야말로 진정한 선망의 대상이 아니겠습니까?

그런데 『보물섬』에는 훨씬 짧은 몇 개의 장면만으로 외다리 실버의 카리스마를 뛰어넘는, 말 그대로 신 스틸러가 있습니다. 소설 초반에 잠깐 등장하는 장님 퓨입니다.

검은 모자, 검은 망토, 검은 눈가리개 차림으로 길잡이 지팡이를 탁탁 두드리며 안개 낀 거리에 나타난 장님 퓨는 짐에게 길을 묻습니다. 짐은 불쌍한 장님을 돕기 위해 친절하게 다가가는데, 망토에서 불쑥 튀어나온 억센 손이 짐의 팔을 부러뜨릴 듯이 붙잡고는 놓아주지 않습니다. 그리고 동료들을 배신하고 도망 다니다 짐의 여관에 숨어 있던 빌리 선장에게 '죽음의 표지'와 함께 저녁 때 돌아와 목숨을 거두겠다는 메시지를 전하고 사라집니다. 퓨의 마지막도 아주 인상적입니다. 습격을 하러 왔다가 오히려 역습을 받고 지리멸렬 흩어지는 다른 해적들과 달리, 그는 큰길로 달려 나왔다가 마침 해적을 추적하기 위해 질주하던 말의 성난 말발굽에 밟혀 숨이 끊어집니다.

150년 전에 쓰인 소설이지만 일본의 장님 사무라이 자토이치, 중

"'OH,' I CRIED, 'STOP HIM! IT'S BLACK DOG!'" (p. 84).

G

And he gave it, as he spoke, a wrench, that made me cry out.

"'Now, boy,' he said, 'take me in to the captain'" (p. 34).

"Sir," said I, "it is for yourself I mean. The captain is not what he used to be. He sits with a drawn cutlass. Another gentleman——"

국의 외팔이 검객, 미국의 터미네이터가 한꺼번에 떠오르는 임팩트를 지닌 캐릭터입니다. 스티븐슨도 장님 퓨가 어지간히 마음에 들었던지 나중에 다른 연극 작품에 그를 다시 등장시키기도 했습니다.

해적 하면 떠오르는 클리셰들

『보물섬』 이야기는 이렇게 시작됩니다. 퇴락한 항구의 낡고 작은 여관 '벤보 제독'에 어느 날 뺨에 칼자국이 있는 거친 뱃사람 하나가 찾아옵니다. 그렇게 이 여관에 묵게 된 빌리 선장은 행동거지 하나하나가 의문투성이입니다. 뱃사람이라면서 정작 드나드는 배가 거의 없는 이 항구에 머무는 것은 어째서일까요? 세상에서 가장 거친 사람처럼 굴다가도 사소한 기척에 화들짝 놀라는 이유는 무엇일까요? 게다가 초라한 행색이지만 희한하게도 돈은 흥청망청 써 댑니다. 하루 종일 하는 일이라고는 독한 럼주를 퍼마시다가 바닷가에 나가 쌍안경으로 주변을 살피는 일뿐입니다. 술에 취하면 "망자의 관 위에는 열다섯 사람. 럼주를 마시자. 뒷일은 악마가 알아서 하겠지." 하는 불길한 노래만 불러 댑니다. 가장 의문스러운 것은 그가 가지고 온 커다란 선원용 짐 상자입니다. 낡을 대로 낡았지만 튼튼한 자물쇠가 채워진 이 상자를, 그는 신주단지처럼 아끼며 아무도 근처에 다가오지 못하게 합니다. 도대체 그 안에는 뭐가 담겨 있는 걸까요?

빌리 선장에게 적지 않은 용돈과 함께, 혹시 외다리 사나이가 나타나면 꼭 알려 달라는 부탁을 받으면서 '나'도 이 수상하고 위험한 선장 주변으로 끌려 들어가게 됩니다. 그리고 어느 날 나타난 야비해 보이는 남자 '검둥개'. 친구 빌리를 찾으러 왔다며 어슬렁거립니다. 그는 빌리 선장과 마주치자 의미를 알 수 없는 대화를 나누다가 칼을 뽑아 들고는 싸움까지 벌입니다. 더 이상 일이 커지지 않고 '검둥개'는 물러가지만 웬일인지 빌리 선장은 체념한 듯, 의사가 금한 럼주만 한없이 들이킵니다.

그렇게 미묘한 긴장감이 흐르던 안개 낀 거리에 이번엔 검은 망토를 두른 장님 한 명이 지팡이를 또각거리며 나타납니다. 빌리 선장은 장님을 보자마자 마치 유령을 본 듯 얼굴이 하얗게 질립니다. 하지만 장님은 빌리 선장의 손에 무언가를 건네주고 그냥 사라집니다. 이건 도대체 무슨 일일까. '내'가 멍해 있는 사이, 빌리 선장은 "열 시라고? 여섯 시간밖에 안 남았잖아!" 하고 외치더니 갑자기 충격으로 쓰러져 죽어 버립니다. 그의 손에 쥐어진 것은 '열 시'라고 쓰인 검은 표식. 해적들의 복수의 상징입니다. 앞으로 여섯 시간 후면 엄마와 '나'밖에 없는 이 낡은 여관에 해적들이 공격을 해온다는 것입니다.

이웃 사람들에게 달려가 도움을 청해 봤지만 해적이라는 말에 모두 겁을 먹고 거절합니다. 네 시간, 세 시간……. 해적들의 공격 시간은 다가오고 낡은 여관에는 두려움에 벌벌 떨고 있는 모자뿐. 이렇게 된 이상 자초지종이라도 알아야겠다는 생각으로 '나'는 어머니와 함께 빌리 선장의 방에 올라가 수수께끼의 짐 상자에 채워진 자물쇠를 풀고 뚜껑을 열어젖힙니다. 그 안에는…….

애초에 아들의 무료함을 달래 줄 목적으로 시작한 이야기이다 보니 『보물섬』에는 독자의 흥미를 끌 만한 요소들이 총동원되어 있습니다. 먼저 소설의 시선 자체가 주인공 짐 호킨스의 일인칭 시점입니다. 읽는 이가 마치 자신이 주인공이 된 것처럼 빠져들기 쉽지요. 등장인물들의 말투는 정말 생생합니다. 번역판으로 읽으면 느낌이 좀 다르겠지만 원문을 보면 해적들이 의미 파악이 곤란할 만큼 엄청난 은어와 속어, 약어를 사용해서 대화합니다. 이렇게 생생한 대화를 담기 위해 스티븐슨은 직접 항구를 누비며 선원들과 대화를 나누고 그들만의 말투를 익혔다고 합니다. 반면 상류층인 리브시 선생님이나 트렐로니는 매우 정확한 중산층 영어를 구사합니다. 말투만으로도 등장인물들의 개성과 성격을 파악할 수 있는 것입니다. 또한 상상을 돕기 위해 묘사는 상세하지만, 문장은 군더더기 없이 사건 중심으로 서술됩니다. 게다가 그 진행 속도가 빠르고 변화의 폭이 커서 이야기는 쉴 새 없이 엎치락뒤치락 롤러코스터를 탑니다.

『보물섬』은 이른바 할리우드 블록버스터라고 불리는 흥미 위주의 대작 오락 영화들과 여러모로 닮았습니다. 우선 수많은 클리셰를 동원한다는 점에서 그렇습니다. 문학에서 클리셰는 판에 박은 듯 쓰이는 문구나 표현을 의미합니다. 영화에서는 뻔하게 반복적으로 쓰이는 캐릭터, 구도, 스타일을 지칭합니다. 기름을 발라 넘긴

머리, 검은 양복과 코트, 선글라스, 난투극과 총격전 등을 적당히 버무리면 이른바 '조폭 영화'가 되듯이 말입니다. 그래서 클리셰는 창의적이지 못하고 지적으로 게으른 창작 행위를 부정적으로 표현하는 말로도 쓰입니다.

하지만 클리셰는 바로 그 뻔함 때문에 장점이 되기도 합니다. 독자들이 큰 노력 없이도 쉽게 이미지를 떠올리고 이야기의 구조를 이해하게 만드는 것입니다. 독자들이 쉽고 빠르게 그리고 깊게 이야기에 몰입하도록 돕는 이런 클리셰들은 흥미와 즐거움을 주된 목적으로 하는 오락 영화나 장르 소설이 갖추어야 할 미덕이기도 합니다. 잔인하고 집요한 해적, 그 해적 선장이 열대의 섬에 숨겨 둔 보물, 그리고 그곳을 표시한 보물 지도, 모험심이 충만하고 선량한 주인공, 흰 돛 가득 바람을 안고 달려가는 거대한 범선, 무인도의 숲속에서 나타난 괴인, 보물이 있는 장소를 가리키는 기기묘묘한 수수께끼들, 그리고 칼과 총이 맞부딪치는 치열한 전투에 이르기까지, 『보물섬』은 마치 '손대면 톡 하고 터질 것 같은' 소년들의 판타지를 자극해 온 클리셰들이 꽉 들어차 있습니다.

이 클리셰들은 어디서 왔을까요? 앞서 말씀드렸듯 스티븐슨은 해적의 시대라 불렸던 17세기 이래로 수많은 소설들에서 거듭된 이미지들을 짜깁기했습니다. 봉두난발의 무인도 괴인 벤 건은 『로빈슨 크루소』의 변형이고, 보물을 찾아가며 수수께끼를 푸는 과정은 『황금 벌레』를 그대로 베껴 오다시피 했습니다. 하지만 이 원작들을 읽어 보면 오히려 스티븐슨에게 감탄하게 됩니다. 이 클리셰들을 원작보다 더 생생하게 살려 내면서 천의무봉의 솜씨로 전체 이야기를 짜 냈다는 점 때문입니다.

『보물섬』은 이러한 오락적 성격, 소년 모험 소설다운 장르적 특징 때문에 이른바 순수 문학을 하는 사람들로부터 적지 않은 비판을 받았습니다. 헨리 제임스를 비롯해 주변의 내로라하는 문필가들은 도대체 이 친구가 언제쯤 제대로 된 진지한 작품을 쓸 것인가 걱정하다 끝내 실망해서 강력한 비판자로 돌아서기도 했습니다. 특히 1차 대전 후 모더니즘의 유행과 함께 현대 소설가들이 등장하면서 『보물섬』은 B급 장르의 이류 소설로 격하됩니다. 영문학의 고전들을 수록하고 있는 옥스퍼드 영문학 선집과 노턴 영문학 선집에서 1973년 『보물섬』이 제외되면서 『보물섬』에 대한 문학사적 평가는 바닥에 이르게 됩니다.

그중에서도 버지니아 울프의 비판이 거셌습니다. 울프가 『보물섬』을 유치한 아동 문학으로 비판한 데에는 스티븐슨이 의도적으로 여성 캐릭터를 배제했다는 점도 작용했을 것입니다. 『보물섬』에는 초반에 잠시 등장하는 짐의 어머니를 빼고는 여성 캐릭터가 전혀 나오지 않습니다. 이는 해적 소설이라는 장르가 남자 이야기에만 집중하는 마초적 면모를 지니고 있기 때문이기도 하고, 스티븐슨이 소년 모험 소설의 성격을 유지하기 위해 일부러 로맨스를 배제하다 보니 그렇게 된 것이기도 합니다.

하지만 흥미 위주의 싸구려 소설이라고 무시하기는 쉬울지 몰라도 정작 사람들의 흥미를 확 끌어당기는 글을 쓰기란 그리 쉬운 일

Someone was close behind, I knew not whom. Right in front, the doctor was pursuing his assailant down the hill, and, just as my eyes fell upon him, beat down his guard, and sent him sprawling on his back, with a great slash across the face.

"Round the house, lads! round the house!" cried the captain; and even in the hurly-burly I perceived a change in his voice.

Mechanically I obeyed, turned eastwards, and with my cutlass raised, ran round the corner of the house. Next moment I was face to face with Anderson. He roared aloud, and his hanger went up above his head, flashing in the sunlight. I had not time to be afraid, but, as the blow still hung impending, leaped in a trice upon one side, and missing my foot in the soft sand, rolled headlong down the slope.

When I had first sallied from the door, the other mutineers had been already swarming up the palisade to make an end of us. One man, in a red night-cap, with his cutlass in his mouth, had even got upon the top and thrown a leg across. Well, so short had been the interval, that when I found my feet again all was in the same posture, the fellow with the red night-cap still half way

"GRAY, FOLLOWING CLOSE BEHIND ME, HAD CUT DOWN THE BIG BOATSWAIN" (*p.* 231)

P

It was high time, for I now began to be tortured with thirst. The glow of the sun from above, its thousandfold reflection from the waves, the sea-water that fell and dried upon me, caking my very lips with salt, combined to make my throat burn and my brain ache. The sight of the trees so near at hand had almost made me sick with longing; but the current had soon carried me past the point; and, as the next reach of sea opened out, I beheld a sight that changed the nature of my thoughts.

Right in front of me, not half a mile away, I beheld the *Hispaniola* under sail. I made sure, of course, that I should be taken; but I was so distressed for want of water, that I scarce knew whether to be glad or sorry at the thought; and, long before I had come to a conclusion, surprise had taken entire possession of my mind, and I could do nothing but stare and wonder.

The *Hispaniola* was under her main-sail and two jibs, and the beautiful white canvas shone in the sun like snow or silver. When I first sighted her, all her sails were drawing; she was lying a course about north-west; and I presumed the men on board were going round the island on their way back to the anchorage. Presently she began

"RIGHT IN FRONT OF ME, NOT HALF A MILE AWAY, I BEHELD THE *HISPANIOLA* UNDER SAIL" (*p.* 258).

이 아닙니다. 『보물섬』의 초반부만 보아도 '주인공 짐 호킨스가 보물 지도를 발견한다'는 단순한 내용을 이리저리 꼬고 엮으며 차근차근 이야기를 만들어 가는 솜씨에 탄성을 지르지 않을 수 없습니다. 이것이야말로 그 옛날 어두운 동굴 안에 모닥불을 피우고 앉아 시간과 공간과 삶과 우주의 신비를 전해 주던 주술사, 즉 '스토리텔러'의 경지가 아닐까요? 20세기 후반 들어 스티븐슨이 재발견되고 『보물섬』이 다시 평가받고 있는 것도 이 작품이 시간의 세파를 견뎌 낼 굳은 심지를 지닌 명작임을 증명해 줍니다.

빅토리아 시대의 모험 소설

좀 엉뚱한 질문을 하나 던져 볼까요? 왜 하필 해적이었을까요? 왜 당대의 소년들은, 수많은 독자들은, 그리고 지금의 우리까지도 이렇게 해적 이야기에 열광하는 것일까요?

그 배경을 이해하기 위해서는 『보물섬』이 탄생하던 당시의 시대 상황을 살펴볼 필요가 있습니다. 이 소설이 출간된 해는 1883년입니다. 이 소설에서 다루고 있는 해적의 시대는 출간 연도로부터 100~200년 전으로 거슬러 올라가는 17세기에서 18세기까지입니다. 일반적으로 역사가들은 해적의 황금시대를 1690년에서 1730년으로 봅니다. 스티븐슨이 보물 지도의 작성 연대를 1750년으로 설정한 것은 해적의 시대가 저물어 갈 무렵이라는 의미를 담고 있습니다. 그 이후 100년의 시간은 해적선이 본래 핍박받던 선원들의 해방구였다거나, 영국 정부의 지원을 받는 사략선의 성격을 지니고 있었다는 역사적 사실들은 모두 휘발되고, 바다를 주름잡는 무법자라는 낭만적 이미지만 남기에 충분한 시간입니다. 즉, 스티븐슨의 시대에 이미 해적은 아득한 기억 속 전설이 되어 있었습니다.

또한 해적의 시대는 유럽, 특히 영국이 전 세계적으로 제국주의적 확장을 펼치던 시대입니다. 항로 개척이며 골드러시로 일확천금을 거둔 사람들의 놀라운 이야기가 매일같이 신문과 잡지를 수놓았습니다. 하지만 스티븐슨이 살던 빅토리아 시대는 이 모든 성장의 절정에 다다라 더 이상 새로운 모험이나 놀라운 발견은 일어나지 않고, 다만 그동안 쌓아 올린 부를 바탕으로 한 부르주아들의 허세와 사치로 사회 분위기가 극도로 경직되었던 시기입니다.

『소공녀』, 『비밀의 화원』, '셜록 홈스' 시리즈 등에서 이미 엄청나게 부자인 사람들이 등장하는 이유가 여기에 있습니다. 여러분이 무심히 읽으셨을, '셜록 홈스' 시리즈에 등장하는 금액들을 현재 가치로 환산한 자료를 보면 깜짝 놀라실 겁니다. 예를 들어 『셜록 홈스의 모험』에 등장하는 단편 「보헤미아 왕국 스캔들」에는 어떤 여자와 찍은 사진을 하나 가져다주는 대가로 홈스에게 1,000파운드를 현금으로 지급하는 장면이 나오는데 이 금액은 현재 기준으로는 1억 2,000만 원 정도입니다. 또 다른 단편 「푸른 석류석」에서 거위 요리를 하다 발견하는 푸른 보석은 약 24억 원, 「녹주석 보관」에서 귀족이 처음 간 은행에서 아무렇지도 않게 대출을 요청하는 금액이 약 60억 원이죠. 게다가 이 귀족은 이런 말을 덧붙입니다.

"물론 친구들을 통하면 그까짓 금액의 10배는 빌릴 수 있습니다."

모험의 기억을 지니고 있으나 더 이상 모험이 없는 시대. 거대화된 도시와 꽉 막힌 계층 구조, 허례로 가득 찬 예법과 인간관계에 숨 막혀 하던 빅토리아 시대 사람들이 소설을 통해 일탈을 꿈꾸게 된 것은 자연스러운 귀결입니다.

『보물섬』은 모험 소설입니다. 모험이란 위험하고 드문 일이긴 하지만 그래도 있을 수는 있는 사건입니다. 지하 세계나 수중 왕국에 간다거나 외계인과 우주 전쟁을 벌이는 것은 그리 있을 법하지 않다는 점에서 모험 소설을 넘어 환상 소설 혹은 공상 과학의 장르로 들어가게 되지요. 현실적으로 이루어지기가 쉽지는 않지만 마음을 먹는다면 가능할 수도 있을 것 같은, 눈앞에 아른거리는 근거리 판타지라는 점에서 모험 소설은 읽는 이의 마음을 더 두근거리게 합니다.

해적은 거친 바다에 도전하고, 기존의 사회 질서에 맞서고, 젠체하는 신사들의 모자챙을 날려 버립니다. 물론 위험합니다. 하지만 '하이 리스크 하이 리턴!high risk, high return' 해적에게는 보물이 있지요. 감수할 만한 가치가 있는 위험입니다. 게다가 『보물섬』의 마지막 부분에서 짐은 "섬에 보물을 남겨 두고 왔다."라는 말까지 흘립니다. 당장 책을 덮고 배를 타러 가야 할 것 같은 기분이 들지 않나요?

짐을 싸시기 전에 제 말씀을 마저 들으시길 바랍니다. 여러분이 천신만고 끝에 보물을 찾는다면 그 보물이 여러분의 것이 될까요?

바다에서 보물 찾기에 나선 사람들은 실제로 적지 않습니다. 짐 호킨스처럼 해적이 숨겨 둔 보물을 찾는 경우들도 있지만, 좀 더 가능성이 높은 것은 바닷속에 침몰한 보물선을 인양하는 일이지요. 대규모 회사를 설립해서 이런 보물만 전문적으로 추적하는 보물 사냥꾼들이 세계 곳곳에 있습니다.

하지만 그들이 어렵사리 바다에 가라앉은 배를 찾고 막대한 비용을 들여 인양한다 해도 그 소유권을 온전히 인정받을 수 있을지는 의문입니다. 일단 보물을 찾은 사람들 외에 그 배의 원래 주인들이 소유권을 주장할 수 있습니다. 혹은 배에 실려 있던 화물들의 주인이 자기 것이라고 할 수도 있겠죠. 그사이 주인이 사망했다면 후손들이 나설 테고요. 배가 가라앉은 위치가 다른 나라의 해역이라면 그 나라에서 권리를 주장할 수도 있습니다.

실제로 이런 분쟁은 적지 않게 벌어지고 있습니다. 300여 년 전, 지금의 가치로 환산하면 약 20조 원이 넘는 어마어마한 보물을 실은 채 콜롬비아 앞바다에 가라앉은 스페인 배의 인양을 둘러싸고 일어난 일을 볼까요? 2015년 이 보물선을 찾아낸 미국 탐사 회사와 선주인 스페인, 그리고 배가 발견된 지역의 영해권을 가지고 있는 콜롬비아가 서로 법정 다툼을 벌였습니다. 여기에, 그 배에 실린 보물들은 페루에서 약탈된 것이니 돌려받아야 한다며 페루까지 가세했지요. 아직 최종 결론이 나진 않았지만 아마 국제법의 관례상 콜롬비아의 소유권이 우선적으로 인정될 것 같습니다.

비슷한 경우가 우리나라에도 있습니다. 1976년 전라남도 신안군

앞바다에서 건져 올린 신안선의 경우, 조사 결과 1323년 중국 동부 닝보항에서 일본 남부 하카타항으로 항해하던 중 우리 해역에서 난파한 배로 밝혀졌습니다. 중국 측에서 소유권을 주장했으나 최종적으로 우리나라의 소유가 인정되었습니다.

그러니 만약 여러분이 카리브해의 무인도에서 해적이 감춘 보물을 찾는다 해도 그 보물은 일차적으로 그 섬이 속한 국가에 귀속될 가능성이 높습니다. 요행히 그 섬이 정말 지도에도 나오지 않고 어떤 국가에도 속하지 않은 땅이라 해도 여전히 문제가 남습니다. 기본적으로 이 보물들은 약탈, 그러니까 범죄의 결과 발생한 장물입니다. 함부로 가져가서 처분할 경우, 장물 취득죄 혹은 점유 이탈물 횡령죄가 될 수 있습니다. 물론 발견 사실을 널리 알리고(법률 용어로 공시라 하지요.) 그 후 일정 기간 내에 소유권을 주장하는 사람이 나타나지 않는다면 여러분의 것이 될 수 있습니다. 하지만 과연 "보물의 주인을 찾는다!"라고 알렸을 때 아무도 나서지 않기를 기대할 수 있을까요? 아마 보물섬까지 가는 항해보다 훨씬 길고 지루한 법정 다툼에 시달리게 될 것입니다.

이런 이야기를 하는 이유는 부풀어 오른 여러분의 기대를 짓밟는 '즐거움'을 맛보겠다는 것이 아니라, 『보물섬』에 나타난 선과 악의 대립이 그리 명확한 것이 아님을 설명하기 위해서입니다. 우리는 일인칭 시점으로 주인공 짐 호킨스에게 감정 이입을 하다 보니 보물의 소유권이 당연히 짐 호킨스에게 있다고 생각하게 됩니다. 하지만 가만히 생각해 보면 짐은 여관 손님의 짐을 무단으로 뒤져서 보물 지도를 훔친 셈입니다. 더구나 지도를 갖고 있다는 사실과 보물의 소유권은 별개지요. 애초에 법적 정당성이 없는 보물 찾기 여행이니, 그 여행에 돈과 인력을 투자했다고 해서 리브시 선생님이나 트렐로니에게 소유권이 있다고 할 수도 없고요. 장물이라는 점에서 원래 소유자들이 지닌 권리를 잠시 제쳐 둔다면, 권리 주체에 가장 가까운 사람은 외다리 실버를 비롯한 해적들이 아닌가 싶기도 합니다. 플린트 선장과 함께 '피땀 흘려' 보물을 모으고도 제대로 임금을 받지 못했으니까요. 우리가 너무 쉽게 짐 호킨스 일행에게 정당성을 부여하는 것은 어쩌면 그들이 선량한 시민, 지혜로운 지식인, 자애로운 부자 등 이른바 주류 혹은 기득권층을 대표하는 사람들이기 때문은 아닐까요?

한때 보헤미안이자 사회주의자였던 스티븐슨은 결혼 후 아버지의 경제적 후원을 기꺼이 받아들이면서 보수주의자로 급반전했습니다. 영국 보수당을 적극 지지하는가 하면 젊은 시절 사회주의자로서 자신이 한 행동이 멍청한 짓이었다고 반성했지요. 그런 스티븐슨의 모습이 묘하게 오버랩됩니다.

스스로 전설이 된 스티븐슨

스티븐슨은 『보물섬』의 거대한 성공 이후 연달아 『지킬 박사와 하이드 씨』 『유괴』 등 훌륭한 작품들을 써냅니다. 특히 『유괴』는 영문학계에서는 『보물섬』 못지않게 재미있고 훌륭한 작품으로 인정

스티븐슨의 무덤.

받고 있습니다. 힘들었던 그의 반생과 대조적으로, 『보물섬』 이후 스티븐슨은 순풍에 돛을 단 듯 행복한 나날을 보냅니다. 첫 소설로 이미 당대 최고 인기 작가의 반열에 오른 스티븐슨은 가는 곳마다 요즘 아이돌 스타와 같은 열광적인 환영을 받았습니다.

경제적 여유도 생긴 스티븐슨은 지병인 결핵에 좋은 따뜻한 기후를 찾아 자비로 구입한 범선을 타고 가족들과 함께 사모아 제도로 갑니다. 거기서 열대 섬의 풍광에 흠뻑 빠졌고 아피아라는 섬을 구입해서 평생 살 집을 짓습니다.(자가용 범선에 개인 소유의 섬, 스케일이 남다르네요.) 스티븐슨의 명성은 이곳에도 널리 퍼져 있어서 총독을 비롯한 지역 유지들과 긴밀한 관계를 맺지요. 이 영향력을 바탕으로 스티븐슨은 섬 원주민들을 위한 지원도 이끌어 내고 정치적 영향력도 행사했습니다. 원주민들은 그런 스티븐슨을 '스토리텔러' 라고 부르며 반신반인처럼 대우하고 따랐습니다.

몸이 허약한 그는 결핵을 비롯해 온갖 질병으로 고통받으며 살아왔기 때문에 입버릇처럼 "나는 부츠를 신은 채로 죽고 싶어."라고 말하곤 했습니다. 익사, 낙상사 등 뭐라도 좋으니 침대에 누운 채 느리게 무너져 가기보다 짧은 시간 안에 생을 마감하고 싶다는 것이었습니다. 죽음을 두고 운이 좋았다고 하면 이상한 표현이겠지만, 그는 '운 좋게도' 그 바람을 이루었습니다. 저택의 발코니에서 아내와 식사를 하면서 와인을 따던 그는 갑자기 "이게 뭐지? 내 얼굴 이상해 보여?"라는 말을 남기고는 통나무처럼 쓰러졌습니다. 그리고 그대로 영영 눈을 감았습니다. 44세의 젊은 나이. 사인은 그를 평생 괴롭힌 결핵이 아니라 뇌출혈이었습니다.

그의 장례는 수많은 원주민이 함께한 가운데 성대하게 치러졌고 그는 가장 사랑했던 안식처인 섬의 언덕 위에 묻혔습니다. 거대한 묘비에 새겨진 스티븐슨의 시는 사모아어로 번역되고 원주민들이 곡을 붙여 지금도 현지 사람들이 즐겨 부르는 민요가 되었다고 합니다.

그렇게 스티븐슨은 자신이 쓴 소설 못지않게 스스로 전설이 되어 세상에 남았습니다.

ANNE OF GREEN GABLES

루시 모드 몽고메리 『빨간 머리 앤』 1914년판

6

정말 멋진 날이에요!

e를 붙인 앤으로 불러 주세요

한 소녀가 있었습니다. 어떤 소녀였냐고요? 아주 예쁜 소녀였습니다. 금발에 흰 피부, 통통한 볼엔 홍조가 감도는 그림 같은 외모였습니다. 소녀가 나중에 쓴 소설 속의 '주근깨 빼빼 마른 빨간 머리 앤'과는 전혀 달랐지요. 하지만 앤과 같은 점도 있었습니다. 앤이 고아라면 소녀는 고아나 다름없는 신세였습니다. 엄마는 소녀를 낳은 지 2년 만에 돌아가셨고, 아빠는 섬마을 캐번디시의 지긋지긋한 시골 생활을 벗어나고자 딸을 내팽개치고 육지의 머나먼 도시로 떠나가 버렸습니다. 버림받은 셈이지요. 어쩌면 부모가 모두 병사한 앤보다 더 나쁜 상황이었다고 할 수도 있습니다.

혼자 남은 소녀를 거둔 외할아버지와 외할머니는 모두 무뚝뚝하기 그지없는 분들이었습니다. 특히 여성은 학교에 다녀 봐야 돈 낭비이고 그저 집안일과 농사일에 전념해야 한다는 낡은 사고를 가지고 있던 외할아버지는 최악이었습니다. 그나마 외손녀의 교육을 지원해 주기는 했지만 외할머니 역시 하루 종일 말 한마디 살갑게 건네는 일이 없는 데다, 흔한 레이스나 브로치조차 옷에 달지 못하게 하는 고지식한 분이긴 마찬가지였습니다.

혼자 있는 긴긴 시간 동안 소녀는 상상의 나래를 펴는 것으로 놀이를 대신했습니다. 집 앞의 나무와 길과 호수에 이름을 붙이고 말을 걸며 자신을 아름답고 슬픈 이야기 속 주인공으로 상상하는 것이 유일한 탈출구였습니다. 그래서 사람들이 자신을 루시라고 부르는 것을 무척 싫어했고 '모드'라고 불러 주기를 원했습니다. 루시 모드 몽고메리라는 이름 중 루시는 외할머니 이름에서 따온 것이지만 모드는 당시 영국을 다스리던 빅토리아 여왕의 딸, 그러니까 공주의 이름에서 가져온 것이기 때문입니다. 그래서인지 훗날 그녀가 쓴 『빨간 머리 앤』에서도 이름에 대한 관심과 애착이 자세하게 그려져 있습니다. 첫 만남에서 이름을 묻는 마릴라 아주머니의 질문에 앤은 엉뚱한 부탁을 합니다.

"코델리아라고 불러 주시면 안 될까요? 실제 이름은 앤이지만, 꼭 이 이름을 부르시겠다면 뒤에 'e'를 붙인 앤Anne으로 불러 주세요."

루시 모드 몽고메리

사실 발음상으로는 구분이 안 되는 스펠링이긴 합니다만 앤은 조금이라도 특별해지고 싶었던 것입니다. 아니, 실은 작가가 이름을 통해 앤을 특별하게 만들고 싶었던 것이겠지요. 소녀에게 이름이 이토록 중요한 문제였으니 이제 우리도 이 소녀를 모드라고 부르도록 합시다.

다시 만난 아버지

캐번디시가 있는 프린스에드워드섬은 아름다운 곳입니다. 캐나다에서 가장 역사가 오래된 지역(영국 정착민들이 가장 초기에 정착한 곳.) 중 하나이고, 가장 늦게까지 영국 정부의 직할령으로 남아 있

프린스에드워드섬의 풍경.

었기 때문에 영국의 전통과 품위에 대한 긍지가 강합니다. 캐나다 인들에게 마음의 고향 같은 섬이지요. 어업과 농업에만 기대다 보니 산업화가 늦어져서 경제적으로 뒤처졌지만 그 덕분에 자연환경과 마을 공동체는 고스란히 보존될 수 있었습니다. 1874년 11월의 마지막 날 프린스에드워드섬에서 태어난 모드는 어려서부터 부모의 손길을 제대로 느끼지 못한 채 자라났지만 이 아름다운 전원 풍경 덕분에 혼자 남겨졌다는 외로움을 점차 잊어 갈 수 있었습니다.

모드가 16세 되던 해에 10년 가까이 소식이 없던 아버지에게서 갑자기 편지가 한 통 전해집니다. 이제 자리를 잡았으니 이쪽으로 와서 함께 살자는 이야기였습니다. 자신을 잊은 줄만 알았던 아버지의 연락에 기쁨의 눈물을 흘리며 모드는 짐을 챙겨 섬을 떠났습니다. 하지만 배를 타고 기차를 타고, 수많은 타인들 틈에 떠밀리며 두 주간의 긴 여행을 한 끝에 찾아간 아버지의 집은 모드의 예상과는 전혀 다른 모습이었습니다. 그사이 재혼을 한 아버지는 계모와의 사이에 벌써 쌍둥이를 낳아 기르고 있었습니다. 바깥일에 바빴던 아버지는 집 안의 온갖 허드렛일과 함께 쌍둥이를 떠맡길 무급 하녀로 모드를 떠올렸던 것입니다.

모드는 아버지도 없는 집에서 계모의 구박을 받으며, 또 학교도 수시로 빠져 가며 밤낮으로 집안일에 시달렸습니다. 『빨간 머리 앤』에서 앤은 고아원에서 나와 마릴라와 매슈의 집에 오기 전 쌍둥이 집에 보내져 고생을 하는데 이는 바로 모드 자신의 이야기였던 것입니다. 재미있는 것은 소설 속에서 이 쌍둥이 집의 아저씨가 사고를 당해 죽는 것으로 나온다는 점입니다. 아버지에 대한 미움과 원망을 이런 식의 상상으로 표현한 것이 아닐까요?

어떻게든 공부를 이어 가려고 겨우겨우 짬을 내어 찾아간 학교에서는 더욱 황당한 일을 겪습니다. 학생인 모드의 미모에 반한 총각 교사가 끊임없이 추근거리더니 급기야 프러포즈까지 한 것입니다. 이 에피소드 역시 소설 속에 나옵니다. 하지만 차마 앤에게 벌어진 것으로 할 수는 없었는지 같은 반의 프리시 앤드류스가 이 한심한 선생님의 관심을 받는 것으로 묘사하고 있습니다.

2년간 이런 생활을 버티던 앤, 아니 모드는 더 이상 견딜 수 없어 짐을 싸서 캐번디시로 돌아와 버렸습니다. 이후 모드는 아버지가 죽을 때까지 다시는 만나지 못했습니다. 그런데 첫 소설인 『빨간 머리 앤』의 맨 앞 페이지에 그녀는 "아버지와 어머니를 기억하며"라는 헌사를 적어 두었습니다. 생부와 생모에 대한 애증일까요, 아니면 길러 주신 외할아버지와 외할머니에 대한 고마움일까요? 일

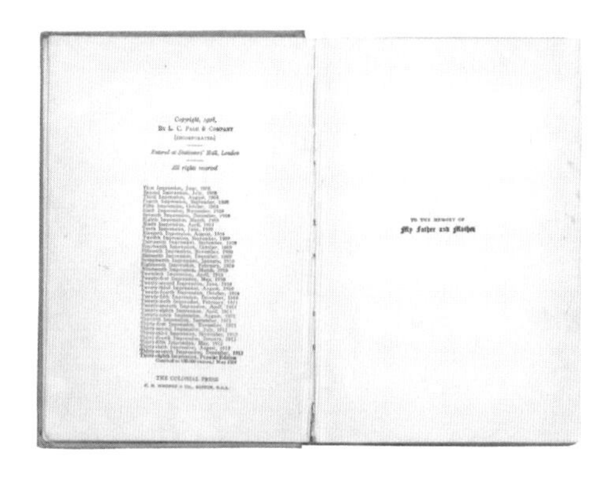
Entered at Stationers' Hall, London

All rights reserved

THE COLONIAL PRESS

TO THE MEMORY OF
My Father and Mother

찍 인연이 끊어진 부모도, 따뜻한 애정에 목마르게 만들었던 차가운 외조부모도 아니라면 혹시 상상 속의 아버지와 어머니에 대한 호명일까요?

앤이 탄생하던 순간

프린스에드워드섬으로 돌아온 모드는 학업을 이어 가는 한편 외가댁의 가업이었던 우체국 일을 돕습니다. 당시의 우체국은 지금과 달리 마을에 온 편지들을 모두 보관해 두고 있다가, 편지를 찾으러 온 사람들에게 내어 주는 방식이었습니다. 마치 마을 사랑방에서처럼 편지를 가지러 온 동네 사람들과 이런저런 이야기를 나누고 봉해지지 않은 엽서들을 몰래 읽으며 모드는 온갖 마을 대소사들을 꿰게 되었습니다. 이런 소소한 이야기들은 후에 소설가가 된 모드에게 훌륭한 자산이 되어 주었습니다.

하지만 언제까지 우체국 심부름만 하고 있을 수는 없는 노릇. 소설 속의 앤처럼 고등학교 성적이 우수했던 모드는 쓸데없는 돈 낭비라는 할아버지의 반대에도 불구하고 외할머니의 도움을 받아 샬럿타운의 사범대에 진학했습니다. 그리고 졸업 후 고향을 떠나 벨몬트에서 교사 생활을 시작하게 됩니다.

모드에게는 남자들의 구애가 끊이지 않았지만 어려서부터 외로운 생활을 해 왔던 모드는 오랫동안 알고 지내던 친척인 에드윈 심슨과 약혼을 했습니다. 가슴 저리는 사랑은 아니었지만 반듯한 청년이고 또 익숙한 사람이니 평생의 반려가 될 수 있으리라 생각한 것이었지요. 그런데 운명의 장난이란 참으로 묘한 것이어서, 약혼을 하고 얼마 지나지 않아 모드는 건장한 체격의 잘생긴 농부 헤르만 리어드와 열병 같은 사랑에 빠지게 됩니다. 정열적이었던 리어드가 청혼을 해 오자 모드는 심슨에 대한 미안함과 리어드에 대한 사랑 사이에서 갈팡질팡하다가 결국 두 사람을 모두 포기하는 결정을 내리고 맙니다. 어리석은 일이었지요. 모드의 인생에서 최고의 사랑이었던 헤르만 리어드가 이별의 말을 들은 이듬해 갑작스러운 죽음을 맞이했고 그 결정은 모드에게 평생 풀 수 없는 한으로 남게 됩니다.

이런 혼란스러운 상황에서 외할아버지가 돌아가셨다는 소식이 전해지자 모드는 혼자 남은 외할머니를 돌봐 드리기 위해 캐번디시로 돌아왔습니다. 이곳에서 다시 외할아버지가 하시던 우체국 일을 맡아 하게 되었지요. 모드의 마음속에는 외로움과 허전함이 쌓여 갑니다. 게다가 현실적으로 우체국 일만으로는 생계를 유지하기 어려웠기 때문에 다른 수를 내지 않을 수 없었습니다. 모드는 우체국 일 틈틈이 글을 쓰기 시작했습니다.

상상하기를 좋아하던 '이야기 소녀'Story Girl(후에 모드가 쓰는 소설의 제목이기도 합니다.)였기에 모드는 아홉 살 때부터 거의 하루도 빠짐없이 일기를 쓰고 신문과 잡지에서 재밌는 기사나 사진을 오려 스크랩북을 만들어 왔습니다. 그 덕분에 글로 쓸 소재들은 무궁무진했지요. 꾸준한 노력 끝에 지역 신문에 시나 단편 소설이 실렸고 모드에게 조금씩 돈이 들어왔습니다. 하지만 이렇게 번 돈은 겨우 부엌 화로에 쓸 땔감이나 구할 수 있는 수준이었던 터라 모드는 이 글들을 "보일러 땔감"potboiler이라고 자조적으로 부르곤 했습니다. 『작은 아씨들』의 작가 올컷은 생계를 위해 마구 썼던 글을 "싸구려 자극제"blood & thunder라고 불렀다 하니 작가들의 비애가 느껴지는 부분입니다.

생활이 그다지 나아지지 않자 모드는 장편 소설을 써야겠다고 마음먹고 어떤 이야기를 써야 할까 오랫동안 고민했습니다. 모드가 내린 결론은 지금까지 써 오던 단편과 달리, 숨이 긴 장편은 자신이 가장 잘 아는 이야기를 쓸 수밖에 없다는 것이었습니다. 그래서 1905년 어느 서늘한 가을날 저녁, 정원에 놓인 테이블에서 자신을 모델로 한 주인공 앤이 등장하는 소설의 첫 단락을 집필합니다. 정신없이 한 단락을 써 놓고 보니 소설의 제목이 비어 있다는 것을 깨달았습니다. 앤이 사는 집은 어떤 곳이어야 할까? 모드는 외할머니와 살고 있는 집을 뒤돌아보았습니다. 낡고 작고 허름한 이 집은 모드의 상상력을 채우기에 턱없이 부족했습니다. 모드는 이웃에 있는, 녹색 지붕이 아름다운 커다란 집을 떠올렸습니다. 그 집에는 지붕 아래 삼각형 장식, 그러니까 '박공'gable이 있었고 그 색깔은 녹색이었습니다. 모드는 늘 그 집 앞을 지나다니면서 저런 집에 살면서 바깥을 내다보면 얼마나 기분이 좋을까 상상하곤 했습니다. '소설 속에서라면 안 될 것 없잖아?' 모드는 원고의 맨 윗줄에 멋지게 제목을 써넣었습니다. '녹색 박공집의 앤'이라는 뜻인 '그린 게이

녹색 박공집의 실제 모델이 된 집.

블스의 앤'Anne of Green Gables.

제목을 적어 넣고 흐뭇하게 내려다보는데 갑자기 누군가 정원 문을 열고 들어섰습니다. 새로 부임하게 된 교회 전도사인데 마을을 다니며 인사를 하고 있다고 했습니다. 훤칠한 키에 단정한 옷매무새, 입가의 미소가 매력적인 청년이었습니다. 앤이 탄생하던 바로 그 순간, 마치 운명처럼 모드는 일생의 반려자 이완 맥도널드를 만나게 됩니다.

환희의 하얀 길

자기 자신의 이야기를 쓰기로 마음먹고 나니 모드의 펜은 거칠

것 없이 신나게 달리기 시작했습니다. 마릴라 아주머니는 무뚝뚝한 외할머니를 모델로, 린드 아주머니는 우체국에 올 때마다 입심 좋게 마을의 소문을 떠들어 대던 몇몇 아주머니들을 합쳐서, 절친인 다이애나는 모드의 친구이자 사촌 프레데리카 캠벨을 모델로 그렸습니다. 외할아버지에 대해서는 미움이 컸기 때문에 등장인물에서 빼 버리고 그 대신 '이런 할아버지였으면 얼마나 좋았을까?' 하고 상상했던 자상한 할아버지의 모습을 투영하여 매슈 아저씨라는 캐릭터를 만들었습니다. 매슈 아저씨가 마릴라 아주머니의 남편이 아닌 오빠로 설정된 것도, 소설에 등장하는 인물들 중에서 가장 개성이 없는 평면적인 인물로 묘사된 것도 아마 실제 모델이 없었기 때문이 아닐까 합니다.

앤의 성인 셜리는 소설을 쓰던 중 친구가 따다 준 양귀비꽃Shirley Poppies에서 따왔습니다. 캐나다의 전원에는 양귀비꽃이 흔합니다. 양귀비꽃에서 곧바로 마약을 떠올리며 백안시하는 다른 나라들과 달리, 캐나다에서는 전사한 군인들의 무덤가에 피처럼 붉은 이 꽃이 많이 핀다 해서 현충일마다 가슴에 이 꽃을 답니다. 그러니 양귀비꽃은 매우 캐나다다운 꽃이라고 할 수 있지요. 앤의 이름을 보고 캐나다인들이 얼마나 반가워했을지 짐작이 가시겠지요.

앤이 사는 마을은 이름이 에이번리라고 바뀐 것을 빼면 캐번디시의 실제 모습이 거의 그대로 묘사되어 있습니다. 앤이 상상을 통해 이름 붙인 호수, 나무, 길도 실재합니다. 특히 모드는 앤이 그러했듯이 하얀 사과 꽃이 흐드러지게 피는 '환희의 하얀 길'을 무척 좋아했습니다. 앤과 매슈가 마차를 타고 처음 녹색 박공집으로 향하던 중에 지나는 길입니다. 후에 일본에서 만들어진 애니메이션에서 이 장면이 환상적으로 묘사되었고 『빨간 머리 앤』을 대표하는 이미지로 사람들의 뇌리에 남게 되었습니다.

소설 속 에피소드들도 대부분 실제로 있었던 일들입니다. 신도들의 집에 심방 온 목사님께 그만 설탕이 아니라 오래된 약을 넣어 만든 케이크를 대접했는데 목사님이 꾹 참고 다 먹은 에피소드도 실제로 모드가 저질렀던 실수입니다. 물론 모드가 자기중심적으로 손을 본 경우도 많습니다. 다이애나와 딸기 주스를 마시려다가 헷갈려서 와인을 먹고 취한 에피소드도 실제로 있었던 일이지만, 정말 와인인 줄 몰랐던 것인지는 의심이 가는 상황입니다. 다이애나의 어린 여동생이 응급 상황에 놓였을 때 침착하게 간호해서 생명을 구한 에피소드는 아버지 댁 쌍둥이를 돌보면서 겪은 경험을 조금 부풀린 것입니다.

다큐멘터리도, 역사 기록물도 아니니 사실 그대로 써야 할 이유는 어디에도 없긴 하지만 그래도 알고 나면 충격적인 것은 길버트와의 에피소드입니다. 소설에서는 길버트가 앤의 빨간 머리를 "당근, 당근!"이라고 놀리자 앤이 참지 못하고 석판으로 길버트의 머리를 내리치는 것으로 묘사되어 있습니다. 그런데 맨 앞에서 말씀드렸듯이 실제로 모드는 빨간 머리가 아니었고 예쁜 외모로 남학생들의 관심을 받는 입장이었습니다. 이런 놀림을 받았을 리 없지요. 그럼 이 에피소드는 어떻게 된 것일까요? 실제로는 모드가 학

Anne reached the main road, for, being confronted half-way down the lane with a golden frenzy of wind-stirred buttercups and a glory of wild roses, Anne promptly and liberally garlanded her hat with a heavy wreath of them. Whatever other people might have thought of the result it satisfied Anne, and she tripped gaily down the road, holding her ruddy head with its decoration of pink and yellow very proudly.

When she reached Mrs. Lynde's house she found that lady gone. Nothing daunted Anne proceeded onward to the church alone. In the porch she found a crowd of little girls, all more or less gaily attired in whites and blues and pinks, and all staring with curious eyes at this stranger in their midst, with her extraordinary head adornment. Avonlea little girls had already heard queer stories about Anne; Mrs. Lynde said she had an awful temper; Jerry Buote, the hired boy at Green Gables, said she talked all the time to herself or to the trees and flowers like a crazy girl. They looked at her and whispered to each other behind their quarterlies. Nobody made any friendly advances, then or later on when the opening exercises were over and Anne found herself in Miss Rogerson's class.

Miss Rogerson was a middle-aged lady who had taught a Sunday-school class for twenty years. Her method of teaching was to ask the printed questions from the quarterly and look sternly over its edge at the particular little girl she thought ought to answer

"THEY LOOKED AT HER AND WHISPERED TO EACH OTHER."

ANNE OF GREEN GABLES

girls could appreciate it, having suffered many things themselves in their efforts to walk fences. Josie descended from her perch, flushed with victory, and darted a defiant glance at Anne.

Anne tossed her red braids.

"I don't think it's such a very wonderful thing to walk a little, low, board fence," she said. "I knew a girl in Marysville who could walk the ridge-pole of a roof."

"I don't believe it," said Josie flatly. "I don't believe anybody could walk a ridge-pole. *You* couldn't, anyhow."

"Couldn't I?" cried Anne rashly.

"Then I dare you to do it," said Josie defiantly. "I dare you to climb up there and walk the ridge-pole of Mr. Barry's kitchen roof."

Anne turned pale, but there was clearly only one thing to be done. She walked towards the house, where a ladder was leaning against the kitchen roof. All the fifth-class girls said, "Oh!" partly in excitement, partly in dismay.

"Don't you do it, Anne," entreated Diana. "You'll fall off and be killed. Never mind Josie Pye. It isn't fair to dare anybody to do anything so dangerous."

"I must do it. My honour is at stake," said Anne solemnly. "I shall walk that ridge-pole, Diana, or perish in the attempt. If I am killed you are to have my pearl bead ring."

Anne climbed the ladder amid breathless silence,

"BALANCED HERSELF UPRIGHTLY ON THAT PRECARIOUS FOOTING."

급의 빨간 머리 남학생을 "어이, 빨간 머리 당근!"이라고 놀리며 괴롭힌 경험을 거꾸로 뒤집은 것입니다. 왠지 배신감이 느껴지지 않나요?

일사천리로 원고를 완성한 모드는 자신 있게 출판사에 보냅니다. 하지만 모드의 기대와 달리 출판사는 너무 미숙한 글이라며 출간을 거절합니다. 포기하지 않고 다른 출판사에, 또 다른 출판사에 원고를 보냈지만 반응은 한결같았습니다. 다섯 군데의 출판사에 연달아 거절을 당해 이젠 캐나다 출판사들 중에 보낼 만한 곳이 남지도 않았습니다. 모드는 크게 실망하여 대성통곡을 한 후, 원고를 상자에 넣어 다락에 처박아 두었습니다.

몇 달이 지나 조금 마음이 진정되자 모드는 미련을 버리고 원고를 깨끗이 불살라 버린 후 다시 시작하자는 마음으로 상자를 꺼내왔습니다. 하지만 활활 타오르는 벽난로 앞까지 가져가고서도 여전히 아쉬움이 남았지요. 혹시 단편으로 개작하면 몇십 달러라도 받을 수 있으려나 싶어 한 장 두 장 읽어 나갔고, 결국 앉은 자리에서 원고를 다 읽어 버렸습니다. '아무리 봐도 나쁘지 않은데.' 하는 생각에 모드는 마지막이라는 심정으로 이번엔 캐나다 출판사가 아닌 미국 뉴욕에 있는 출판사에 원고를 보냈습니다.

몇 주간 가슴을 졸인 끝에 드디어 모드는 출판할 의사가 있다는 편지를 받았습니다. 출판사에서는 일시불로 500달러를 받고 판권을 넘기는 것과 10퍼센트의 인세를 받는 것 가운데 어느 쪽을 선택할지 물었습니다. 당장 하루하루의 생계가 빠듯한 상황이었기 때문에 500달러라는 적지 않은 돈을 택하고 싶기도 했지만, 어차피 불쏘시개가 될 뻔했던 원고이니 그 운명이 어떻게 될지 지켜보고 싶다는 심정으로 모드는 인세 계약을 맺었습니다.

'순간의 선택이 평생을 좌우합니다.'라는 유명한 광고 카피처럼 이 작은 선택은 후에 엄청난 행운을 가져왔습니다. 『빨간 머리 앤』은 1908년 6월 출간되자마자 엄청난 반향을 불러일으키며 전 세계적인 히트를 기록합니다. 모드가 존경해 마지않던 미국의 문호 마크 트웨인이 팬레터를 보내고, 캐나다를 방문한 영국 수상이 가장 만나고 싶은 인물이라며 오찬에 초대할 정도였습니다.

특히 캐나다인들의 반응은 열광적이었습니다. 캐나다 출신 작가로는 거의 처음으로 세계적인 명성을 얻은 모드의 쾌거는 신생국으로서 지위가 불안정하고 이렇다 할 전통이나 문화가 없다는 캐나다인들의 열등감을 한 방에 날려 주었습니다. 모드는 그해 연말까지 팔린 책의 인세로만 1,730달러를 받았습니다. 당시 시세로 프린스에드워드섬의 작은 집을 몇 채는 살 수 있는 돈이었습니다. 그 후로도 인기는 소용돌이처럼 더욱 확장되어, 1년 반 후인 1910년까지 받은 인세가 자그마치 7,000달러였습니다. 당시 캐나다 남성 직장인의 평균 연봉이 300달러였으니 보통 사람의 23년치 연봉을 1년 반 만에 벌어들인 셈입니다.

열광적 인기에 힘입어 이후 10여 년간 7편의 후속작이 출간되었습니다. 그리고 2009년에 시리즈의 대미를 장식하는 작품 『블라이스가의 단편들』The Blythes Are Quoted이 나오지요. 이 작품만 유독 늦게 출간된 데는 사연이 있습니다. 작가가 세상을 떠나기 하루 전에 원고가 출판사에 전달되었는데 그만 출판사 측에서 원고를 분실하고 말았습니다. 완전히 사라진 것만 같았던 이 원고는 수십 년의 세월이 흐른 뒤 2000년대 중반에 극적으로 발견되어 2009년에 출판에 이르지요.

또한 2008년에는 『빨간 머리 앤이 어렸을 적에』Before Green Gables가 나오는데, 이 작품은 앤 탄생 100주년을 기념해 루시모드몽고메리협회의 기획하에 캐나다 작가 버지 윌슨이 쓴 것입니다. 앤이 에이번리에 오기 전에 겪은 일들에 대한 내용이지요. 일종의 프리퀄이랄까요. 시리즈의 원래 작가인 모드가 쓴 것은 아니지만 그래도 캐나다 정부가 시리즈에 포함된다고 인증한 바 있습니다.

이렇게 해서 오늘날 이 시리즈는 공식적으로 모두 10편입니다. '빨간 머리 앤'은 이 시리즈 전체를 가리키는 이름으로 사용되기도 합니다.

인생을 긍정하고 시대를 외면하다

부와 명성을 얻었다고 해서 모드의 생활이 크게 달라지지는 않았습니다. 완고한 할머니는 이제까지 살던 좁고 추운 집을 떠나려고도, 수리하려고도 하지 않았습니다. 더구나 몸이 불편하셔서 모드가 혼자 여행을 다닐 수도 없는 형편이었습니다. 그 대신 모드는 엄청난 양의 모자, 옷, 장신구를 사들입니다. 특히 프릴, 체인, 깃털,

레이스 등에 집착이 심해서 한참 후 나이가 들어서 찍은 사진들에서도 그런 장신구를 유난히 많이 착용한 모습이 눈에 띕니다. 사실 책을 내기 이전에도 모드는 예쁘고 화려한 것들에 대한 욕심이 유난히 강한 편이었습니다. 돈이 없으니 들판의 꽃을 따서 말려 모으거나 신문, 잡지에 나온 예쁜 그림과 사진을 잘라서 모으는 것이 낙이었지요. 부모님의 애정을 받지 못한 데다 할머니의 반대로 레이스 달린 옷도 못 입고 친구들을 집으로 데려와 놀지도 못해서 물건에 대한 일종의 강박이 생긴 것일 수도 있습니다.

『빨간 머리 앤』의 초판 표지에 어떤 그림을 그릴지 묻는 출판사에 앤이 보낸 것도, 당시 유행을 선도하던 패션 잡지에서 스크랩해 두었던 일러스트였습니다. '빼빼 마르고 못생긴 아이'로 묘사된 앤의 이미지와 부합하지 않을뿐더러 어떻게 봐도 14세로 보기 힘든 여성의 모습이라서 이 책의 표지로는 맞지 않는 듯하지만, 모드는 맥락이야 어찌되었든 무조건 예쁜 책이 되기를 원했던 것입니다.

초판본 이후 발간된 책들의 표지에는 이 일러스트 대신 빨간 머리를 양 갈래로 땋아 내리고 얼굴엔 주근깨가 가득한 장난기 어린 소녀의 이미지가 그려져 있습니다. 배경에는 푸른 목장, 녹색 박공집이 있고요. 그러다 지난 2008년 앤 탄생 100주년을 기념하여 한정 발간된 복간본에서만 이 일러스트가 다시 사용되었습니다.

그러니 제가 인터넷을 검색하다가 우연히 초판본의 표지를 보고 얼마나 놀랐을지 상상이 가시겠죠. 사실 제가 『빨간 머리 앤』의 초판본을 구입해야겠다고 마음먹은 것도 이 표지 그림 때문이었습니

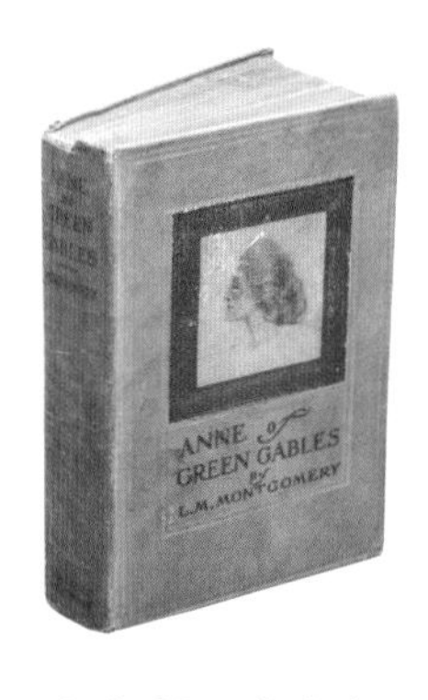

다. 은은한 노란빛이 도는 천으로 제본된 표지 위에 어딘가를 응시하고 있는 성숙한 여성의 우아한 옆모습. 우리에게 익숙한 앤의 이미지와는 거리가 있지만, 그렇기에 오히려 작가의 의도를 더 잘 보여 줍니다. 이 초판본이야말로 여러 판본의 『빨간 머리 앤』 중에서도 고서로서의 아름다움을 갖춘 유일한 판본이라는 생각이 들었고, 꼭 구하고 싶어 한참을 검색했습니다. 안 그래도 워낙 인기가 많은 작품인 데다 앤 탄생 100주년을 맞아 온갖 이벤트가 열리면서 초판본의 가격은 천정부지로 뛰어오른 상태였습니다.

몇 달이나 찾은 끝에 드디어 적절한 가격에, 적절한 상태의 책이 온라인 경매에 나온 것을 보았습니다. 경매가 시작되고 처음 일주일 동안은 서너 명이 '평화롭게' 입찰해 큰 가격 변동이 없었습니다. 그런데 종료 30분 전 상황이 돌변했습니다. 수백 명이 달려드는 바람에 입찰 종료 시간이 몇 번이나 연기되며 피를 말리는 경쟁이 벌어졌습니다. 마침내 경쟁을 뚫고 낙찰을 받은 순간의 그 기분이란! 그것은 원하던 책을 구했다는 기쁨, 승리자가 되었다는 짜릿함, 그리고 낙찰 가격을 아내가 알면 과연 무사할 수 있을까 하는 공포가 뒤섞인 거대한 소용돌이 같은 감정이었습니다.

다시 모드 이야기로 돌아오겠습니다. 모드가 예쁘고 화려한 물건에 집착한 것은 어쩌면 현실을 직면하지 않고 도망가고 싶은 마음의 표현이었는지도 모릅니다. 갈등을 피하고 싶은 마음, 아름답고 순수한 상상의 세계로 도피하려는 태도는 소설 속에도 군데군데 나타납니다. 사실 『빨간 머리 앤』의 시대는 그저 평화롭기만 한 시기가 결코 아니었습니다. 오히려 여러 갈등이 폭발하던 시기였지요. 프린스에드워드섬에서는 캐나다 연방에 들어갈 것인지 미국 연방에 들어갈 것인지를 놓고 찬반양론이 격하게 부딪쳤습니다. 또 사회적으로 여성 차별이 이슈로 부각되면서 여성 참정권 운동이 격화되어 갔습니다. 빅토리아 시대와 에드워드 시대를 거치며 경직된 관습들이 젊은이들을 숨 막히게 억압하기도 했습니다. 이 시기를 논하는 캐나다의 문학 평론가들은 이 세 가지 갈등을 한데 일컬어 이른바 '삼중의 식민지화'triply colonized country라고 부르지요. 그런데 이 치열한 갈등들이 『빨간 머리 앤』에서는 드러나지 않거나 혹은 가벼운 대화로 스쳐 지나가 버립니다.

작품 속에서뿐만 아니라 일기장과 스크랩북 등 모드가 남긴 여러 기록에도 그런 갈등이 거의 나타나지 않습니다. 예를 들어, 1899년부터 1902년까지 이어진 2차 보어 전쟁은 영연방의 모든 국가가 참전했고 캐나다도 그중 하나였는데 모드의 기록에는 단 한 줄도 언급이 없습니다. 너무 부자연스럽지 않나요? 모드는 일기 쓰기와 스크랩하기에 평생 열을 올렸는데, 마음에 들지 않는 부분은 빼거나 수정하거나 아예 다른 노트에 옮겨 적는 작업을 지속적으로 했습니다. 기억의 편집이라고나 할까요? 세상의 고통과 갈등을 외면하는 것이 모드에게는 자신을 보호하는 수단이었는지도 모르지요.

어쨌든 『빨간 머리 앤』의 성공으로 이제 그녀의 앞에는 끝없는 '환희의 하얀 길'이 펼쳐졌습니다. 우리식 표현으로 이른바 '국민 작가'의 반열에 오른 모드는 이제 『빨간 머리 앤』의 후속작은 물론 써내는 소설과 시마다 묻지도 따지지도 않고 히트를 기록하는 미다스의 손이 되었습니다. 하지만 화려한 성공의 뒤안길에는 벌써 조금씩 균열의 조짐이 나타나고 있었습니다. 곤란한 상황에 부닥치면 일단 피하고 애매하게 무마하는 쪽을 택했던 모드의 태도가 그 아름다운 꽃길에 그림자를 드리우고 있었습니다.

성공의 뒤안길

첫 번째 시련은 1916년에 찾아왔습니다. 앞서 말씀드린 것처럼 『빨간 머리 앤』은 캐나다 출판사들에서 모두 거절당했기 때문에 할 수 없이 미국 출판사에서 출간되었지요. 캐나다인으로서 자부심이 있던 모드는 계약 기간이 끝나자 후속작들을 캐나다 출판사와 계약하기를 원했습니다. 졸지에 황금알을 낳는 거위를 잃게 된 미국 출판사에서는 순순히 포기하려 하지 않았습니다. 계약 기간이 만료된 이후에도 무단으로 '앤' 시리즈의 책들을 발간했고, 모드의 항의에 대해 소송으로 맞대응했습니다. 누가 봐도 모드의 주장이 옳았지만 시간을 질질 끄는 출판사 측의 전략에 말려 이 소송은 본안만 9년, 최종 피해 보상까지는 장장 13년이 걸려 1928년에야 종결되었습니다. 송사에 휘말려 본 분들은 소송이 하루하루 길어지는 것이 얼마나 큰 스트레스를 주는지 잘 아실 겁니다. 하물며 글쓰기에 집중해야 하는 작가의 입장에서 13년이나 이어진 소송은 엄청난 고통이었습니다.

이보다 더 힘든 일은 가족과 관련된 문제였습니다. 모드는 『빨간 머리 앤』의 집필을 처음 시작하던 1905년에 만난 이완 맥도널드와 결혼을 약속하고도, 외할머니가 돌아가실 때까지는 곁을 지켜야 한다며 결혼을 뒤로 미루었습니다. 어쩌면 외할머니는 핑계였고 이완에 대한 확신이 없었던 것인지도 모릅니다. 어쨌든 1908년 『빨간 머리 앤』의 성공 이후 엄청난 부와 명성을 얻은 후에도 모드는 자신의 약속을 잊지 않았고 1911년 외할머니가 돌아가시자 이완과 결혼하게 됩니다. 모드로서는 믿음을 지켰다고 생각했을지 모르겠으나 이즈음 이미 이완은 둘의 관계에 회의를 느끼고 있었습니다. 원인은 열등감이었지요. 이완은 아직 교구의 전도사를 맡고 있었는데 당시 나이로 보아 그리 늦은 것은 아니었습니다. 하지만 만나는 사람마다 아내에게만 관심을 표하는 것을 듣다 보니, 아직 목사도 되지 못한 자신을 보며 심각한 열등감을 느낍니다. 남편을 배려하기 위해 모드는 남편이 교구를 옮길 때마다 따라다니며 목회자의 부인으로서 본분을 다하려고 노력했지만 그럴수록 사람들의 시선은 모드에게 집중되었습니다.

이 와중에 1914년 모드는 둘째 아이를 사산했습니다. 1919년에는 모드의 가장 친한 친구 프레더리카 캠벨이 사망하는 사건이 벌어집니다. 모드는 엄청난 충격을 받았습니다. 그런데 더욱 심각한 상황이 발생합니다. 남편 이완이 정신 분열증 증상을 보이기 시작한 것입니다. 정신 분열증은 이완 집안의 가족력이기도 했습니다. 모드에게는 가장 나쁜 시점에, 가장 나쁜 형태로 찾아온 재앙이었습니다. 게다가 교구 목사로서 막 업무를 시작한 이완은 정신 분열증을 적극적으로 감춰야 하는 입장이었습니다. 모드는 이완을 병원에 보내지도 못하고 모든 신경질을 혼자 감내해야 했습니다.

너무 힘든 나날이 이어지자 모드는 글 쓰는 일을 줄이려고 합니다. 그런데 지루한 소송이 겨우 마무리된 이듬해인 1929년 대공황이 닥쳐왔습니다. 모드는 투자했던 주식들이 폭락해 큰 손해를 보았습니다. 게다가 경제적으로 어려워진 주위 사람들이 손을 벌리는 일이 잦아져서 모드는 오히려 이전보다 더 많은 글을 쓰게 되었습니다.

'앤' 시리즈도 네다섯 편 수준에서 그만두려 했으나 경제적 이유로 억지로 계속 써 나갔습니다. 6편 즈음부터는 눈물을 흘리며 쓰는 일도 있었다고 합니다. 평생 쓴 장편만 20여 편, 단편이 530여 편, 시가 500여 편이니 이 정도면 글 쓰는 기계라고 해도 될 정도입니다. 게다가 이 와중에 사랑하는 첫째 아들이 엄마에게 반항하며 여러 가지 문제를 일으켰습니다. 또 막내아들이 2차 대전이 발발하면서 징병되자 모드는 아들이 죽게 될지 모른다는 공포에 시달리게 됩니다.

아무리 정신적으로 건강한 사람이라 할지라도 이런 고통들을 온전히 받아 내는 것은 불가능한 일일 것입니다. 모드는 그리 많지도 않은 나이에 잇몸이 모두 뭉그러져 이를 모조리 뽑아야 했고 급기야 1939년부터는 우울증과 정신 분열증에 시달렸습니다.

여행의 끝

캐나다를, 아니 한 시대를 대표하는 작가였지만 바로 그 이름 때문에 남편이 짓눌리지 않기를 바라며 교구를 옮길 때마다 이사를 거듭하던 모드는 1935년 옮긴 집에 '여행의 끝'이라는 이름을 붙입니다. 더 이상 불안한 생활이 이어지지 않기를 바라는 마음이었지요. 그 바람대로 이곳은 그녀의 마지막 안식처가 되었습니다. 하지만 진정한 안식이라기엔 여정의 끝이 그리 평화롭지도 아름답지도 못했습니다.

우울증과 정신 분열증, 그리고 이를 치료하기 위한 약물 과용으로 만신창이가 된 모드는 그 와중에도 끊임없이 글을 써냈지만 평단과 대중의 반응은 예전 같지 않았습니다. 다작으로 작품의 질이 떨어졌다는 비판은 모드에게 가장 가슴 아픈 것이었습니다. 스스로 말했듯이 그녀의 마지막 피난처는 글쓰기였기 때문입니다.

결국 모드는 1942년 자택 '여행의 끝'에서 숨을 거두게 됩니다. 그런데 모드의 전기 작가 케이트 맥도널드 버틀러는 그녀의 사인이 세간에 알려진 바대로 자연사가 아니라 자살이 아닐까 하는 의문을 제기하고 있습니다. 매일 빠짐없이 일기를 쓰는 것으로 유명

루시 모드 몽고메리의 무덤.

했던 모드의 마지막 일기장에는 뜯겨 나간 페이지들이 있는데 그것이 아마 그녀의 유언장이었을 것이라는 주장입니다.

만약 이 추측이 맞는다면 누가 왜 유언장을 없앴을까요? 모드는 기독교인이자 목사 부인으로서 자살이 절대 용납될 수 없는 위치에 있었기 때문에 가족들이 자살을 숨겼다는 추측도 있습니다. 더 잔인한 가설은, 일기장에 당시 사회상으로 보아 받아들여질 수 없는 내용들이 있으면 출판도 못 하고 인세 수입도 얻지 못할까 봐 가족들이 그런 내용을 없애 버렸다는 것입니다. 실제로 모드의 일기장은 사후에 출판되어 큰 인기를 끌었습니다.

부디 이런 추측들이 사실이 아니기를 바랄 뿐입니다. '앤' 시리즈의 책들을 볼 때마다, 평생 다른 누군가를 위해 살아온 작가가 자신의 의지대로 유언장조차 남기지 못한 채 삶을 마감했다는 사실을 떠올리는 것은 우리에게도 견딜 수 없는 슬픔이기 때문입니다.

우리에게 앤이 알려진 것은 1979년 다카하타 이사오가 감독한 애니메이션이 1985년 우리나라에 방영되어 큰 인기를 얻으면서부터입니다. '녹색 박공집의 앤'이 아닌 '빨강 머리 앤'이라는 제목이 우리나라에서 일반화된 것도 애니메이션의 영향이었습니다.

일본에서는 이보다 훨씬 이른 시기인 2차 대전 때 앤을 알게 되었습니다. 캐나다 선교사들이 2차 대전이 발발하자 본국으로 철수하다가 황망한 와중에 『빨간 머리 앤』 한 권을 떨어뜨리고 갔습니다. 일본 군정 당국은 서양 책인데도 이례적으로 출판 허가를 내주었습니다. 고난을 극복하는 건전한 내용이라는 게 이유였습니다. 읽을거리가 드물던 시절, 그렇게 번역 출간된 『빨간 머리 앤』은 일본에서 큰 화제가 되었습니다.

아이러니하게도, 같은 시기 히틀러에게 목숨을 걸고 저항하던 폴란드 레지스탕스의 암호 역시 '앤'이었습니다. 앤과 같은 불굴의 정신, 긍정적이고 독립적인 마음가짐을 기리기 위해서였다고 합니다.

시대와 장소를 막론하고 사람들의 마음을 사로잡은 앤. 우리는 왜 그토록 앤에게 열광하는 것일까요? 끝없이 닥쳐 드는 고난 속에서도 늘 밝고 낙천적인 태도로 빛을 향해 걸어가는 앤의 모습이 우리에게 힘을 주기 때문이 아닐까 생각합니다.

따지고 보면 의지할 곳 없는 천애 고아로, 주목받는 외모도 넉넉한 재산도 없는 앤에게 세상에 기뻐할 일이란 단 하나도 없을 것 같습니다. 하지만 오히려 앤은 더 많은 것을 가진 사람들보다도 더 모든 일에 감사하고 기뻐하며 여기저기 보물처럼 숨어 있는 행복의 씨앗들을 찾아내 꽃을 피웁니다. 『빨간 머리 앤』에는 수없이 많은 재밌는 에피소드들이 등장하지만 제 마음에 가장 큰 울림을 준 것은 어느 장의 평범한 도입부였습니다.

"정말 멋진 날이에요!"

앤은 깊이 숨을 들이쉬며 말했습니다.

"이런 날에 살아 있다는 게 정말 기쁘지 않나요? 저는 아직 태어나지 않아서 오늘을 맞이하지 못한 사람들이 안타까워요. 물론 그들에게도 좋은 날들이 있겠지만, 절대 이렇게 멋진 날은 아닐 거예요. 더구나 학교로 가는 길마저 아름다우니 얼마나 멋진 일이에요!"

돌이켜 생각해 봤습니다. 초중고 12년, 대학과 대학원까지 포함하면 20년 안팎의 시간 동안 학교를 오가면서 단 하루라도 앤과 같이 기쁜 마음으로 아침 햇살을, 등굣길을 맞이한 날이 있었던가? 앤에게 있어 아름다운 것은 프린스에드워드섬의 풍경보다도 현재에 대한 애정이고, 기쁜 것은 지금 가진 물질보다도 다가올 미래에 대한 기대입니다. 행복의 비결은 바로 카르페 디엠, 즉 여기에서 지금의 시간에 충실하게 살아가는 것입니다. 그 간단하지만 참으로 어려운, 작가조차 자신의 삶에서 얻지 못했던 기쁨이 책 갈피갈피마다 흘러넘치는 까닭에 우리는 앤을 사랑하지 않을 수 없습니다.

여러분은 살아 있음에 충분히 감사하고 있나요? 살아서 맞이한 오늘에 진심으로 기뻐하고 있나요?

THE FLYING CLASSROOM

에리히 캐스트너 『하늘을 나는 교실』 1934년판

7

학교라는 판타지가 부서질 때

책의 시절

흔히들 요즘은 예전에 비해 참 풍요로운 시대라고 이야기합니다. 절대 빈곤에 시달렸던 50~60년대를 관통해 온 세대라면 배곯지 않고 살게 되었다는 사실, 혹은 밥상에 올라오는 반찬 가짓수에서 그런 변화를 느끼실 겁니다. 외국에서 오래 살다 온 이들은 도로의 자동차들, 사람들의 멋진 패션에서 격세지감을 느낀다고 하더군요. 책을 좋아하는 저는 책이 얼마나 흔해졌는가, 아니 흔해진 정도가 지나쳐 책이 얼마나 천대받는가를 보며 시대의 변화를 느낍니다.

제가 그리 많은 나이는 아닙니다만, 어린 시절 신학기에 교과서를 처음 받을 때의 두근거림을 아직도 기억합니다. 혹시 구겨지거나 때가 탈세라 가방에 다 들어가지도 않는 열 몇 권의 책을 소중히 안고 집에 돌아왔지요. 하얀 달력 종이로 표지를 싼 뒤 그 위에 굵은 매직펜으로 산수, 자연 같은 과목 이름을 써넣고 제 이름도 써넣었습니다.

나중에 교사가 된 후 학년이 바뀔 때마다 참 적응이 안 되었던 것이, 종업식이 끝나고 난 뒤 교실 쓰레기통에 수북이 쌓이는 교과서며 참고서 더미였습니다. 멀쩡한 책을 버리고 간 경우도 있고, 무슨 원한이라도 풀려는 듯 박박 찢어서 흩뿌려 놓은 경우도 있었지요. 처음엔 아까운 마음에 상태가 괜찮은 책들을 주워 두기도 했는데 해가 갈수록 버려지는 책의 양이 늘어서 감당이 안 되더군요. 특히 고3 교실은 수능이 끝나고 나면 책이 산더미처럼 교실 뒤를 덮었습니다. 교직원 분들이 날을 잡아 폐지 트럭으로 실어 날라야 할 정도였습니다.

다시 시간을 돌려 보면, 컴퓨터 게임도 비디오도 없던 그때 책은 유일한 오락거리이자 소중한 상상력의 보고이며 세상을 내다보는 커다란 창이었습니다. 우디 앨런 감독은 미국의 황금 시절을 그린 영화를 만들면서, 텔레비전 대신 라디오에 귀를 기울이던 좋은 때라는 의미에서 '라디오 시절'Radio Days(국내 제목은 「라디오 데이즈」)이라는 제목을 붙였습니다. 그 표현을 빌리자면 우리의 어린 시절은 '책의 시절'이었습니다. 교과서마저 귀하던 때이니 공부에 직접 도움이 안 되는 소설이며 잡지책은 더욱 드물었습니다. 그래서 친구들끼리 책을 빌리고 빌려주는 일이 흔했지요. 친구 집에 놀러 가면

매의 눈으로 책장을 '스캔'해서 빌려 갈 만한 책을 찾는 것이 습관이 되었습니다.

어느 날엔가 산동네에 있는 친구 집에 놀러 갔습니다. 부모님이 멋진 문학 전집을 새로 사 주셨다고 으스대는 친구의 말에 혹해서 앞뒤 없이 따라나섰는데 그렇게 헉헉대며 올라가야 하는 언덕일 줄은 몰랐습니다. 돌이켜 생각해 보면 그 친구는 외진 곳에 살다 보니 또래들이 놀러 오려 하지 않기 때문에 책으로 유혹했던 것 같기도 합니다. 온 가족이 사는 그 좁은 단칸방에는 정말 친구의 말대로 자그마치 100권이나 되는 문학 전집이 반짝반짝 빛나고 있었습니다. '딱따구리 그레이트 북스'였던 것으로 기억되는데 그 가운데 『에밀과 탐정들』이라는 작품이 있었습니다. 셜록 홈스, 루팡에 열광하던 시절이라 탐정이라는 단어만 보고도 몸이 부르르 떨릴 정도였습니다.

친구에게 빌려 가도 되냐고 물었더니 새 책이라서 안 된다고 어깃장을 놓더군요. 함께 놀 생각으로 데려왔는데 제가 책만 달랑 빼서 집에 돌아갈 기세라 그랬나 싶습니다. '그럼 여기서 읽으면 되지.' 하는 오기가 들어 그대로 방에 자리를 잡고 앉아 책을 읽기 시작했습니다. 서둘러 읽는다고 했는데 마지막 페이지를 넘기고 고개를 들어 보니 잔뜩 삐진 친구의 얼굴, 그리고 그보다 더 무서운 어두컴컴한 창문이 눈에 들어왔습니다. 앗, 큰일 났다 싶어 재빨리 가방을 둘러메고 내내 뛰어서 집에 돌아왔습니다. 하지만 이미 너무 늦은 시간이었지요. 경찰에 신고해야 하나 전전긍긍하던 어머니에게 엄청나게 야단을 맞았습니다.

무릎 꿇고 혼나는 와중에도 머릿속에는 에밀과 소년 탐정단의 모험 이야기들만 오락가락했지요. 특히 작품 해설에서 이 책의 속편이 있다는 글을 읽은 터라 뒷이야기를 알고 싶어서 견딜 수가 없었습니다. 늦은 저녁을 먹자마자 혹시 우리 집에도 이 작가, 에리히 캐스트너의 책이 있을까 싶어 탐색을 시작했습니다. 빚을 내서라도 책은 꼭 사 준다는 신념을 가진 어머니가 자랑하시는, 동네 목공소에서 맞춤 제작한 거대한 책장 앞에서 책을 넣었다 빼기를 한참 반복했습니다. 그러다 기적적으로 한 권의 책을 찾았습니다. 아쉽게도 『에밀과 탐정들』 속편은 아니었지만 그에 못지않게 흥미로운 제목의 책 『하늘을 나는 교실』이었습니다.(지금도 다른 출판사에서 펴낸 같은 제목의 책을 찾아볼 수 있습니다.)

학교 명물, 다섯 친구

이 소설의 배경은 1900년대 초반 독일의 기숙 학교인 요한지그문트 김나지움입니다. 이 학교 4학년에는 명물로 알려진 다섯 친구가 있습니다. 가난하지만 공부도 잘하고 리더십도 있어서 4학년 회장을 맡고 있는 믿음직한 리더 마르틴, 덩치가 산처럼 크고 늘 배가 고파서 쩔쩔매지만 장래의 권투 선수를 꿈꾸는 학교 최고의 주먹 대장 마티아스, 그런 마티아스와 항상 붙어 다니지만 정반대로 아주 작은 체격에 소심한 성격으로 아이들의 놀림과 괴롭힘의 대상이 되기도 하는 울보 울리, 말솜씨가 좋고 활발해서 친구들을 웃기는 재치꾼 제바스티안, 부모에게 버림받은 고아 신세지만 시와 소설에 재능이 있는 작가 지망생 요니.

하얗게 내린 눈이 온 세상을 덮은 추운 겨울날, 이 다섯 친구는 요니가 쓴 대본으로 만든 연극 「하늘을 나는 교실」의 연습에 열중하고 있었습니다. 며칠 후 크리스마스 파티에서 공연할 이 연극은 하늘을 날아다니는 교실을 타고 학생들이 이집트로 천국으로 과거로 미래로 종횡무진 여행하는 유쾌한 모험담이었습니다. 그런데 연극 연습이 한창인 강당에 여기저기 옷이 찢기고 상처까지 입은 학생 한 명이 뛰어듭니다. 전통적인 앙숙 관계인 이웃 학교 학생들이 시험지를 운반하던 요한지그문트 학생들을 때린 뒤 시험지와 함께 학생 한 명까지 포로로 납치해 갔다는 것입니다.

긴급 사태가 발생하자 리더인 마르틴은 즉시 연습을 중지하고 학교 담 너머의 공터에 친구들이 모이도록 합니다. 이 공터에는 낡은 기차 식당 칸을 개조한 집이 있습니다. 여기 사는 사람은 학생들이 곤란한 일이 생길 때마다 비공식적으로 상담을 요청하는 '비흡연 아저씨'입니다. 마르틴은 아저씨와 이야기를 나눈 뒤, 어른들의 개입을 요청하기보다는 학생들 스스로 문제를 해결해야겠다는 결론을 내립니다. 그리고 즉시 동원 가능한 모든 학생에게 연락을 취해서 공터에 집결하도록 합니다. 늘 두 학교의 대결이 벌어지곤 하는 이 공터에서 사상 초유의 대격돌이 벌어질 상황입니다.

사실 다섯 아이 각자의 마음속에는 그보다 더 심각한 문제들이 자리 잡고 있습니다. 마르틴은 가난한 집안 살림에, 이런 기숙 학교에 다니는 것은 무리라고 느끼고 있습니다. 만약 이번 싸움이 학교에 알려진다면 마지막 보루인 장학금마저 취소되어 학교를 그만둬야 할 수도 있습니다. 마티아스는 학교 공부를 도저히 따라가지 못하는 자기 머리를 원망하고 있습니다. 울리는 늘 아이들에게 놀림받고 얕보이는 겁쟁이 같은 자기 모습이 싫어서 뭔가 큰 사건을 저질러야겠다고 생각하고 있습니다. 제바스티안은 친구들을 웃기는 재주가 있지만 특유의 냉소적인 태도 때문에 진정한 친구가 없이 겉돌고 있습니다. 요니는 고아라는 자신의 신세가 불안정해 가족이 있는 친구들을 늘 부러워하며 자신도 저런 가정을 꾸릴 수 있을까 걱정하고 있죠.

눈싸움에서 이기면 납치된 친구를 돌려받을 수 있을까요? 시험지는 아무 일 없이 무사한 걸까요? 울리의 열등감은 어떤 사건을 만들어 낼까요? 마르틴은 학교에 계속 다닐 수 있을까요? 다섯 아이의 열정과, 작가가 되고 싶은 요니의 꿈이 담긴 첫 작품인 크리스마스 연극 「하늘을 나는 교실」은 무사히 막을 올릴 수 있을까요?

캐스트너와 트리어

『하늘을 나는 교실』은 1933년 독일 작가 에리히 캐스트너가 쓴 동화입니다. 독일 작가의 작품이니 당연히 원작은 독일어입니다. 독일어판을 본다면 가장 좋겠지만 저는 독일어를 읽지 못합니다.

에리히 캐스트너

그래서 당시 영어로 번역 출간된 책을 구입했습니다.

아마 원래는 이 책 위에 더스트 커버라고 불리는 얇은 종이 커버가 하나 더 있었을 것입니다. 말 그대로 책 표지에 먼지나 오물이 달라붙지 않게 하기 위한 커버입니다. 당시의 하드커버들은 여러 번 펼쳐도 겉장이 떨어지지 않도록 천을 덮어씌우는 경우가 많았는데 이런 천들은 오염에 무척 약했지요. 그래서 겉을 종이로 한 겹 더 싸게 된 것입니다. 종이이기 때문에 그림을 그려 넣거나 컬러 인쇄를 하는 것이 용이했기에 더스트 커버는 점차 화려한 모습을 띠게 되었습니다. 그 후에 인쇄술의 발전으로 표지에 그림을 입힌 뒤 그대로 코팅하는 책들이 일반화되면서 최근에는 더스트 커버가 별로 사용되지 않습니다. 요즘에 커버를 별도로 입히는 책들은 오염을 막기 위해서라기보다는 고급스러운 느낌을 더하기 위한 장식적

목적이 더 큽니다.

더스트 커버는 표지라는 개념이 약해서 애초에 재질도 약했고, 독자들도 험하게 다루곤 했습니다. 그래서 이 책처럼 더스트 커버가 분실되거나 훼손된 경우가 많습니다. 오늘날 고서 가격을 책정할 때 더스트 커버의 유무는 큰 영향을 줍니다. 『하늘을 나는 교실』만 해도 발간된 지 80년이 넘었는데 만약 지금까지 더스트 커버가 보존된 책이라면 애초부터 수집을 목적으로 더스트 커버를 따로 분리해서 보관한 경우일 겁니다. 그런 책은 귀할 수밖에 없지 않겠습니까.

어쨌든 그런 이유로 당시의 책들은 속표지에도 상당히 신경을 썼습니다. 이 책은 예쁜 노란색 천으로 장정을 했네요. 책등의 위아래는 많이 닳았지만 그래도 튼튼히 버티고 있습니다. 책장에 꽂혀 있을 때 노출되는 책등 부분은 빛에 바래서 갈색에 가깝게 변색된 데 비해, 앞뒤 표지는 개나리처럼 노란 본래의 색을 유지하고 있는 것이 어쩐지 정답네요. 한가운데엔 본문의 삽화 가운데 겁쟁이 울리가 우산을 들고 뛰어내리는 장면을 인쇄해 놓았습니다. 이 이야기는 뒤에서 더 자세히 말씀드리지요.

표지를 넘겨 봅니다. 표제지가 나오는군요. 왼쪽엔 저자의 대표작들이 소개되어 있습니다. 앞서 소개한 『에밀과 탐정들』이 첫머리를 장식하는군요. 원래 에리히 캐스트너는 학비를 벌려고 신문과 잡지에 풍자 글을 쓰던 사람이었습니다. 처음부터 아동 문학을 하려던 것은 아니었지요. 『에밀과 탐정들』 이전에 두 권의 시집을 냈

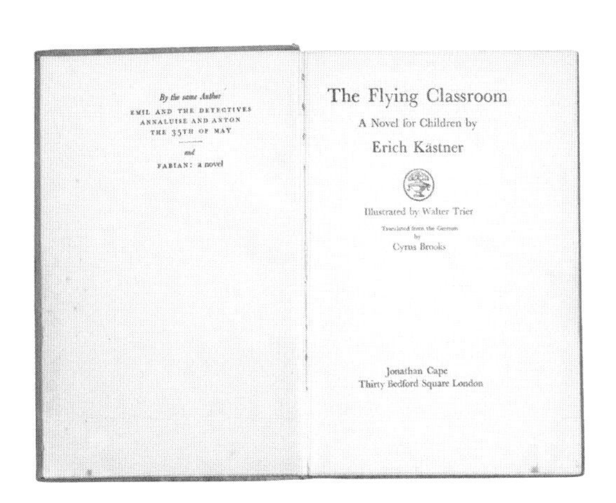

By the same Author

EMIL AND THE DETECTIVES
ANNALUISE AND ANTON
THE 35TH OF MAY

and

FABIAN: a novel

The Flying Classroom

A Novel for Children by

Erich Kästner

Illustrated by Walter Trier

Translated from the German
by
Cyrus Brooks

Jonathan Cape
Thirty Bedford Square London

으나 그다지 좋은 반응을 얻지는 못했고, 풍자 소설을 쓸까 하는 생각을 갖고 있었습니다. 돈이 궁한 캐스트너의 사정을 알고 있던 한 출판업자는 당시 인기가 높던 '셜록 홈스' 시리즈 같은 탐정 소설을 어린이용으로 써 보면 어떻겠냐는 제안을 했습니다. 그렇게 해서 나온 책이 바로 『에밀과 탐정들』입니다. 에리히 캐스트너의 본명이 '에밀 에리히 캐스트너'이니 이 동화의 주인공은 자신의 모습을 투영한 것이라고 봐도 좋겠지요.

사실 당시 어린이용 탐정 소설들은 이미 많이 있었는데 대부분 아이들에게 뭔가를 가르치려는 교훈적 목적이 강하게 드러나곤 했습니다. 캐스트너는 이러한 흐름을 거부하고 매우 현실적인 묘사와 사건 전개를 통해 정말 있음직한, 그래서 더욱 손에 땀을 쥐게 하는 탐정 소설을 씁니다. 엄청난 양의 신문, 잡지 원고를 써내던 필력이 바탕이 되었지요. 그 결과 『에밀과 탐정들』은 독일에서만 200만 부가 넘게 팔리며 캐스트너를 단숨에 인기 작가의 위치로 밀어 올립니다.

표제지에 캐스트너와 나란히 이름을 올린 삽화가 발터 트리어 역시 잡지에 삽화를 그리다가 캐스트너와 만나 친해진 사이입니다. 『에밀과 탐정들』이 큰 성공을 거두는 데는 독일인답게 간결하면서도 둥글둥글 정겨운 발터 트리어의 삽화가 큰 몫을 합니다. 이후 둘은 콤비가 되지요. 캐스트너의 책 삽화는 트리어가 도맡다시피 합니다. '셜록 홈스' 시리즈의 코난 도일과 시드니 패지트의 관계와 비슷하다고 할까요.

그런데 트리어는 독일에서 나고 자랐지만 유태계였고 반파시즘 운동의 선두에 섰던 까닭에 나치 치하에서 탄압을 피할 수 없었습니다. 그래서 『하늘을 나는 교실』은 그가 1936년 영국으로 망명하기 전, 독일에서 마지막으로 맡은 캐스트너의 작품입니다. 망명한 후에 영국 정부와 협력해 반나치 리플릿이나 포스터를 그리기도 했다고 합니다. 멀리 떨어져 있었지만 캐스트너의 작품에 삽화를 넣는 일도 계속하고요. 그러다 종전 후인 1951년 캐나다로 이주한 딸을 따라 토론토에 갔다가 심장마비로 갑작스럽게 세상을 떠납니다.

그의 죽음 이후 캐스트너도 작품 활동이 급속히 위축되어 거의 집필에서 손을 떼게 됩니다. 단순한 우연일까요, 아니면 두 사람의 동반 관계가 그만큼 끈끈했기 때문일까요?

나치에 의해 판매 금지되다

한 페이지를 더 넘겨 봅니다. 왼쪽에 서지 사항들이 있군요. 독일어 초판이 발간된 1933년의 바로 이듬해인 1934년 영국에서 번역된 책입니다. 『에밀과 탐정들』로 큰 히트를 기록한 작가의 새 작품이라지만, 그래도 이토록 신속하게 영국에서 발간된 데에는 당시의 정치적 상황도 영향을 주지 않았을까 짐작됩니다.

1930년대 초는 독일에서 히틀러의 나치 당이 크게 세를 얻으면서 유럽 전역에 전쟁의 기운이 높아지던 시절이었습니다. 캐스트너는 1932년 독일 총선을 앞두고 나치에 반대하는 지식인들이 대거 참여한 반나치 지식인 선언, '단결을 위한 긴급 요청'에 동참합니다. 이 선언에는 시인 하인리히 만, 과학자 알베르트 아인슈타인, 미술가 케테 콜비츠 등 당대 독일을 대표하는 지식인들의 이름이 망라되어 있었습니다. 영국에서도 이에 호응하여 나치를 막기 위해 독일 지식인들과 연대하는 한편 독일에 대해 더 깊이 이해하고자 하는 조류가 형성되었습니다. 이런 분위기 덕분에 『하늘을 나는 교실』이 빠르게 번역될 수 있었을 것입니다.

실제로 캐스트너는 『이발소의 돼지』라는 작품집에 『하늘을 나는 교실』의 속편인 단편 「두 학생이 사라졌다」를 실어 주인공 학생들이 동계 올림픽에서 영국 학생들을 만나 경쟁하고 교류하며 우정을 나누는 모습을 그립니다. 심지어 독일 작품답지 않게 영국 학생들이 금메달을 따는 것으로 설정했죠.

하지만 『하늘을 나는 교실』이 출간된 직후, 총선에서 대승을 거두며 정권을 완전히 장악한 나치는 캐스트너의 작품들을 '독일 정신에 어긋난다'는 이유로 판매 금지하고, 이미 출간된 책들을 모아 불태우는 만행을 벌입니다. 삽화가 발터 트리어는 망명하고 캐스트너는 절필을 강요당하는 가운데 이 속편은 출간되지 못했지요. 전쟁이 끝나고서야 출간되긴 하지만 이미 참혹한 전쟁을 겪고 난 시점에서 이런 이야기는 독일 독자도, 영국 독자도 끌어들일 수 없었기에 완전히 실패하고 맙니다. 캐스트너 입장에서는 참 억울한 노릇이지만 문학 작품이 시대의 영향을 받는 것은 어쩔 수 없는 일이지요.

서지 사항에서 흥미로운 점은 인쇄소뿐 아니라 제지 회사와 제본 회사 이름까지 표기되어 있다는 것입니다. 그렇게 밝혀 둘 만한 가치가 있다는 의미 같습니다. 고서 수집을 하다 보면, 명확하게 구분하기는 어렵지만 시기에 따라 책의 질에서 등락이 느껴집니다. 1900년대 초반의 책들은 전반적으로 종이가 두껍고 좋은 편입니다. 1950년대 이후의 책들보다 오히려 변색이 덜 된 경우들이 많죠. 제본도 튼튼해서 더 오래 견디다 보니 보관 상태도 좋은 책들이 많고요. 1800년대 중반까지는 인쇄술의 한계, 비용 문제 등으로 제본이나 삽화에서 뛰어난 대중서들이 많지 않았다가, 1800년대 후반에서 2차 대전 전까지 책의 질이 높아지고, 전후엔 효율성이 우선시되면서 다시 책의 질이 낮아집니다.

이 책은 목차의 형태가 특이합니다. 각 장의 제목은 그냥 번호로

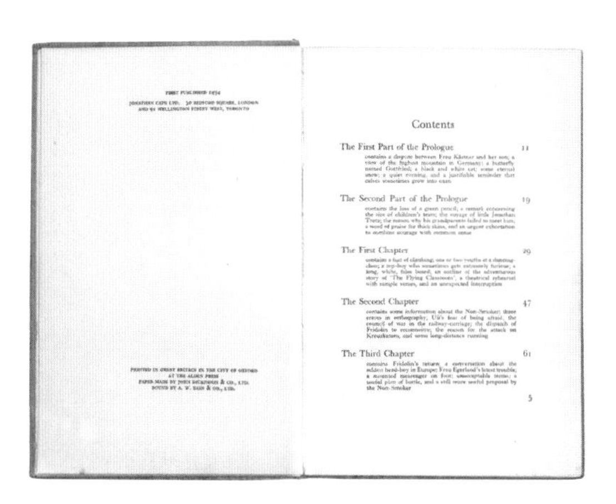

Contents

5

처리하고 그 내용을 자세히 소개해서, 말 그대로 '콘텐츠'CONTENTS를 보여 주고 있습니다. 어쩌면 캐스트너가 작품을 쓰면서 만들었던 개요 같은 것이 아닐까 싶습니다. 저도 긴 글을 쓸 때는 이런 방법을 가끔 쓰거든요. 하지만 캐스트너의 다른 책들을 찾아보니 이런 식의 목차를 쓴 책은 없었습니다. 그 대신 역시 독일 작가인 루돌프 라스페의 1785년 작품 『허풍선이 남작의 모험』에서 이런 목차를 쓴 것을 확인했습니다.

캐스트너는 『허풍선이 남작의 모험』과 각별한 인연이 있기도 합니다. 독일 영화 제작소인 우파 스튜디오가 1942년 창립 25주년 기념으로 『허풍선이 남작의 모험』을 영화화했을 때 캐스트너가 그 대본을 담당한 것입니다. 집필을 금지당했던 시절 유일한 작품 활동이었지요. 캐스트너가 평소 『허풍선이 남작의 모험』을 즐겨 읽다 보니 『하늘을 나는 교실』의 목차에도 이런 시도를 한 것 같기도 합니다.

이 부분에서 제가 의문을 품었던 것은 왜 나치가 명백한 반정부 인사인 캐스트너의 작품 활동을 다시 허용했는가, 그리고 애초에 그가 독일에 남아서 별일 없이 살아가는 게 어떻게 가능했는가 하는 점입니다. 정확한 전후 사정을 알 수는 없지만 여러 자료를 추적한 끝에 한 가지 실마리는 얻을 수 있었습니다.

앞서 말씀드린 반나치 지식인 선언은 단순히 선언문 발표로 끝난 것이 아니라 신문에 광고도 싣고 베를린 시내 여기저기에 플래카드를 거는 등 활발한 반나치 운동으로 전개됩니다. 하지만 결국 선거에서 나치가 압승을 거두고 히틀러는 총통으로 취임했지요. 이듬해 연방 총선거가 예정되자 지식인들은 2차 선언 및 활동을 준비합니다. 하지만 이미 살아 있는 권력이 되어 버린 히틀러에게 대항하는 데 부담을 느낀 많은 지식인이 불참했습니다. 캐스트너 역시 슬그머니 발을 빼지요.

그래서 2차 선언에도 참여했던 지식인들은 더욱 직접적인 탄압을 받게 됩니다. 의장 격이었던 하인리히 만이 문화부의 집요한 압력 끝에 프로이센 예술원의 원장직에서 쫓겨난 것이 대표적인 사례입니다. 어쩌면 캐스트너의 타협적인 태도 때문에 나치가 그를 덜 위험한 인물로 여긴 것이 아닐까 싶습니다.

장르로서의 학교 이야기

『하늘을 나는 교실』의 프롤로그 부분에는 작가가 녹음이 짙은 산기슭에서 글을 쓰는 장면을 그린 삽화가 등장합니다. '크리스마스 이야기'를 쓰겠다고 말만 하고 미적거리는 작가 아들에게 어머니는 이번에도 제대로 크리스마스 이야기를 안 쓰면 크리스마스 선물을 주지 않겠다고 '협박'합니다. 그러다가 직접 기차역에 가서 "8월에도 눈이 덮여 있는 곳은 어딘가요?"라고 물어 추크슈피체라는 산으로 가는 기차표를 끊어 옵니다.

작가 자신이 소설 속에 등장하는 것은 그리 흔치 않은 서술 방식이지요. 그런데 이 장면은 소설상의 설정이 아니라 실제였을 가능성이 높습니다. 캐스트너는 어머니와 매우 친밀한 관계라서 떨어져 있을 때 거의 '매일' 편지나 엽서를 썼다고 합니다. 나치와의 타협도 어머니를 혼자 두고 독일을 떠날 수 없었기 때문에 선택한 길이 아닐까 싶습니다. 혹시 캐스트너가 평생 독신으로 산 이유도 어머니에 대한 지극한 사랑 때문이 아니었을까요? 어떤 여자가 어머니에게 매일 편지를 쓰는 남자와 살고 싶겠어요.

발터 트리어의 삽화는 한없이 여유롭고 따뜻합니다. 장작더미 위엔 고양이 한 마리, 나비도 한 마리, 멀리 호숫가엔 집 한 채. 암소 에두아르트의 관심 어린 눈빛도 귀엽습니다. 페이지 전체에 입힌 노란색은 따뜻한 분위기를 강화합니다. 컬러가 들어가긴 했으나 색 위치를 정확하게 맞출 필요가 없어서 인쇄가 용이하다는 점

The grasses bow their heads respectfully to the winds. Butterflies flutter past, and one, a big Peacock's Eye, sometimes drops in on me. I've christened him Gottfried, and we get on very well together. Hardly a day passes but he comes fluttering up and settles fearlessly on my sheet of paper. 'How do you do, Gottfried?' I ask. 'Still having a good time?' He gently raises and lowers his wings in response, and flies contentedly on his way.

Yonder, at the edge of the dark pine-wood, is a great pile of logs. There is a black and white cat crouching on top of it, looking across at me. I have a strong suspicion that that cat is bewitched and could talk if she wanted to, but she doesn't. Every time I light a cigarette, up goes her back.

In the afternoon it gets too hot for her, and off she goes. It gets too hot for me too, but I manage to stick it. All the same it is no easy job to sit here, almost melting, and describe, for instance, a snowball battle.

But I lean back on my little bench and look up at the Zugspitze; and there in its great rocky gorges shimmers the cold eternal snow. Then I can go on writing again. But sometimes the clouds blow up from the weather end of the lake, float across the sky straight towards the Zugspitze and pile themselves in front of it till it is completely hidden.

Every evening Eduard comes to call for me

에서 특이한 인쇄 방식입니다. 흥미로운 건 작가의 모습입니다. 실제 캐스트너의 모습과 상당히 닮았거든요. 트리어는 원래 잡지에 그림을 그리던 사람이니 실제 인물의 특징을 잡아 그리는 캐리커처 경험이 많았을 겁니다.

프롤로그를 통해 등장한 작가는 곧 슬그머니 뒤로 빠지고 그 대신 등장인물 중 작가 지망생인 요니의 관점에 자신을 투영합니다. 그렇게 요니를 따라 기숙 학교 안으로 들어가는 것으로 이야기가 시작됩니다.

『하늘을 나는 교실』의 내용을 한 문장으로 요약하자면 '눈 덮인 크리스마스 시즌에 독일의 어느 남자 기숙 학교에서 벌어지는 이야기'입니다. 무대도 사건도 주인공도 모두 학교라는 틀 안에 있는 전형적인 학교 이야기 장르지요. 이 장르는 1749년 세라 필딩이 여학교 이야기를 다룬 책을 출간한 것이 시작이라고 알려져 있습니다. 본격적으로 인기를 얻은 것은 1857년 토머스 휴스가 『톰 브라운의 학교생활』Tom Brown's School Days로 엄청난 성공을 거두면서부터입니다. 이후 수백 편의 아류작이 쏟아져 나오게 되는데 대부분 『톰 브라운의 학교생활』처럼 영국의 기숙 학교를 배경으로 하고 있습니다. 그래서 초기엔 이 장르가 '기숙 학교 이야기'라고 불리기도 했지요.

한두 권의 책이 아니라 수많은 책이 대중의 인기를 얻으며 장르를 형성할 때는 그럴 만한 시대적 이유가 반드시 있기 마련입니다. 학교 이야기 장르는 근대 국민 국가의 형성 과정에서 등장했습니다. 국가의 구성원이 될 국민들을 길러 내기 위해 교육이 국가적 지원을 받으며 확장되던 시기였지요. 사회적으로 교육이 강조되면서 학교는 이전 시대에 꿈꿀 수 없었던 신분 상승과 성공의 문을 열어 주었기에 사람들은 학교에 다니기를 희망했습니다. 하지만 아직 모두가 학교에 갈 수는 없었습니다. 그 시절 대중들에게 육중한 학교 철문 안의 세계는 살아 있는 판타지였습니다.

당시 학교 이야기 장르의 주된 무대가, 비싼 학비 때문에 귀족이나 부유층만 갈 수 있었던 사립 기숙 학교로 설정된 것도 이와 같은 이유입니다. 역시 기숙 학교에서 벌어지는 일을 담고 있는 샬럿 브론테의 『제인 에어』나 찰스 디킨스의 『데이비드 코퍼필드』가 학교 이야기 장르로 구분되지 않는 이유도 여기에 있지요. 이 소설들에 등장하는 기숙 학교는 고아나 빈민층을 대상으로 하기 때문에 환상이 끼어들 틈이 없었던 것입니다.

반대로 학교 이야기 장르물 가운데 최고의 히트작으로 지금까지 명성이 이어지고 있는 『톰 브라운의 학교생활』에서 주인공이 다니는 학교는 럭비를 처음 시작한 것으로 알려져 있는, 영국의 손꼽히는 명문인 럭비 고등학교입니다.

『하늘을 나는 교실』에도 학교에 따른 계급적 구분이 일부 드러납니다. 독일의 학제는 초등학교를 졸업한 이후 계단처럼 나뉩니다. 하우프트슐레, 레알슐레, 김나지움으로 나뉘는 세 갈래 길에서 각 단계의 졸업자들은 각기 다른 자격을 부여받습니다. 하우프트슐레를 졸업하면 직업 교육을 받을 기본 자격을 갖춘 것으로 인정받고, 레알슐레를 졸업하면 직업을 얻을 수 있으나 대학에 진학할 수는 없으며, 김나지움에서 인문 교육을 받아 아비투어 학위를 받아야 비로소 대학에 다닐 수 있습니다. 즉, 집안의 가업을 이어받으려면 하우프트슐레 수준에서 그쳐도 되지만, 회사에 취직하려면 레알슐레를 다니거나 하우프트슐레 졸업 후 레알슐레로 편입해야 하고, 대학까지 가려면 김나지움에 다녀야 합니다. 동년배들이 각기 다른 과정에 진학하는 것이니 필요 없는 열등감이나 근거 없는 우월감으로 다툼이 벌어지는 것은 당연하지 않겠습니까?

사전 지식 없이 『하늘을 나는 교실』을 읽다 보면 시험지를 빼앗아 가고 학생을 납치한 옆 학교 학생들이 안하무인의 깡패들처럼 여겨지는데, 사실 그 옆 학교는 레알슐레이고 주인공들이 다니는 요한지그문트는 김나지움입니다. 레알슐레 학생들이 훔쳐 간 시험지가 문법 과목 시험지라는 것도 의미심장합니다. 문법은 대학 진학을 준비하는 김나지움 학생들만 배우는 과목이기 때문입니다. 싸움이 벌어진 이유를 묻는 비흡연 아저씨에게 요니가 "두 학교는 선사 시대부터 싸워 왔어요. 우린 전통을 잇고 있을 뿐이죠. 왜인지 모르지만."이라고 답하는 것은 아이의 순수함이거나 혹은 위선입니다.

그런데 이 부분에서 캐스트너의 장점이 드러납니다. 우리 편과 저쪽 편, 선과 악으로 단순하게 나누어 명예와 우정과 성실이라는 교훈을 던지려고 애쓰던 기존 학교 이야기들과 달리, 캐스트너는 문제의 핵심을 솔직하게 드러냅니다. 요니의 이어진 설명을 통해 애초에 이런 싸움이 벌어진 진짜 이유를 보여 주지요. 예전에 김나지움 학생들이 레알슐레의 운동장에 있던 깃발을 이유 없이 훔쳐 갔다가, 학교 차원에서 공식적인 항의를 받고 교사들이 돌려주라고 명령하자 깃발을 박박 찢어서 돌려주는 '만행'을 벌였다나요. 선과 악이라기보다는, 그냥 다 아이들일 뿐입니다. 이미 짜인 사회적 편견과 관행을 비판 없이 서둘러 받아들이려고 애쓰는.

아동 문학은 일반적으로 균형 잡힌 삶의 구도를 제시해 준다는 특징을 지니고 있습니다. 조금 다른 분야입니다만, 제가 어렸을 땐 학교에서 돌아오는 저녁 5시쯤이면 어김없이 학생용 드라마들이 방송되었습니다. 「호랑이 선생님」, 「수리수리 마수리」, 「고교생 일기」, 「사랑이 꽃피는 나무」……. 기억하시는 분들이 있을까요? 이런 드라마에는 늘 안경을 쓰고 신문을 읽지만 엄마에게는 꼼짝도 못 하는 아빠, 앞치마를 두르고 맛있는 음식을 하며 아이들을 챙기는 엄마, 한 걸음 뒤에 물러서 있지만 이따금 현명한 조언이나 격려를 해 주는 할머니와 할아버지, 티격태격하면서도 결정적인 순간엔 내 편이 되어 주는 형제자매들이 등장했습니다. 완벽하게 균형 잡힌 가족이지요.

하지만 살면서 저는 저렇게 완벽한 가정을 단 한 집도 보지 못했습니다. 우리 곁에 늘 이런 가족이 있다는 설정이야말로 눈 덮인 설산 어딘가에 있다는 빅풋보다 더 판타지 같습니다만, 실은 이 역시 삶의 어떤 측면을 강조해서 보여 주는 것뿐입니다. 이미 어떤 식으로든 안정된 상태에 들어서 있는 성인들에게는 '내가 서 있는 땅이 그렇게 평평한 것이 아니다.'라는 깨달음을 주는, 기울어지고 비틀린 관점이 의미 있는 새로움을 주겠지요. 하지만 미지의 세계와 맞닥뜨려야 하는 아이들에게는 우선 균형점을 찾는 것이 중요합니다. 다만 이런 균형이 억지스러운 타협과 화해에 의한 환상이라면 오히려 아이들에게 환멸을 가져다줄 수도 있고요.

주인공들이 과거의 전통을 무비판적으로 받아들여서 레알슐레 학생들과 싸움을 계속하는 것은, 삶의 초보자들이 세상에 적응하는 방식입니다. 우선 이미 주어져 있는 패턴을 내재화합니다. 이유를 묻는 것은 나중의 일이지요. 그래서 이들은 학교 안에서도 '부모'를 찾아냅니다. 공식적인 문제에 있어서 권위와 공정성을 가지고 판단을 내려 주는 요한 뵈크 선생님과, 비공식적인 문제와 관련해 자상한 상담을 해 주는 은둔자 비흡연 아저씨는 전형적인 아빠와 엄마의 투사물입니다. 알고 보니 두 사람이 과거에 인연이 있는 친한 친구였다는 설정마저 등장하죠. 또한 형제 같은 친구들이 있고, 무엇보다 '우리 집'에 해당하는 요한지그문트 김나지움이 거대하게 버티고 서 있습니다. 그러고 보면 학교 이야기는 확장된 가족 서사라고 볼 수도 있습니다.

그러면서 동시에 캐스트너는 명예로운 학교, 멋진 친구들, 빛나는 우정, 치열한 노력과 성취 등을 강조하는 영국식 기숙 학교 이야기의 공식에서 벗어나, 이 모든 것이 불완전한 존재들이 위태롭게 기대어 서 있는 찰나의 장면임을 담담하게 보여 줍니다. 이곳에서는 모두들 자신만의 문제를 가지고 있습니다. 일견 완벽해 보이는

Dr. Bökh went up close to the accused

When he had finished watering, he sat down in the green grass and read

But at that instant Uli jumped

K

Herr Kreuzkamm did not appear to notice this scandalous state of affairs

요한 뵈크 선생님과 비흡연 아저씨도 흔들리지요.

다만 그 상황이 지나치게 심각해지지 않고 눈 덮인 크리스마스의 풍경으로 아름답게 그려집니다. 작가가 너무 깊이 감정을 이입하지 않고 한 걸음 뒤로 물러서 있기 때문입니다. 굳이 프롤로그를 통해 작가가 먼저 등장한 다음에 요니의 시선으로 사건들을 들여다보는 피카레스크식 구성을 한 이유도 여기에 있을 것입니다. 그런 와중에도 캐스트너가 학교생활의 디테일을 놓치지 않을 수 있었던 것은 그 자신이 사범대 출신이기 때문일까요?

시대적으로 보자면, 당시가 학교 이야기 장르의 끝물이었기 때문에 이런 변형이 가능했는지도 모르겠습니다. 학교 교육이 대중화되기 시작한 1750년대를 전후로 시작되어 『톰 브라운의 학교생활』이 크게 히트한 1880년대에 절정에 올랐던 학교 이야기 장르는 2차 대전을 전후로 몰락해 갔습니다. 『하늘을 나는 교실』이 출간된 직후 벌어진 2차 대전은 사람들이 세상에 대해 가지고 있던 기대와 환상을 산산이 깨트려 버렸습니다. 사회의 주요한 이슈는 학교 이야기의 주제인 우정, 명예, 협동, 정의와 같은 도덕적 교훈에서, 전쟁 이후 민낯을 드러낸 빈부 격차와 인종 차별, 가족 문제 등으로 옮겨 가게 되었습니다. 또한 민간에 의해 주도되던 사립 학교 중심의 교육 시스템이 전쟁 후 국가 제도 안으로 급속히 편입되고 공립학교가 확산되면서, 학교의 담은 무너졌습니다. 사람들의 호기심을 불러일으켰던 높은 담 안의 남학교, 여학교 대신 남녀 공학 학교가 일반화된 것도 학교 이야기 장르의 붕괴를 가속화했지요.

재미있는 사실은 최근 학교 이야기가 다시 붐을 일으키고 있다는 것입니다. 그 선두에는 '해리 포터' 시리즈가 있습니다. '해리 포터' 시리즈는 학교 안에서 벌어지는 폐쇄적인 이야기라는 기본 구도뿐 아니라 그리핀도르, 후플푸프같이 각기 소속된 기숙사에서 함께 생활하면서 기숙사 내에서는 연대감을 높이고 기숙사들 사이에는 경쟁을 유도하는 하우스 시스템, 그리고 수업 장면과 복장에 이르기까지 전통적인 영국식 기숙 학교의 구조를 고스란히 따르고 있습니다. 그래서 이 소설을 영화화할 때, 교실 장면은 이튼 스쿨과 함께 영국 고급 사립 학교의 양대 산맥이자 시인 조지 바이런, 수상 윈스턴 처칠을 배출한 명문 해로 스쿨에서 주로 촬영되었지요.

내용 면에서도 학교 이야기 장르의 클리셰에 해당하는 구조와 에피소드가 반복되고 있습니다. 예를 들어 뵈크 선생님처럼 공정하고 원칙주의자인 맥고나걸 교수님, 비흡연 아저씨처럼 학교 바깥에 살면서 비공식적인 문제들을 도와주는 해그리드, 울리처럼 괴롭힘을 받는 겁쟁이 네빌, 제바스티안처럼 활달하지만 시니컬한 모습도 지니고 있는 론, 요니처럼 똑똑하고 침착한 헤르미온느 등이 등장하지요.

학교 이야기 장르에 익숙한 사람들에게는 자칫 마법을 곁들인 아류처럼 여겨질 수도 있습니다. 하지만 이런 폄훼는 별로 눈에 띄지 않더군요. 40~50년에 걸쳐 대중 교육이 보편화되다 보니 사립 학교의 담장 안이 환상의 공간으로 여겨지는 시기가 다시 돌아온 것일까요?

닫힌 교문을 열기 위해

우리나라에도 이런 흐름이 없었던 것은 아닙니다. 다만 앞서 말씀드린 것처럼 학교 이야기라는 장르 자체가 시대 배경에 강하게 영향을 받는 것이다 보니, 학교가 대중의 이야깃거리가 될 수 있고 아동이나 학생이 소비의 주체로 등장할 만큼 시장이 성숙한 후에라야 가능한 일이었지요. 우리나라가 절대 빈곤의 시기를 겨우 헤쳐 나오던 1960년대 중반부터 이런 흐름은 서서히 만들어지기 시작합니다. 조흔파의 1964년 작품 『얄개전』은 그 대표 격이라고 할 수 있습니다. 1970년대에는 '얄개' 시리즈, '진짜진짜' 시리즈, 「푸른 교실」 등 학생용 영화가 등장하며 학교 이야기의 붐을 이루었습니다.

하지만 이런 이야기들은 '청소년 명랑 소설'이라는 부제가 따라붙을 만큼 의도적으로 유쾌한 학교생활, 친구 간의 우정, 가족 간의 사랑, 이를 통한 난관의 극복과 해피엔드를 강조했다는 점에서 매우 비현실적인 환상이기도 했습니다. 학교 이야기 장르의 초기 형태와 비슷했지요.

캐스트너의 작품과 같은 현실적인 학교 이야기들은 그로부터 10~20년쯤 후에 등장하기 시작합니다. 하지만 그 내용은 『하늘을 나는 교실』처럼 담담하고 따뜻한 것일 수 없었습니다. 1980년대 후반 입시 지옥에 찌든 학생들의 자살이 사회 문제로 대두되었기 때문입니다. 1989년 영화와 소설로 나온 「행복은 성적순이 아니잖아요」와 1990년 개봉한 영화 「죽은 시인의 사회」에는 공부만을 강요하는 부모님과의 갈등 끝에 스스로 죽음을 택하는 학생들이 등장하지요. 사실 '죽은 시인의 사회'라는 제목은 명백한 오역입니다. 죽은 시인들의 시를 읽는 문학 동아리라는 의미이니 '죽은 시인의 클럽' 정도로 번역하는 것이 맞습니다. 하지만 당시 우리나라에서 학생들의 자살은 이미 개인이 아닌 사회적 문제였으므로 이 제목이 사람들에게 훨씬 더 와 닿았던 것 같습니다. 「행복은 성적순이 아니잖아요」와 「죽은 시인의 사회」의 성공으로 학교 이야기는 주로 영화 장르로 폭발하게 됩니다. 「그래 가끔 하늘을 보자」, 「있잖아요 비밀이에요」, 「꼴찌에서 일등까지 우리 반을 찾습니다」, 「공룡 선생」…….

개인적으로 이 시대를 대표하는 학교 이야기로 첫손에 꼽고 싶은 것은 영화 「닫힌 교문을 열며」입니다. 학생들의 아픔을 외면할 수 없었던 선생님들이 1989년 참교육을 외치면서 전국교직원노동조합을 결성합니다. 이에 대한 정부의 탄압이 거세어지자 전교조는 교육 문제를 널리 알리기 위해 영화사 장산곶매와 협력하여 1991년 이 영화를 만들게 됩니다.

학교의 부조리에 맞서는 처절한 싸움을 그리고 있는 이 영화의 마지막 장면에서, 학교에서 쫓겨난 교사와 이 교사를 지키기 위해 뛰쳐나온 학생들은 굳게 닫힌 육중한 철문을 사이에 두고 억수 같은 비를 맞으며 마주 섭니다. 영화 설정상 여름이라서 반팔 옷을 입고 있지만 사실 영하 12도의 겨울에 찍은 장면입니다. 추운 날씨에 온통 물에 젖어 있다 보니 촬영 중 여섯 명의 연기자가 실신했다고 하지요.

처절하게 찍은 이 장면을 바라보는 스크린 밖의 우리도 여느 영화 관람 때와는 달랐습니다. 당국에서 상영 금지를 내린 탓에 정식 영화관에 내걸 수 없었기에 주로 대학 안에서 상영이 이루어졌습니다. 언제 시위 진압 경찰이 밀어닥쳐 필름을 뺏고 관계자들을 체포할지 모르는 상황이었습니다.

총학생회는 '닫힌 교문을 열기 위해 열린 교문을 닫습니다.'라는 안내문을 내걸고 교문을 잠갔습니다. 쇠 파이프를 든 사수대 학생들이 교문 앞을 지켰습니다. 쪽문이나 뒷문으로 들어온 학생들이 겨우 자리 잡은 강당 앞 무대에는 웬 사람들이 콘서트처럼 마이크를 잔뜩 들고, 이도 모자라 바가지며 빨래판이며 종이까지 손에 손에 들고 있었습니다. 알고 보니 일단 영화는 찍었지만 국내 몇 안 되는 녹음실을 정부가 사용 금지했기 때문에 현장에서 라이브로 음향을 전달하기로 했다는 것이었습니다.

배우들은 오른쪽 구석에 마이크를 들고 나란히 앉아 화면을 보며, 대사를 읽었습니다. 효과음을 내는 팀은 왼쪽에 앉아 역시 화면을 보며 대자보를 찢는 장면이 나오면 종이를 찢고 가구가 부서지는 장면이 나오면 바가지를 발로 밟으며 소리를 전달했습니다. 바가지가 몇 개 안 되어서 하루에 두 번 상영이 불가능하다는 농담에, 혹시 문 밖에서 함성 소리가 들리면 바로 뛰쳐나가 싸울 각오로 긴장해 있던 우리도 함께 웃었습니다. 이런 것이 우리의 학교 이야기였습니다.

이 땅에서 학생으로 살아가는 일은 도대체 왜 이렇게 쉴 새 없이 힘들고 처절한 것인지 모르겠습니다.

FAIRY TALES

한스 크리스티안 안데르센 『안데르센 동화집』 1977년판

8

미운 오리 새끼,
안데르센의 자화상

혼자 노는 아이

전 세계 사람들에게 가장 유명한 동화 작가가 누구인지 묻는다면 어떤 대답이 나올까요? 이것만이 정답은 아닙니다만, 유네스코에서 세계적으로 가장 많은 언어로 번역된 10인의 작가를 뽑았을 때 셰익스피어, 마르크스와 함께 동화 작가로는 유일하게 선정된 사람이 바로 한스 크리스티안 안데르센이었습니다. 2012년 기준으로 최소 125개 이상의 언어로 번역되었다고 하니 가장 유명한 동화 작가라고 불러도 손색이 없겠지요.

많은 영웅과 위인이 그렇듯 안데르센의 시작도 보잘것없었습니다. 안데르센은 1805년 덴마크의 오덴세에서 찢어지게 가난한 집의 외동아들로 태어났습니다. 어찌나 가난했던지, 변변한 침대도 없어서 동네 장의사에게 얻어 온 관으로 만든 침대를 썼습니다. 하지만 벗어날 길 없는 가난 속에서도, 늘 다정하고 근면한 부모님 덕에 안데르센의 어린 시절은 사랑으로 가득했습니다. 구두장이였던 아버지는 밤마다 『아라비안나이트』를 읽어 주며 안데르센의 상상력을 키워 주었습니다. 세탁부로 쉴 새 없이 일해야 했던 어머니는 비록 문맹이었지만 그 대신 할머니로부터 전해 들은 덴마크의 옛이야기를 틈틈이 들려주곤 했습니다.

안데르센은 책으로 읽는 이야기보다 어머니의 옛이야기에 더 흥미를 느꼈습니다. 그래서 스스로 환상적인 이야기를 지어내 주변 친구들에게 들려주었습니다. 하지만 친구들은 안데르센의 이야기를 좋아하기는커녕 이상한 아이라며 안데르센을 따돌렸습니다. 워낙 가난한 동네에 사는 아이들이다 보니 거칠어져서 그런 것도 있고 당시 덴마크 사회가 매우 보수적이었던 탓도 있을 것입니다.

혼자 이야기를 짓고 놀 수밖에 없었던 안데르센은 겨우 일곱 살의 나이에 벌써 연극에 관심을 갖게 되었습니다. 유일한 소품은 세탁부였던 어머니의 앞치마였습니다. 그 앞치마로 어린 안데르센은 천막을 만들기도 하고, 망토나 모자로 쓰기도 하고, 때로는 무대 장막으로 이용하기도 하며 혼자만의 연극에 몰두했습니다.

열한 살 때 아버지가 돌아가신 뒤 안데르센은 더더욱 자신만의 세계에 빠져들었습니다. 가난한 집안 형편 탓에 학교도 가지 못한데다, 어머니는 바깥일이 더욱 바빠져서 안데르센 홀로 집에 있는 날이 많았기 때문이지요. 안데르센은 스스로 시를 쓰고 이야기를

(위)한스 크리스티안 안데르센.
(아래)오덴세에 있는 안데르센의 고향집.

짓고 연극 대본을 만들었습니다. 특히 아버지의 죽음을 계기로, 환상으로 가득했던 이야기에 죽음에 대한 어두운 내용들이 조금씩 들어가기 시작했습니다.

제대로 연극을 하고 싶다는 열망에, 안데르센은 겨우 열네 살의 나이에 옷 보퉁이 하나만 싸 들고 무작정 덴마크의 수도 코펜하겐으로 상경합니다. 믿는 것은 오덴세에서 친했던 인쇄공 아저씨가 자신이 아는 유명한 발레리나 앞으로 써 준 소개장 하나뿐. 코펜하겐에 도착한 다음 날, 그나마 구김이 가장 덜 간 옷에 커다란 모자를 쓰고 발레리나의 저택을 찾은 안데르센은 큰 기대를 담아 소개장을 내밀었습니다. 하지만 발레리나는 난감한 표정을 지으며 소개장을 되돌려 주었습니다. 전혀 모르는 사람이라면서요. 인쇄공 아저씨는 동네 꼬마가 설마 진짜로 찾아가겠나 싶어 허풍을 떤 것뿐이었습니다.

실망한 안데르센의 모습을 본 발레리나는 이왕 온 김에 뭔가 보여 줄 만한 것이 있다면 한번 해 보라고 했습니다. 놓칠 수 없는 기회였지요. 안데르센은 신발을 벗고 모자를 탬버린 삼아 두드리며 열과 성을 다해 춤을 추고 노래를 불렀습니다. 그 모습이 우습긴 했지만 열정만큼은 감동적이었나 봅니다. 발레리나는 안데르센이 발레 학교에 다니고 성악 훈련도 받도록 주선해 주었습니다.

이를 바탕으로 극단에 들어간 안데르센에게 본격적으로 고난의 시간이 펼쳐졌습니다. 얼마 되지 않는 수입으로 의식주를 해결해야 했기 때문에, 삼시 세끼는 고사하고 하루 한 끼라도 챙기면 운이 좋은 날이었습니다. 좁고 추운 방에는 낡고 삐걱대는 침대 하나뿐,

바닥에 앉을 자리조차 없었습니다. 그런 고통스러운 환경도 안데르센의 열정을 꺾을 수는 없었습니다. 안데르센은 침대 위에 사과 상자를 책상 삼아 올려놓고, 거기서 매일같이 추위에 언 손을 입김으로 녹이며 읽고 쓰기를 거듭했습니다.

하지만 그가 쓴 극본은 번번이 극장에서 거절당했습니다. 없는 돈을 긁어 모으고 친구에게 빌리기까지 해서 자비 출판을 해 보았으나 대실패로 끝나고 말았습니다. 하루는 허기를 달래려고 거리에서 빵을 샀는데 포장지가 낯익어 자세히 들여다보니 폐지로 버려진 자신의 책이었습니다. 안데르센은 완전히 바닥까지 침몰해 버린 느낌이었습니다.

따지고 보면 그 느낌은 정확한 것이었습니다. 이후 안데르센은 조금씩 날아오르기 시작했으니까요. 1829년 그의 나이 스물넷에 쓴, 외계인과 타임머신에 관한 에스에프SF 소설이 작은 성공을 거둔 후 안데르센의 글은 점차 사람들의 주목을 끌었습니다. 그의 희곡을 바탕으로 만들어진 첫 번째 연극이 성공적인 초연을 마친 날, 안데르센은 벅차오르는 가슴을 주체할 수 없어 친구의 집을 찾아가 소파에 얼굴을 묻고 펑펑 울었다지요.

하지만 진정한 성공은 이제부터였습니다. 1834년 그의 나이 스물아홉 무렵부터 집필을 시작한 동화들은 열광적인 반응을 얻었습니다. 정작 안데르센은 동화가 성공할 수 있을지 자신 없어했다고 하니 예상 못 한 반응에 깜짝 놀랐겠지요. 특히 1843년 출간된 동화집에 실린 「미운 오리 새끼」는 그의 명성을 유럽 전역에 떨치게 만들었습니다. 이후 안데르센은 연극, 소설, 기행문, 시를 넘나들며 150편이 넘는 작품을 집필했고 거의 대부분의 작품이 큰 성공을 거두었습니다. 덴마크 최고의 유명 인사이자 살아 있는 거장이 된 안데르센은 덴마크 정부로부터 '국보' 자격을 인정받아 매년 연금을 지급받기에 이릅니다.

1875년 안데르센이 간암으로 세상을 떠나자 덴마크는 물론 전 세계 사람들이 그를 추모하며 슬픔에 잠겼습니다. 가장 슬퍼한 사람은 역시 아이들이 아니었을까요? 안데르센은 임종 직전 자신의 장례식 음악을 담당한 작곡가를 만나 이런 말을 남깁니다.

> 내 뒤를 따라 걸을 사람들은 아마 대부분 아이들일 겁니다. 그러니 그 아이들의 작은 발걸음에 맞춰서 음악을 만들어 주세요.

아름다운 삶, 아름다운 끝맺음. 안데르센의 일생 자체가 정말 한 편의 동화 같은 이야기가 아닌가요?

그의 일생이 동화와 닮은 점은 아름답고 감동적이라는 것 외에 한 가지 더 있습니다. 대부분 그가 지어낸 거짓말이라는 점입니다.

안데르센의 콤플렉스

고전 동화를 이야기하는 이 책에서 제가 안데르센을 다루는 것은 필연적인 일이지만, 사실 마지막 원고를 정리하는 순간까지 안데르센 이야기만은 피하고 싶었습니다. 안데르센의 일생은 비틀린 길들이 쉼 없이 이어지는 가슴 아픈 여정이기 때문입니다. 독자 분들이 어린 시절 안데르센 동화를 읽으며 느꼈던 따뜻한 꿈의 세계를 무참하게 깨는 것이기도 하고요.

캐나다 골동품점 구석에서 먼지를 뒤집어쓴 채 잡지 더미 사이에 끼어 있던 이 책 『안데르센 동화집』Fairy Tales by Hans Andersen(원제가 영어인 것은 안데르센이 생전에 낸 동화집이 아니라, 그의 사후 영국 출판사가 자체적으로 작품들을 선정해서 낸 동화집이기 때문입니다.)을 발견했을 때도 그랬습니다. 책등의 그림을 보고 단박에 아서 래컴의 최고 걸작 중 하나로 꼽히는 1932년판의 1977년 복간본임을 알아봤지만, 책을 꺼내 먼지를 털고 두꺼운 녹색 하드커버 표지에 압인된 아서 래컴의 그림을 어루만지면서도 다시 내려놓을까 말까 계속 고민했습니다.

마음이 바뀐 것은 표지를 펼치자 나타난 면지의 흑백 그림을 보고 나서였습니다. 「미운 오리 새끼」의 마지막 장면, 새끼 오리가 아름다운 백조로 변해 주위와 어울려 하나의 그림이 된 모습입니다. 이 모습은 안데르센이 평생 꿈꾸고 추구했던 삶의 결정체와 같습니다. 품위 있는 신사와 숙녀, 천진난만하고 마냥 행복한 아이, 유유히 물을 가르는 백조들. 모든 것이 고급스럽고 귀족적이며 아름다운 상류 계급의 삶. 그 세계에 편입되기 위해 안데르센은 평생 동안 노력했습니다. 극적인 신분 상승을 이루는 「미운 오리 새끼」야말로 바로 안데르센 자신의 이야기죠. 크고 작은 콤플렉스 없이 사

는 사람이 얼마나 있을까요? 안데르센이야말로 평생 자신의 콤플렉스와 싸우다 간 사람입니다.

안데르센은 우선 나고 자란 환경부터, 영웅담의 배경이 되는 고난이라고 치장하기 어려울 정도로 엉망이었습니다. 『안데르센 자서전』에서 "숲속을 헤매 다니는 광인"이라고 묘사된 외할아버지는 실은 누군지도 모르는 존재였습니다. 안데르센의 어머니는 매춘부였던 외할머니가 낳은 사생아였으니까요.

세탁부 일로 바쁜 와중에도 밤마다 덴마크의 옛이야기를 들려주어 아들의 상상력을 키워 주었다던 자애로운 어머니 역시 허상이었습니다. 어머니도 외할머니를 따라 이미 십 대 시절에 매춘부 생활을 시작했고, 일찌감치 알코올 중독에 빠진 상태에서 안데르센을 낳았습니다. 게다가 외할머니와 마찬가지로 어머니도 정신 분열증이 있어서 헛소리를 늘어놓거나 미신에 사로잡혀 어린 안데르센을 두려움에 떨게 만들기도 했습니다. 안데르센의 문학적 토양이 되었다던 덴마크의 옛이야기란 실은 이런 것들이었습니다.

안데르센은 자신의 가족과 환경을 무척 부끄러워했고 그 반작용으로 거짓말을 하기 시작했습니다. 자신이 실은 귀족이고 커다란 성에 살고 있다는 둥 심지어 천사들과 대화하는 능력이 있다는 둥 허무맹랑한 말을 하다 보니, 친구들은 안데르센도 그의 할머니처럼 미쳤다며 멀리했습니다.

결국 친구들에게 따돌림을 당하게 된 안데르센은 혼자 이 사람이 되었다 저 사람이 되었다 하는 역할 놀이, 그러니까 연극에 빠져들게 됩니다. 이것이 자서전에서 언급한 앞치마 놀이의 실체입니다. 그나마 방 안에서 혼자 노는 수준에서 그쳤더라면 좋았을 텐데, 자신의 연극이 그럴듯하다고 생각한 안데르센은 거리로 나가 아무나 붙잡고 연극을 보여 주었습니다. 가난한 동네에서 서로 잘 알고 지내던 이웃들은 어린아이가 제정신이 아니라며 고개를 저었습니다.

게다가 안데르센은 어려서부터 키는 껑충하게 큰 데다 깡마른 체구에 머리와 손발은 크고 이목구비는 볼품없는, 누가 봐도 첫눈에 못생겼다고 느낄 외모를 지니고 있었습니다. 그런 아이가 거리에서 지나가는 사람을 붙잡고 온몸을 흔들며 말도 안 되는 연극을 하는 광경은 기괴하기까지 했습니다. 집안 배경과 외모, 이 두 요소는 안데르센을 평생 괴롭힌 열등감의 근원이 됩니다.

그가 14세의 어린 나이에 코펜하겐으로 향한 것도 자신의 과거를 지우기 위한 몸부림에 가깝습니다. 자신을 완전히 새로운 사람으로 만들고 싶었던 안데르센은 생일마저 바꿔 버렸을 뿐 아니라 그동안 알아 왔던 사람들과도 연락을 끊어 버립니다. 그중엔 자신을 낳아 준 어머니까지 포함되어 있었습니다. 자서전에는 부지런하고 자애로운 어머니에 대한 그리움과 사랑이 묘사되어 있지만, 후대에 전기 작가들이 발굴한 편지에 의하면 실상은 딴판이었습니다. 알코올 중독이 심각해진 어머니가 돈을 부쳐 달라고 부탁하는 편지를 여러 번 보냈지만 안데르센은 이를 모두 무시하고 어머니를 전혀 돌보지 않았다고 합니다. 결국 어머니는 알코올성 질환으로 쓸쓸히 사망합니다.

코펜하겐에서의 행적도 구체적인 양상에서는 차이가 있습니다. 처음 찾아간 발레리나의 집에서 신발을 벗고 모자를 탬버린 삼아 춤과 노래를 선보였을 때, 안데르센의 하찮은 실력과 추한 외모에 질려 버린 발레리나는 당장 그를 내쫓아 버렸습니다. 어렵사리 극단에 들어갔지만 외모 때문에 주로 트롤 같은 괴물 역할을 맡았습니다. 그런데 안데르센은 주인공이나 영웅 역할을 맡겨 달라고 졸라 댔다고 합니다. 게다가 스스로 천재라고 허풍 치면서 자신이 쓴 극본을 봐 달라며 귀찮게 굴다가 결국 극단에서 쫓겨났습니다. 그도 그럴 것이, 정규 교육을 제대로 받은 적이 없는 안데르센이 쓴 극본은 내용은 둘째 치고 문법부터 전혀 맞지 않았습니다. 이런 엉터리 극본 뭉치를 들고 극장 문이 닳도록 찾아오는 안데르센을 미치광이로 보고 내쫓은 것도 어찌 보면 당연하다 싶습니다.

다행히 그의 노력을 가상히 여긴 극장 매니저 한 사람이 일단 문법부터 배우라며 학비를 대 주었습니다. 안데르센은 당시로는 이미 경제적으로 독립을 시작할 나이인 17세에 11세 아이들과 함께 학교에 다니게 되었습니다. 학교에서도 이상한 성격을 드러내 황당한 글을 쓰며 '천재 작가 놀이'를 거듭하는 바람에 교장이 그만하지 않으면 퇴학시키겠다고 경고하기도 했습니다. 이렇게 순탄하지 않은 과정을 거쳐 간신히 졸업을 하고 이후 대학 교육까지 받을 수 있었습니다.

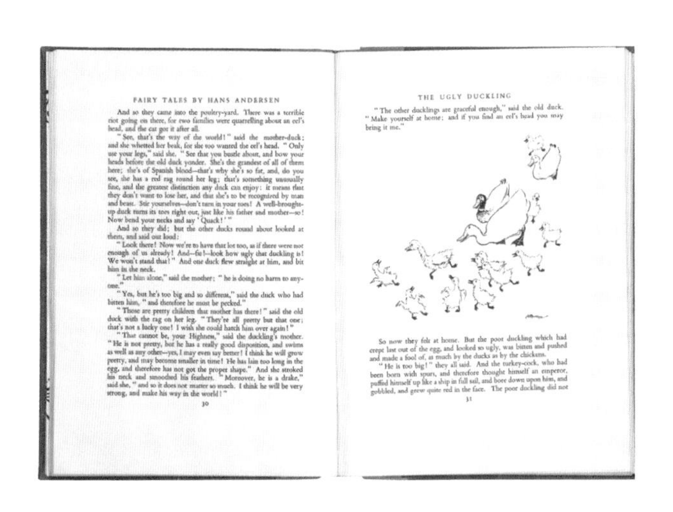

FAIRY TALES BY HANS ANDERSEN

And so they came into the poultry-yard. There was a terrible riot going on there, for two families were quarrelling about an eel's head, and the cat got it after all.

"See, that's the way of the world!" said the mother-duck; and she whetted her beak, for she too wanted the eel's head. "Only use your legs," said she. "See that you bustle about, and bow your heads before the old duck yonder. She's the grandest of all of them here; she's of Spanish blood—that's why she's so fat, and, do you see, she has a red rag round her leg; that's something unusually fine, and the greatest distinction any duck can enjoy: it means that they don't want to lose her, and that she's to be recognized by man and beast. Stir yourselves—don't turn in your toes! A well-brought-up duck turns its toes right out, just like his father and mother—so! Now bend your necks and say 'Quack!'"

And so they did; but the other ducks round about looked at them, and said out loud:

"Look there! Now we're to have that lot too, as if there were not enough of us already! And—fie!—look how ugly that duckling is! We won't stand that!" And one duck flew straight at him, and bit him in the neck.

"Let him alone," said the mother; "he is doing no harm to any-one."

"Yes, but he's too big and so different," said the duck who had bitten him, "and therefore he must be pecked."

"Those are pretty children that mother has there!" said the old duck with the rag on her leg. "They're all pretty but that one; that's not a lucky one! I wish she could hatch him over again!"

"That cannot be, your Highness," said the duckling's mother. "He is not pretty, but he has a really good disposition, and swims as well as any other—yes, I may even say better! I think he will grow pretty, and may become smaller in time! He has lain too long in the egg, and therefore has not got the proper shape." And she stroked his neck and smoothed his feathers. "Moreover, he is a drake," said she, "and so it does not matter so much. I think he will be very strong, and make his way in the world!"

30

THE UGLY DUCKLING

"The other ducklings are graceful enough," said the old duck. "Make yourself at home; and if you find an eel's head you may bring it me."

So now they felt at home. But the poor duckling which had crept last out of the egg, and looked so ugly, was bitten and pushed and made a fool of, as much by the ducks as by the chickens.

"He is too big!" they all said. And the turkey-cock, who had been born with spurs, and therefore thought himself an emperor, puffed himself up like a ship in full sail, and bore down upon him, and gobbled, and grew quite red in the face. The poor duckling did not

31

열망과 비웃음 사이에서

안데르센의 동화들은 글쓰기에 대한 열정, 그리고 스스로에 대한 턱없는 자신감과 뒤틀린 콤플렉스가 모여 낳은 결과물입니다. 대표작 「미운 오리 새끼」를 깊이 들여다보면 그 안에 관류하고 있는 그의 콤플렉스, '나는 원래 귀족의 자제였으며 태생의 비밀을 안고 있는 천재'라는 생각을 확인할 수 있습니다. 회색 새끼 오리가 따돌림과 괴롭힘을 당하는 유일한 이유는 못생겼기 때문입니다. 「미운 오리 새끼」의 세상은 동화에 으레 등장할 법한 내면의 아름다움, 따뜻하고 친절한 마음씨 등등은 고려의 대상이 되지 않는 외모 지상주의 세상입니다. 심지어 새끼 오리 자신도 세상의 그런 기준을 진심으로 납득하고 받아들입니다. 할머니나 나무꾼 가족이 새끼 오리를 거두는 것도 어떤 내적인 장점 때문이 아니라 불쌍하기 때문입니다. 그런 얄팍한 동정심은 동료들의 시기심이나 집이 어지럽혀지는 사소한 사고만으로도 쉽게 깨져 버리지요.

고난이 극복되는 과정도 다른 동화들과 매우 다릅니다. 일반적인 성공담이라면 의식적으로든 무의식적으로든 주인공의 노력이나 선행을 통해 상황의 반전이 일어납니다. 하지만 새끼 오리는 먹이를 구하려는 기본적인 노력조차 게을리하고 들쥐에게 도움을 받아 연명하는 수동적인 존재입니다. 그러다가 그저 시간이 지나 겨드랑이가 근질거려서 날개를 펼치고 물에 비친 모습을 내려다보자, 알고 보니 백조라는 사실이 드러나며 문제가 해결됩니다. '나는 애초에 귀한 혈통을 가지고 있는 존재인데 이를 알지 못하는 자들과 함께 지내다 보니 인정받지 못하고 괴롭힘을 당한 것이다. 결국 내 고통은 나의 아름다움을 제대로 알아보지 못한 주변 사람들의 탓이다.'라는 안데르센의 무의식이 반영되었다고 할 수 있지요. 이 동화의 마지막 부분에서 미운 오리 새끼, 아니 '알고 보니 백조'는 자신을 키워 주고 돌봐 준 많은 이들은 새까맣게 잊고, 그의 외모를 보고 다가온 아름다운 백조들과 행복하게 사는 것으로 묘사됩니다. 아서 래컴의 삽화에서는 그 호숫가에 노니는 사람들조차 귀족, 귀부인들입니다.

살아 있는 거장으로 대접받으며 부와 명성을 거머쥔 안데르센은 이를 바탕으로 상류 사회에 편입되기 위해 일생 동안 무던히도 노력했습니다. 유명한 오페라 가수였던 제니 린드와의 연애마저 이런 노력 중 하나로 보는 시각도 있습니다. 하지만 아무리 유명 작가라 한들 오랜 세월 혈연과 유대로 얽힌 귀족 사회에 그리 쉽게 끼어들 수는 없습니다. 혈통의 한계로 안데르센은 폐쇄적인 귀족 사회의 온전한 일원이 되기는 어려웠습니다. 오히려 그를 직접 만나 본 귀족들이 그의 외모나 태도에 대해 수군거리는 뒷말을 감수해야 했습니다.

그래서 안데르센 동화의 또 다른 한 축을 구성하는 것은 이런 환상에 대한 환멸입니다. 추위도 잊은 채 환상에 빠져 성냥개비를 그어 대다 죽음에 이르는 성냥팔이 소녀도 안데르센 자신의 또 다른 모습입니다. 허영에 빠져 장례식에조차 빨간 구두를 신고 갔다가 끝없이 이어지는 춤에 지쳐 나중엔 발목을 잘라 내는 「빨간 구두」 속 카렌은 자신에게 보내는 경고처럼 보이기도 합니다.

한편으로 안데르센은 잘난 것도 없는 귀족들이 뻐기고 다니는 모습에 강한 반감을 보이기도 합니다. 귀족 사회에 대한 열망과, 그들의 허세와 무능력에 대한 비웃음 사이를 시계추처럼 오간 셈입니다. 그의 비웃음은 자신에게는 있지만 귀족들에게는 없는 것, 바로 미美에 대한 감각에 집중됩니다. 그렇게 탄생한 동화가 「벌거벗은 임금님」입니다.

벌거벗은 임금님의 속사정

「벌거벗은 임금님」의 원제는 '황제의 새 옷'Kejserens nye Klæder입니다. 동화의 첫 부분에는 새 옷을 사는 데만 온 신경을 쓰는 왕을 비판하기 위해 '연극도 보러 가지 않는 왕'이라는 표현이 등장합니다. 은연중에 안데르센 자신의 작품이나 연극의 가치를 제대로 알아보지 못하는 귀족들을 비꼰 것입니다.

하지만 내용을 꼼꼼히 들여다보면 과연 안데르센이 묘사한 대로 왕과 신하들이 그렇게 어리석은 사람들인지 의문이 들기도 합니다. 새로운 시각에서 이 짧은 동화를 재해석해 볼까요?

이 동화의 핵심 모티프는 보이지 않는 옷입니다. 우리나라에서는 정직하지 않은 사람 혹은 올바르지 않은 사람에게는 보이지 않는 옷이라고 각색되곤 하지만, 원래 표현은 '자신의 지위에 어울리지 않거나 심각하게 바보인 사람에게는 안 보이는 옷'입니다. 이 재밌는 모티프는 안데르센의 창작이라기보다는 14세기에 쓰인 스페인 작가 돈 후안 마누엘의 소설집 『루카노르 백작과 파트로니오의 이야기들』Libro de los ejemplos del conde Lucanor y de Patronio에서 빌려 온 것으로 보입니다. 이 소설집에는 진짜 왕위 계승권을 가진 적장자에게만 보이는 옷 이야기가 등장합니다. 즉, 왕의 자격을 갖춘 자에게만 보이는 옷이라는 설정입니다. 안데르센은 이 모티프를 확장하여 귀족들이 자신들의 특권이나 지위에 걸맞은 품위나 지혜를 갖추고 있지 못할 뿐 아니라 구제 불능 수준으로 멍청하다는 사실을 까발리는 도구로 이용한 것입니다.

동화 속에서 상황이 심각한 수준으로 '발전'하게 되는 것도 바로 이 조건 때문입니다. 궁전 한 귀퉁이의 방에서 작업을 하고 있는 두 재봉사가 제대로 일하는지 확인하기 위해 재상은 한 관리를 보냅니다. 슬그머니 문 안을 들여다본 관리는, 진지하고 신중한 태도로 옷감을 재단하고 바느질하는 재봉사들의 손에 정작 당연히 있어야 할 옷감이 보이지 않았을 때 가장 먼저 어떤 생각이 떠올랐을까요? 자신이 지위에 합당한 능력을 갖추지 못한 사람일지 모른다는 두려움은 사실 모든 공무원이 지니고 있는 무의식이 아니겠습니까? 그러니 이 관리가 재상에게 돌아와서 "참 아름다운 옷입니다."라고 말할 수밖에요. 의심 많은 재상은 또 다른 관리를 보내지만 이 사람도 마찬가지. 마침내 재상이 직접 가서 보게 되는데 앞서 두 사람의 반응 때문에 그 역시 같은 생각을 합니다. 즉, 「벌거벗은 임금님」에서 문제의 핵심은 정직이 아니라 신분 보장이 안 되는 임명직 공무원의 실직에 대한 공포라고 할 수 있습니다.

이런 미묘한 뒤틀림은 결론 부분에서 논리적 문제를 발생시키기도 합니다. 벌거벗은 임금님이 우스꽝스러운 행진을 하는데도 아무도 웃지 못하고 심지어 앞다투어 찬사를 던지는 기묘한 상황이 반전되는 것은 어린아이가 "하지만 임금님은 아무것도 안 입고 있잖아요!"라고 말하는 순간입니다. 그러자 아이의 아버지는 "세상에, 이 순수한 아이의 말을 들어 보세요!"라고 외치고 다른 사람들도 수군대기 시작합니다.

이때 아이의 말이 힘을 얻는 것은 아이가 순수하다는 사실 때문입니다. 세파에 찌든 어른들은 다 거짓말을 하고 있지만 순수한 어린아이는 보이는 그대로 말함으로써 이 사기 행각을 고발하고 있

THE LITTLE MERMAID

lay almost dead on the shore!" And he clasped his blushing bride in his arms.

"Oh, I am too happy!" he said to the little mermaid. "My greatest wish, which I have never dared to hope for, has come true. You will rejoice at my happiness, for you love me more than them all." The little mermaid kissed his hand, and felt as if her heart was already breaking; his wedding morning, she knew, would bring death to her, and she would turn into foam on the sea.

The church-bells pealed, and heralds rode through the streets announcing the betrothal. On all the altars sweet-smelling oil was burning in costly silver lamps. The priests swung their censers, and the bride and bridegroom joined hands and received the bishop's blessing. The little mermaid, dressed in silk and gold, stood holding the bride's train, but her ears did not hear the joyous music, and her eyes saw nothing of the sacred ceremony—she was thinking of the night of her death, and of all that she had lost in this world.

That same evening the bride and bridegroom came on board the ship; cannons roared, flags were waving, and in the middle of the ship was erected a royal tent of purple and gold, with the most magnificent couch, where the bridal pair were to rest through the still, cool night.

The sails swelled in the wind, and the ship glided smoothly and almost without motion over the clear sea. When it grew dark coloured lamps were lighted, and the sailors danced merrily on deck. The little mermaid could not help thinking of the first time she had risen to the surface and had seen the same splendour and revelry. She threw herself among the dancers, darting and turning as a swallow turns when it is pursued, and they all applauded her, for she had never danced so wonderfully before. It was like sharp knives cutting her tender feet, but she did not feel it, for the pain in her heart was much greater. She knew that it was the last evening that she would be with him—him for whom she had left her family and her home, sacrificed her lovely voice, and daily suffered endless pain, of which he had not the slightest idea. It was the last night that she would breathe the same air as he, and see the deep sea and the starry sky. An

225

다는 것이지요. 그런데 이 모티프의 원래 조건대로라면 아이가 심각한 바보라서 옷이 보이지 않는 것일 수도 있지 않을까요? 혹은 왕과 신하를 포함해 그 나라 사람들이 다 어리석기 때문에 옷이 보이지 않는 것은 아닐까요?

더 나아가, 과연 재봉사들이 사기꾼이라고 비난받아야 하는가에 대해서도 의문이 듭니다. 이 이야기에는 방에 틀어박힌 채 허공에서 실을 잣고 섬세하게 재단해 옷을 만드는 재봉사들의 몸짓이 여러 차례 묘사되어 있습니다. 물질로서의 옷은 없다 할지라도 많은 사람에게 마치 옷이 있는 것처럼 느끼게 하는 그 퍼포먼스는 실로 대단합니다. 그래서 문학 평론가 홀리스 로빈스는 적어도 천의 존재를 믿게 만들었다는 점에서 그들이 수행한 노동의 가치를 인정해야 한다고 주장하기도 했습니다. 옷은 단순히 추위를 막고 몸을 가리는 실용적 용도를 넘어 어떤 느낌과 상상을 불러일으키는 문화적 상징이라고 본다면, 물질로서의 옷은 오히려 부차적인 요소가 아닌가요? 그건 연극과 영화와 미술과 음악을 감상하는 행위 자체가 어떤 물질이 아님에도 충분히 가치를 인정받는 것과 비슷합니다. 어쩌면 이 '허공의 재봉사'들은 사람들에게 자신의 부족함을 돌아볼 계기를 마련해 주고자 목숨까지 건 행위 예술가인지도 모르겠습니다.

엉뚱한 생각을 계속 발전시켜 보지요. 과연 이 왕은 어떤 사람일까요? 완성되었다는 새 옷을 처음 입고서 거울에 자신의 모습을 비추어 본 순간, 옷이 안 보이자 당황한 왕은 '내가 멍청한 건가? 왕으로서 능력이 부족한 건가?'라고 생각합니다. 하지만 재상이나 관리와 달리 왕은 안 보이는 옷을 굳이 보인다고 우겨야 하는 동기가 그리 크지 않습니다. 왕이야 신하들처럼 실직에 대한 불안을 느끼는 위치가 아니니까요. 신하들에게 무시당하기 싫어서 허세를 부린다 해도 그냥 옷이 별로 마음에 안 든다고 물리치면 될 일입니다. 아무리 따져 보아도 그 상황에서 왕이 굳이 백성들이 모인 백주 대로를 행진하겠다고 나설 것까지는 없습니다.

다시 맨 앞의 상황으로 돌아가 봅시다. 신기한 옷에 대한 두 재봉사의 설명을 들은 왕이 곧바로 한 말은 "그 옷이 그렇게 멋있다는 말이냐?"가 아니었습니다.

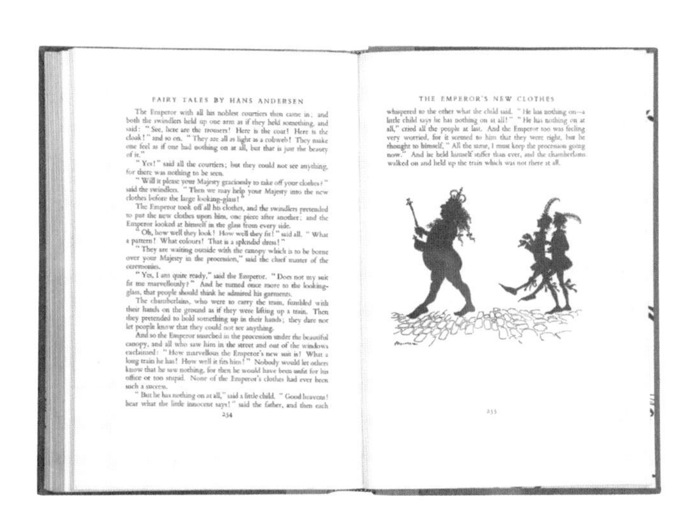

FAIRY TALES BY HANS ANDERSEN

The Emperor with all his noblest courtiers then came in; and both the swindlers held up one arm as if they held something, and said: "See, here are the trousers! Here is the coat! Here is the cloak!" and so on. "They are all as light as a cobweb! They make one feel as if one had nothing on at all, but that is just the beauty of it."

"Yes!" said all the courtiers; but they could not see anything, for there was nothing to be seen.

"Will it please your Majesty graciously to take off your clothes?" said the swindlers. "Then we may help your Majesty into the new clothes before the large looking-glass!"

The Emperor took off all his clothes, and the swindlers pretended to put the new clothes upon him, one piece after another; and the Emperor looked at himself in the glass from every side.

"Oh, how well they look! How well they fit!" said all. "What a pattern! What colours! That is a splendid dress!"

"They are waiting outside with the canopy which is to be borne over your Majesty in the procession," said the chief master of the ceremonies.

"Yes, I am quite ready," said the Emperor. "Does not my suit fit me marvellously?" And he turned once more to the looking-glass, that people should think he admired his garments.

The chamberlains, who were to carry the train, fumbled with their hands on the ground as if they were lifting up a train. Then they pretended to hold something up in their hands; they dare not let people know that they could not see anything.

And so the Emperor marched in the procession under the beautiful canopy, and all who saw him in the street and out of the windows exclaimed: "How marvellous the Emperor's new suit is! What a long train he has! How well it fits him!" Nobody would let others know that he saw nothing, for then he would have been unfit for his office or too stupid. None of the Emperor's clothes had ever been such a success.

"But he has nothing on at all," said a little child. "Good heavens! hear what the little innocent says!" said the father, and then each

254

THE EMPEROR'S NEW CLOTHES

whispered to the other what the child said. "He has nothing on—a little child says he has nothing on at all!" "He has nothing on at all," cried all the people at last. And the Emperor too was feeling very worried, for it seemed to him that they were right, but he thought to himself, "All the same, I must keep the procession going now." And he held himself stiffer than ever, and the chamberlains walked on and held up the train which was not there at all.

255

훌륭한 옷이로구나. 만약 내가 그런 옷을 입는다면 내 나라에서 누가 자신의 지위에 부족한지도 알아낼 수 있고, 현명한 사람과 멍청한 사람도 구분할 수 있겠구나. 그렇다면 나는 지체 없이 이 옷을 만들도록 해야겠다.

황당한 옷의 존재를 쉽게 믿는 것은 문제일 수 있지만, 어쨌든 사치와 허영에 물든 왕이라기엔 너무나 사려 깊은 말이지 않나요? 왕이 애초에 이 옷을 만들도록 한 이유는 멋져 보이기 위해서가 아니라 능력 있는 자와 없는 자, 현명한 자와 어리석은 자를 가려서 통치에 도움을 얻기 위해서였던 것입니다.

이렇게 보면 동화의 마지막에서 왕의 행동도 완전히 다르게 해석될 수 있습니다. 아이의 외침에서 시작된 술렁거림이 삽시간에 번져 나가자 잠시 당황한 왕은 '그래도 나는 행진을 계속해야 해.' 라고 생각하곤 더 꼿꼿이 몸을 세우고 당당히 걸어갑니다. 이미 웃음거리가 된 마당에 꼿꼿하게 행진을 계속하도록 만든 힘은 자신의 몸에 대한 허세였을까요, 아니면 통치에 대한 의지였을까요?

「벌거벗은 임금님」을 둘러싼 이 생각들은 겨우 몇 페이지밖에 안 되는 동화를 읽으며 제가 이리저리 공상의 나래를 편 것에 불과합니다. 하지만 이 마지막 장면에서는 왕의 모습에 안데르센의 삶이 겹쳐지면서 갑자기 울컥하는 감정을 느꼈습니다. 그의 전기를 쓴 재키 울슐라거는 "일생 동안 그는 전형적인 아웃사이더였다. 그는 비천한 배경과 불확실한 성적 정체성, 그리고 외로움에서 벗어나기 위해 끊임없이 싸웠으며, 이로 인해 괴로워했다. 그는 못생긴데다 눈치도 없는 사람이었다."라는 평가를 내린 바 있습니다. 사회적, 경제적으로 우월한 사람들 틈에 어떻게든 끼어서 그들의 후원을 통해 부와 명예를 얻는 방식을 반복했던 안데르센. 못난 존재라는 열등감과 천재라는 턱없는 자신감, 혼자만의 방에 숨어 있고 싶다는 불안감과 신분 상승을 통해 명사가 되고 말겠다는 출세욕을 모두 품고 있으면서도 그것을 들키지 않으려 애썼습니다. 자신의 비천한 출신과 추한 외모를 비웃는 사람들 앞에서 턱을 추켜올리고 예술과 창작에 대해 열변을 토하던 그는 벌거벗고 행진을 하는 왕의 심정이었을 것입니다. 그가 제대로 된 인간관계를 맺지 못하고 평생 독신으로 살았던 것도 무리는 아닙니다.

안데르센이 잠든 무덤.

안데르센은 만년에는 경제적으로도 어려움에 처해 친구 집에서 머무르다가 간암으로 죽음을 맞이합니다. 향년 70세였습니다. 그가 남긴 유언은 어처구니없게도 자신이 신세 진 친구 부부와 함께 묻히고 싶다는 것이었습니다. 죽음보다 외로움을 더 두려워했던 그가 안타까웠는지 친구 부부는 후에 그 유언대로 안데르센 곁에 나란히 만든 묘에 들었습니다. 하지만 시간이 흘러 친구 부부의 후손들이 이장해 버리는 바람에 안데르센은 끝내 혼자 남게 되었습니다.

아서 래컴의 자화상.

아서 래컴의 시대

안데르센 이야기는 마무리되었습니다만, 이 책을 다루면서 빠뜨릴 수 없는 또 하나의 중요한 요소가 있습니다. 바로 삽화를 맡은 아서 래컴입니다. 아서 래컴은 앞에서 이미 언급했지요. '피터 팬' 이야기의 첫 번째 공식 출판물인 『켄싱턴 공원의 피터 팬』의 삽화도 아서 래컴의 것이었습니다. 담당 출판사가 당대의 가장 지명도 있는 삽화가로서 섭외한 사람이 아서 래컴이었다는 사실은 당시 그의 위치를 짐작하게 해 줍니다.

아서 래컴은 1867년에 태어났고 안데르센은 1875년 사망했으니, 두 사람의 활동 시기는 겹치지 않습니다. 안데르센 작품들의 초판본은 당연히 다른 삽화가들이 작업했지요. 하지만 아서 래컴이 『안데르센 동화집』에 그린 삽화가 워낙 아름답기 때문에 지금도 많은 사람들이 안데르센 동화 하면 그 이미지를 떠올리곤 합니다.

아서 래컴이 등장하기 전만 하더라도 전문적인 삽화가라는 개념은 낯선 것이었습니다. 기술의 한계로 세밀한 그림이나 컬러 그림을 인쇄하는 비용이 대단히 비쌌기 때문에 책에 많은 삽화를 넣을 수도 없었습니다. 잉크가 많이 사용되는 삽화의 특성상 옆 페이지에 잉크가 번지는 문제도 있었습니다. 게다가 단행본 자체가 값비싼 물건이었고 서재를 장식하는 용도로 사용되는 경우가 많아, 그림을 넣는 것보다 가죽 장정을 입히는 것이 우선이었습니다. 꼭 필요한 경우가 아닌 한, 굳이 그림을 넣어 단가를 올릴 이유가 없었습니다.

그렇다면 꼭 필요한 경우란 어떤 경우였을까요? 그림을 봐야만 이해가 되는 과학 서적들, 특히 동물이나 식물, 세상의 신기한 물건들을 다루는 박물지 등에서는 그림이 글보다 더 중요했고 그래서 손으로 그린 원화를 그대로 싣는 경우가 많았습니다. 당연히 이 책들은 지금까지도 가장 고가에 팔리는 수집품이 되었지요. 이런 특수한 사례 외에, 그림이 꼭 필요한 대중 서적은 아직 글을 읽는 것이 서툴고 그림으로 흥미를 돋울 필요가 있는 독자, 즉 아이들을 위한 책들이었습니다. 1800년대 중반 빅토리아 시대에 들어 이른바 '어린이의 시대'가 시작되자 출판 시장에도 아동 서적 붐이 일기 시작했습니다. 이러한 경향의 기폭제가 된 책 『이상한 나라의 앨리스』의 삽화를 그린 존 테니얼은 스토리 못지않게 강렬한 이미지를 사람들에게 각인시켰습니다. 이후 아동 서적의 황금기가 이어지면서 더 좋은, 더 멋진 삽화를 책에 싣고자 경쟁하게 됩니다.

이 흐름의 가장 큰 수혜자가 바로 아서 래컴입니다. 그는 원래 순수 미술을 하고 싶어서 수채화 공부를 했습니다. 알브레히트 뒤러의 그림을 좋아했기 때문에 그 영향을 받아 어두우면서도 장식적인 양식의 섬세한 그림을 그렸습니다. 하지만 순수 미술로는 생계를 유지할 수 없었기에 래컴은 단념하고 보험 회사에 들어갑니다. 그러다 우연한 기회에 아동 서적의 삽화를 의뢰받아 퇴근 후 틈틈이 아르바이트를 하게 됩니다. 그 책들이 인기를 얻으면서 조금씩 일이 늘어나자 래컴은 회사를 그만두고 본격적으로 전업 삽화가로 나섰습니다.

그가 명성을 얻은 첫 작품은 1900년 출간된 『그림 동화집』입니다. 독일 민화 특유의 음울한 분위기에 곁들여진 그의 삽화는 독자들의 열광적인 반응을 이끌어 냈습니다. 이 성공으로 그에게 작업 요청이 끊임없이 이어졌습니다. 1906년작 『켄싱턴 공원의 피터 팬』은 작가인 제임스 배리의 불만을 사긴 했지만 아서 래컴의 이름을 더욱 드높였습니다.

그리고 1909년부터 1911년까지 아서 래컴은 『한여름 밤의 꿈』과 『니벨룽겐의 노래』를 잇따라 작업합니다. 신화적 요소가 강해 그의 그림 스타일과 가장 어울리는 작품들이었지요. 이미 알려질 만큼 알려진 이야기들이다 보니 그의 삽화가 글보다 더 대중들에게 부각되었습니다. 이로써 아서 래컴은 삽화를 독립적인 예술 장르로 인식시키는 계기를 만듭니다. 글의 부속물로 곁들여지는 그림이

『그림 동화집』의 삽화.

『한여름 밤의 꿈』의 삽화.

『니벨룽겐의 노래』의 삽화.

아서 래컴의 유작이 된 『버드나무에 부는 바람』의 삽화.

아닌, 독자적인 영역으로서 일러스트 개념이 생겨나게 되지요.

이는 어쩌다 보니 그렇게 된 것이 아니라 래컴 자신의 의지에 따른 것이었습니다. 그는 삽화를 작가가 이야기하는 장면을 그대로 구현하는 '설명적' 작업이 아니라, 작가로부터 독립된 관점에서 새로이 작품을 드러내는 '해석적' 작업으로 생각하고 접근했습니다. 심지어 자신의 작품에 카메오로 출연하곤 했던 영화감독 앨프리드 히치콕처럼, 자신을 모델로 그린 그림을 삽입하기도 했지요. 물론

이는 그가 유명 일러스트레이터라서 갖게 된 재량이라고 볼 수도 있으나, 예술가로서 그의 자의식은 일러스트레이터의 독립적 영역을 확보하는 데 큰 영향을 미칩니다.

아서 래컴은 기량과 명성이 성숙할 대로 성숙한 1932년에 『안데르센 동화집』의 삽화를 그렸습니다. 하지만 그 자신이 가장 애정을 기울였고 많은 사람이 최고의 걸작으로 꼽는 것은 말년인 1939년에 작업한 케네스 그레이엄의 『버드나무에 부는 바람』의 삽화입니다. 이 만년의 거장은 뒤러의 영향은 온데간데없이 한없이 밝고 따스한 파스텔 톤의 그림으로 책 전체를 휘감습니다. 동물 마을의 이웃들은 래컴의 손에서 탄생한 몸을 빌려 오래도록 이어질 아름다운 이야기들을 주고받습니다. 마침내 완성한 마지막 그림을 이젤에 걸어 둔 채 아서 래컴은 며칠 후 영면에 듭니다. 그 마지막 그림은 주인공인 두더지와 물쥐가 보트를 타고 소풍을 떠나려는 장면입니다. 아서 래컴판 『버드나무에 부는 바람』의 표지를 장식했던 이 그림을 볼 때면 저 배 어딘가에 닿아 있을 아서 래컴의 마지막 손길을 눈여겨 찾게 됩니다.

WHEN WE WERE VERY YOUNG
WINNE–THE–POOH
THE HOUSE AT POOH CORNER

앨런 알렉산더 밀른 『우리가 아주 어렸을 때』, 『위니-더-푸』, 『푸 코너에 있는 집』,1925~1946년판

9

느리지만 속 깊은 어린 시인

#장면 1. 눈 덮인 산속의 기차역

벌컥, 문이 열리자 살을 엘 듯한 눈보라가 쏟아져 들어왔다. 들이친 눈으로 마룻바닥이 더럽혀지거나 말거나, 시커먼 군복을 입은 사나이들이 서두르는 발걸음으로 웅성웅성 몰려들어 왔다. 난롯가에서 담뱃재를 털고 있던, 턱수염이 수북한 노인이 잠시 얼굴을 찡그리는 듯하다가 아무 일도 없는 것처럼 파이프에 차곡차곡 담배를 채워 넣었다.

"제길, 프로이센 놈들 총알 구경하기도 전에 얼어서 돌아가시겠네. 빌어먹게도 춥구먼. 아, 대위님, 여기 난로 가까이 앉으시죠."

"고맙네, 중사. 먼저 와 계신 분이 있군. 노인장, 곁불 좀 나눠 쬐어도 되겠습니까? 기차에서 하도 추위에 떨었더니 난로가 반갑네요."

노인은 별로 관심이 없다는 듯이 건성으로 고개를 끄덕이더니 파이프에 불을 붙이고 맛있게 빨아들이기 시작했다. 캐나다에서 나는 커다란 통나무를 잇대어 지어 그리 좁지 않은 간이역이었지만 스무 명쯤 되는 군인들이 여기저기 자리를 잡으니 금세 열기가 올라오는 느낌이었다. 중사가 또 입을 열었다.

"한 30분이면 될까요?"

"글쎄, 기관차에 물도 채우고 석탄도 보충해야 하는 모양이니 한 시간쯤은 걸리지 않을까? 그나저나 눈이 이렇게 와서야 제시간에 핼리팩스에 도착할 수 있을지……."

"그새 프로이센 놈들이 항복이라도 할까 봐 걱정이십니까? 본국에서 대위님 몫은 확실히 남겨 둘 테니 걱정 마세요."

하하하 호탕한 웃음소리가 울리긴 했지만 바닥에 깔린 불안감은 지울 수 없었다. 투박한 군복에 가려 한눈에 들어오지는 않았지만, 이들을 이끌고 있는 대위와 중사를 제외하고는 모두 앳된 얼굴의 신병들이었다. 그 가운데서도 가장 막내처럼 보이는 한 병사가 곱은 손을 모아 입김을 불어넣으며 작은 목소리로 이야기했다.

"솔직히 말하면 저는 우리가 왜 그 전쟁에 나가야 하는지 모르겠어요. 제 아버지는 영연방의 국민으로서 당연히 나가야 한다고 강권하셨지만 여긴 캐나다잖아요. 그건 우리의 전쟁도 아니라고요."

"이 녀석이, 무슨 겁쟁이 같은 소릴!"

"아아, 중사, 그만두게. 틀린 말도 아니잖나. 흠, 그래. 자네 말도 일리가 있어. 그렇지만 오히려 우리 캐나다가 그렇게 전쟁에서 한

발짝 벗어나 있는 나라, 만들어진 지 얼마 되지 않은 신생 국가이기 때문에 국제 무대에서 당당한 일원으로 인정받으려면 이런 노력이 필요한 걸세. 희생 없이 저절로 빛나는 명예란 없는 법이야."

"그 희생이……."

대위의 말끝을 서둘러 잡아챈 병사는 잠시 머뭇거리다가 말을 이어 갔다.

"그 희생이 왜 우리여야 하는 거죠? 동부 전선에 배치된 친구에게 얼마 전 편지를 받았는데 그 유명한 폴란드 기마 부대도 전멸했다고 하더군요. 전차라는 새로운 병기 앞에서 제대로 힘 한번 써 보지 못하고 다들 흙구덩이 깊숙이 참호를 파고 두더지처럼 머리를 처박고 있대요. 그러면 불어오는 바람에 독가스가 실려 와서 천 명, 만 명이 그대로 참호에서 시체가 되고요. 이미 구덩이에 들어가 있는 셈이니 간편하게 흙만 덮으면 무덤이 된다는 게 거기서 배운 유일한 농담이라고……."

"입 닥치지 못해!"

중사가 갑자기 자리를 박차고 일어나 소리를 지르는 통에 모두의 시선이 쏠렸다. 파이프 담배를 물고 사냥총을 손질하고 있던 노인도 물끄러미 올려다보다가, 다시 하던 일로 돌아갔다. 간이역 안에는 어색한 침묵이 불안감과 함께 들어찼다.

주의를 돌리지 않으면 안 되겠다고 생각했던지, 대위가 노인에게 말을 걸었다.

"사냥을 하시나 보죠? 이런 날씨에도 뭐가 잡힙니까?"

"인간들처럼 게으르지 않아서 말이지. 난로 같은 위안 따위는 없거든, 숲속의 녀석들에겐. 사슴도 토끼도. 어쩌면 이런 계절은 더 부지런하지 않으면……."

철컥하고 노리쇠를 당겨 천장 어디쯤을 겨냥하는 시늉을 하던 노인은 다시 방아쇠를 풀고 총을 무릎 위에 내려놓았다.

"살아남을 수 없는 거야. 물론 겨우내 속 편하게 잠만 자는 놈들도 있지만. 그렇다고 위험하지 않은 건 아니야."

노인은 여전히 손을 깍지 끼고 있는 신참 병사를 넘겨다보며 혼잣말처럼 말을 이어 갔다.

"전쟁터에 있든 여기 있든 사는 게 힘든 건 마찬가지란 말일세. 예를 들어 오늘만 해도…… 저기 저 봉우리 보이나? 독수리 부리를 닮아 뾰족하고 휘어진……."

다들 노인의 손가락을 따라 창 너머 아득히 보이는 봉우리로 시선을 옮겼다.

"저 봉우리에 다녀왔지. 거기 어딘가 커다란 흑곰 녀석의 겨울 잠자리가 있는 걸 알아냈거든. 몇 번이나 허탕을 쳤지만 결국 오늘 그 놈을 잡았단 말일세."

"오, 축하드릴 일이로군요."

"축하는 얼어 죽을. 재수 없는 하루였어. 그 녀석 머리에 산탄을 박아 넣었는데 그 아래 꼬물거리는 녀석이 있더라고."

노인은 곁에 두고 있던, 기차 여행객들이 짐을 나를 때 쓰는 튼튼한 나무 궤짝의 뚜껑을 열어젖혔다. 그 안에는 이제 막 눈을 뜬, 걸음마를 할 듯한 까만 아기 곰이 궤짝을 채운 지푸라기들 사이에서 빼꼼 고개를 내밀고 있었다.

"새끼가 있었군요?"

"재수가 없었던 거지, 그놈도 나도."

조용히 노인의 말을 듣고 있던 신참 병사가 엉거주춤 일어서서 상자 안을 들여다보았다. 그러다 불길한 예감을 느꼈는지 입을 열었다.

"어, 어떻게 하실 건데요, 이 녀석을?"

"어쩌긴 뭘. 내가 이 녀석을 키우겠어, 아니면 여기 역장 늙은이에게 자식 삼으라고 주겠어? 길어져 봐야 서로 괴로운 인연이니 이쯤에서 마무리해 줘야지."

노인은 다시 한번 천장을 향해 겨냥하는 흉내를 내더니 빈 방아쇠를 당겨 "찰칵!" 경쾌한 소리를 냈다. 그러곤 됐다 싶었는지 끄응, 하며 일어섰다.

"죽이실 거예요? 이렇게 어린 녀석을?"

"어려도 곰이야. 그것도 사납기로 이름난 흑곰이라고. 어미가 죽는 것까지 지켜봤으니 이대로 풀어 주면 누구에게든 해코지를 할 거야."

"하지만……."

신참 병사는 어쩔 줄 몰라 하며 간이역 안의 사람들을 이리저리 둘러봤다. 다들 찬바람을 조금이라도 막을 수 있을 때 쪽잠이라도 자 두려고 여기저기 기대거나 누워 눈을 감고 있었다. 그때 갑자기

대위가 입을 열었다.

"노인장, 혹시 그 곰을 우리에게 파시면 안 되겠소?"

화들짝 놀란 건 중사 쪽이었다.

"대위님, 어쩌시려고요? 며칠 후면 핼리팩스에서 배를 타고 영국으로 건너가야 하는데."

"자넨 좀 가만히 있고. 노인장, 얼마를 드리면 될까요?"

"이 녀석을 사 가시게? 흠, 작아도 흑곰이니 키워서 나중에 가죽을 벗기면 꽤 값이 나갈 거요. 아직 어린 놈이니 20달러만 내쇼."

중사의 눈이 휘둥그레졌다.

"20달러요? 토론토 시내의 좋은 레스토랑에서 두 사람이 비싼 저녁을 먹어도 1달러면 충분한데. 20달러면 노인장의 그 낡은 총을 두어 개는 살 돈 아뇨? 어차피 죽이려던 녀석을……. 아니, 그보다 대위님, 저 녀석은 배에 못 태운다고요. 데려가서 뭘 어쩌시려고."

"20달러면 되겠소? 마침 가족들에게 받은 돈이 있으니 그렇게 합시다. 귀한 목숨을 하나 살리는 데 썼다 하면 다들 잘 썼다고 할 것 같소. 그리고 중사, 저 나무 궤짝을 내 옷상자와 섞어 놓으면 어떨까? 온갖 물품을 챙기느라 정신없는 보급관이 굳이 고급 장교의 사물 상자 개수까지 세 가며 까탈을 부리진 않을 것 같은데."

"그야 그렇겠지만."

대위가 그렇게까지 나서자 중사도 그만 물러서는 수밖에 없었다. 죽음의 공포를 외면하려고 선잠을 자는 척하며 떨고 있는 어린 병사들을 다독이려는 대위의 배려임을 깨달았기 때문이었다. 대위는 싱긋 웃으며 노인을 건너다봤다.

"그럼 그렇게 하시는 겁니다?"

"20달러면 내가 손해 보는 것 같지만 뭐 그럽시다. 군인 양반들이니 특별히 싸게 해 주는 걸로 하지, 허허."

노인의 만족스러운 웃음 뒤로, 신병이 안도의 한숨을 쉬며 궤짝 안의 아기 곰에게 손을 내밀었다. 대위가 미소 띤 얼굴로 신병에게 말을 건넸다.

"중요한 문제가 하나 있는데 말이야, 이 곰이 우리 부대에 편입되려면 지휘관이 호명해야 할 마땅한 이름이 있어야 하거든. 자네 뭔가 좋은 생각이 없나?"

그새 친근해진 것인지 아니면 배가 고픈 것인지 신병의 손가락을 핥는 검은 아기 곰을 쓰다듬으며 신병은 약간 수줍게 입을 열었다.

"네, 대위님. 실은 지금 막 떠오른 이름이 있습니다. 우리가 모두 매니토바의 위니펙 출신들이니, 우리 부대의 마스코트인 이 녀석 이름을 위니라고 지으면 어떨까요?"

#장면 2. 런던

"당신, 빌리와 함께 어디 바람이라도 쐬고 오지그래?"

밀른 씨는 아내의 말에 미동도 하지 않았다. 안락의자에 턱을 괴고 앉아 멍하니 창밖을 바라볼 뿐이었다.

"듣고 있어?"

"응."

"『이브닝뉴스』지에서 크리스마스 특집 원고 의뢰가 왔었다고. 여러 면에 걸친 특집이라고 하니 써야 할 분량도 적지 않을 텐데 손도 안 대고 있으니."

밀른 부인은 찻잔을 내려놓고 성큼성큼 걸어와 밀른 씨의 건너편에 놓인 의자를 끌어당겨 앉았다.

"당신, 이게 얼마나 좋은 기회인지 알지? 늘 그랬잖아, 『펀치』 매거진에 농담거리나 쓰는 작가로 끝내고 싶진 않다고, 진지한 작가로 인정받고 싶다고. 『우리가 아주 어렸을 때』는 엄청난 흥행작이야. 당신이 그 미국 출판사와 얼토당토않은 계약을 맺지만 않았더라도 훨씬 큰돈을 벌었겠지만. 이렇게 평생 다시 오지 않을 주목을 받을 때 더 힘을 내서……."

"어처구니가 없군."

"응?"

"당신이 말하는 진지한 작가의 기준은 결국 돈인가? 난 유머 작가이자 소설가라고. 그 동시집은 그냥 당신과 빌리가 별장에 가서도 하도 우울해하길래 『펀치』에 쓰던 농담의 아동 버전쯤으로 심심풀이 삼아 쓴 거잖아. 그게 하필 편집장의 눈에 띄어 어쩌다 출판하게 된 것뿐이고. 난 애들 자장가나 쓰면서 일생을 보내고 싶지는 않아."

"그 우울함이 우리 가족을 덮은 이유가 뭔지는 잊었어? 편집자들이 극구 말리던 탐정 소설이 처참하게 실패해서 당신이 온 집안을 우울하게 만든 거였잖아. 붉은 집의 미스터리라니, 그게 더 유치하지 않아?"

"탐정 소설은 가장 지적인 장르라고. 그런 식으로 말하지 마!"

"그게 캠브리지 대학 출신의 자존심인가? 지적으로 보이고 싶으세요?"

밀른 씨의 얼굴이 무섭게 굳어졌다. 대가 세기로는 누구 못지않은 밀른 부인도 지지 않고 냉정한 눈으로 남편을 바라봤다. 아내와 마찬가지로 이재에 밝은 밀른 씨가 이렇게 시큰둥한 것은 『우리가 아주 어렸을 때』가 이토록 화제가 될 줄 모르고 미국 출판사와 불리한 계약을 맺은 데다, 초고마저 헐값에 수집가에게 넘겼기 때문이었다. 남편이 자존심에 상처를 입었음을 꿰뚫어 본 밀른 부인은 여기서 더 강하게 밀어붙여야 한다는 것을 아는 눈빛이었다. 밀른 씨는 갑자기 자리에서 일어섰다.

"좀 나갔다 올게."

"빌리 데려가."

옷걸이에서 외투를 내리던 밀른 씨의 손이 멎었다.

"빌리는 왜?"

"그런 식으로 말하지 마. 그 애는 혼자라고. 당신은 제대로 된 가문에서는 부모와 아이가 분리되어야 한다며 유모에게만 애를 맡겨 두고 있잖아. 가끔은 같이 시간을 보내 주는 것도 신사의 의무라고 생각하지 않아? 그리고……."

"그리고?"

"『우리가 아주 어렸을 때』도 동시를 써 달라고 조른 빌리 덕분에 시작한 것이니, 혹시 알아? 또 빌리가 행운을 가져다줄지."

밀른 씨의 얼굴은 한층 싸늘하게 굳었다. 아무 말 없이 현관으로 향하는 밀른 씨의 등을 향해 밀른 부인의 말이 뒤미처 날아왔다.

"런던 동물원에 새로 온 캐나다산 아기 곰이 아주 인기래. 캐나다 군인들이 데려왔는데 프랑스 전선으로 떠나면서 기증했다나 뭐라나. 홍차 모임의 부인들은 다 한번씩 애들을 데리고 다녀왔다던데 빌리도……."

밀른 부인의 뒷말은 탁 하고 닫힌 현관문에 끼어 끊어져 버렸다.

단발로 자른 아이의 금발이 햇빛에 찰랑거렸다. '딸을 원했었는데…….' 생각하며 밀른 씨는 그 머리카락을 내려다봤다. 일부러 여자아이처럼 꾸민 것은 아니었다. 남자아이든 여자아이든 머리를 기르고 하얀 옷을 입혀서 이렇게 천사처럼 꾸미는 것이 요즘의 유행이었다. 하지만 이제 예절을 가르칠 나이가 되었으니 짧게 잘라 주라고 말해야 할지 밀른 씨는 고민이 되었다.

"재밌었니?"

"네. 위니 귀여워요. 털도 북슬북슬."

"무섭진 않았어?"

빌리는 고개를 도리도리 흔들었다.

"우리 안에 들어가서 껴안고 놀았어요. 뒹굴뒹굴."

"아기 곰이라서 아이들과 함께 놀도록 가끔 문을 열어 주기도 한다더라. 하지만 이제 슬슬 위험해질 시기가 아닌가? 아이들 얼굴을 할퀴기라도 하면……. 나중에 클럽 멤버들을 통해 동물원 측에 얘기를 해 놔야겠구나."

"에드워드 씨가 말했어요."

"에드워드 씨? 네 테디 베어?"

"네, 에드워드 씨. 이름이 마음에 안 든대요."

"왜?"

"너무 흔하잖아요. 더 멋진 이름을 갖고 싶다고 저에게 말했어요."

"하지만 아빠 책에도 이미 에드워드 씨라고 소개해 버렸는걸. 다들 에드워드 씨의 이름을 알고 있을 텐데."

빌리는 또 단호하게 고개를 흔들었다.

"에드워드 씨에게는 새 이름이 필요해요. 이미 지어 두었어요."

"뭔데?"

"위니-더-푸."

"이상한 이름인데? 푸는 별장에 있는 호수에 놀러 오던 백조의 이름 아니었니? 네가 말을 잘 못할 때 '푸푸' 하고 아무리 불러도 들은 척도 하지 않던 백조잖아."

이번엔 빌리의 고개가 위아래로 끄덕였다.

"그런데 그건 백조의 이름이잖아? 에드워드 씨는 곰 인형이고."

"그래서 '위니'를 붙였잖아요."

"아, 그러면 이름이 두 개잖아?"

"이름을 하이픈으로 연결하면 돼요. 그러면 한 단어가 되니까요. 유모가 얘기해 줬어요."

밀른 씨는 생각했다.

'유모가 이상한 걸 가르치는 모양이군. 교육은 유모의 영역이 아니니 삼가라고 일러 둬야지.'

"그렇다고 해도 위니는 암놈이잖아, 여자아이. 에드워드 씨는 남자 아니었어?"

갑자기 빌리는 우뚝 걸음을 멈춰 섰다.

"아빠는 차암, 작가면서 그런 것도 몰라요? 그래서 가운데에 '더'를 붙였잖아요!"

밀른 씨가 '이게 도대체 무슨 논리지?' 하고 어리둥절해하는 사이, 현관에 도착해 버렸다. 빌리는 유모를 따라 2층의 방으로 올라갔다. 밀른 씨는 마중 나온 아내에게 코트를 벗어 맡기며 서재로 들어섰다.

"좀 생각해 봤어? 『이브닝뉴스』에 넘길 원고. 크리스마스 이야기 말이야."

"내가 몇 번이나 얘기했잖아. 『우리가 아주 어렸을 때』는 동시집이라고. 애초에 스토리가 있는 이야기가 아니야. 그런 억지가 어디 있어?"

밀른 부인은 물러서지 않았다.

"그래도 뭔가 스토리가 있는 시가 하나라도 있을 거 아냐. 좀 더 긴 이야기를 끌어낼 만한."

"시는 시인 거지 스토리가 있는 시가 어디, 흠, 가만……. 굳이 얘기하자면 「테디 베어」는 스토리가 있는 시이긴 하지."

"빌리의 에드워드 씨를 가지고 쓴 시 말이지? 살쪘다고 고민하는 곰. 그러고 보니 홍차 모임의 파멜라 부인이 그랬어. 곰 인형이 살찐 몸매를 가려 보려고 셔츠를 입고서 거울을 들여다보는 삽화가 정말 귀여웠다고."

"빌리가 에드워드 씨 말고 또 인형들을 가지고 있지 않나? 당나귀 인형도 있고 호랑이 인형도 있고, 또 뭐였더라?"

"돼지 인형도 있어. 에드워드 씨만큼 커서 좀 징그럽긴 하지만."

"이 인형들을 가지고 얘기를 풀면 뭔가 될지도 모르겠는데? 당신, 그 외투 이리 주고 당신도 외투 좀 입어 봐."

"왜?"

"인형 네 개만으로는 등장인물이 부족해. 또 다른 인형이 뭐가 있나 백화점에 나가서 한번 찾아보자고. 캥거루라든가 부엉이라든가. 토끼는 들판에서 흔히 볼 수 있으니 인형까지 살 필요는 없을 것 같고."

밀른 부인은 오랜만에 활기를 찾은 남편을 보며 신나서 물었다.

"에드워드 씨를 소재로 글을 쓰려고?"

밀른 씨는 몇 시간 전까지만 해도 우울한 표정으로 앉아 있던 창가의 안락의자에 다시 몸을 파묻으며 미소 지었다.

"에드워드 씨가 아니야. 빌리가 오는 길에 새로 이름을 지었지. 푸라고 하더군. 위니-더-푸."

캐나다의 아기 곰과 로빈의 테디 베어

갑자기 웬 서툰 소설인가 하셨을 것 같네요. 실제로 정확히 이런 대화들이 오갔던 것은 아니고, 독자 여러분의 이해를 돕기 위해 기본적인 사실들을 바탕으로 제가 창작한 글입니다.

세상일이라는 게 참 신기하죠? 캐나다 온타리오의 깊은 산속에 살던 아기 곰이 해리 콜번 대위에 의해 영국으로 와서 곰돌이 푸의 이야기로 재탄생하는 인연의 고리들. 런던 동물원의 위니는 이 이야기가 전 세계적인 인기를 얻자 더욱 큰 관심을 받으며 행복한 삶을 살다가 1934년에 죽었습니다. 하지만 위니의 이름만은 80여 년이 지난 지금까지도 우리 곁에 남아 있습니다. '위니-더-푸'라는 형태로 말이지요. 빌리라는 아명으로 불리던 작가의 아들 로빈의 '이상한' 고집 덕분이죠. 작가인 밀른은 이야기 속에서는 푸라는 이름만 쓰면서도, 제목에는 로빈이 지은 원래 이름을 썼습니다.

나중에 판권을 구입한 디즈니에서는 이 이름 때문에 골머리를 앓습니다. 우리야 익숙하지만 처음 이 책을 접하는 아이들은 '위니-더-푸'라는 이상한 제목의 책을 책장에서 뽑아 들지 않으려고 했거든요. 나중에 디즈니가 중간의 하이픈을 지우긴 했지만 더 이상 수정을 하는 것은 권한의 범위를 넘어서는 일이라서 지금까지도 위니의 이름을 그대로 두고 있습니다.

책 구경을 시작해 볼까요? 밀른이 쓴 '곰돌이 푸'(우리나라에서는 흔히 이렇게 푸 앞에 '곰돌이'를 넣어 번역하니 저도 이렇게 부르겠습니다.) 시리즈는 총 네 권입니다. 1924년 『우리가 아주 어렸을 때』, 1926년 『위니-더-푸』, 1927년 『우리 이제 여섯 살이야』Now We Are Six, 1928년 『푸 코너에 있는 집』 이런 순서죠. 이 중 『우리가 아주 어렸을 때』와 『우리 이제 여섯 살이야』는 동시집이니, 동시와 동화가 번갈아 나온 셈입니다.

앞의 표지 사진 중 파란 표지의 책이 가장 먼저 발간된 『우리가 아주 어렸을 때』입니다. 제가 가지고 있는 책은 영국에서 초판본이 나온 이듬해인 1925년 캐나다에서 발간된 것입니다. 캐나다의 동네 벼룩시장에 갔다가 구석에 버려져 있다시피 한 것을 발견해서 단돈 2달러에 구해 왔습니다.

제가 쓴 서툰 소설에도 나오듯 '곰돌이 푸' 시리즈의 작가인 앨런 알렉산더 밀른은 원래 유머 작가였습니다. 시사 풍자, 만평으로 유명하던 런던의 『펀치』 매거진에서 부편집장으로 일하며 유머러스한 단편을 쓰곤 했습니다. 하지만 밀른은 『피터 팬』의 작가 제임스 배리처럼 좀 더 진지한 작가로 인정받고 싶었습니다. 여러 편의 희곡을 써서 그 분야에서는 어느 정도 인정을 받았지만 정작 주변의 반대를 무릅쓰고 가장 열심히 쓴 탐정 소설 『빨강 집 수수께끼』는 엄청난 혹평을 받았지요.

푸 이야기를 구상한 것은 이 탐정 소설이 참담하게 실패한 후였습니다. 기분 전환을 위해 밀른은 가족과 함께 주말 별장이 있던 서

섹스의 애시다운 숲으로 가서 머물렀습니다. 그러다 외아들 로빈이 심심해하자 유머 작가다운 감각을 십분 발휘해 재밌는 동시들을 쓰고 여기에 되는대로 곡을 붙여 불러 줍니다. 머무는 기간 내내 부르다 보니 대략 20~30쪽의 분량이 되었습니다.

밀른이 휴가에서 돌아온 후 『펀치』 매거진의 편집장이 우연히 이 원고를 보았습니다. 재밌는 내용이니 『펀치』에 하나씩 실어 보면 어떠냐는 편집장의 제안에 밀른은 주저합니다. 애초에 동시에는 관심도 없고 동시 작가로 기억되고 싶은 마음도 없었기 때문입니다. 고민 끝에 수락한 밀른은 그럼 삽화라도 예쁘게 그려서 넣어 달라고 당대의 유명한 삽화가들 몇 명의 이름을 댔지요. 하지만 편집장은 배부른 소리 말라며 그냥 『펀치』에서 늘 함께 일하던 카투니스트를 붙여 주었습니다. 그가 바로 어니스트 하워드 셰퍼드입니다.

이 동시 시리즈는 의외로 독자들의 열렬한 반응을 이끌어 냅니다. 『펀치』 매거진은 성인 대상 잡지였지만 오히려 그렇다 보니 순수한 아이의 세계를 그려 낸 밀른의 동시는 다른 내용들과 대비되어 많은 주목을 받았습니다. 더구나 밀른의 시는 단순히 예쁘고 아기자기한 것이 아니라 영국인다운 위트와 블랙 유머도 곁들여져 있어 어른들도 쉽게 빠져들었습니다.

에드워드 시대라 불리는 당시는 바로 이전의 빅토리아 시대와 마찬가지로 아이들에 대한 관심이 높아지고 아이들을 위한 소비문화도 크게 확장되던 시기였습니다. 아이들을 위한 옷, 놀이 기구,

문학 작품 들이 등장하여 과거에는 상상도 하지 못할 상업적 성공을 거두었습니다. 이런 분위기 때문에 편집장이 밀른의 동시를 싣고자 한 것이겠지요.

기대 이상의 인기에 떠밀려 밀른은 계속 동시를 지어 나갔습니다. 큰 기대나 문학적 욕심 없이 쓰다 보니 애초에 동시를 쓴 계기였던 아들의 일상이 자연스럽게 내용의 중심이 되었습니다. 로빈이 늘 가지고 놀던 테디 베어가 '에드워드 씨'Mr. Edward라는 이름으로 시에 등장하게 된 것도 그런 이유였습니다.

밀른은 동시를 쓰는 것이 곧 지겨워졌습니다. 그래서 그간 썼던 원고들을 모아 1924년에 시집 『우리가 아주 어렸을 때』를 내고 모든 것을 일단락 지으려고 했습니다. 그런데 웬걸, 단행본의 출간은 더 큰 시작이 되어 버렸습니다. 출간 즉시 동시집으로서는 예외적으로 영국은 물론 미국, 캐나다 등 해외에서도 선풍적 인기를 모은 것입니다. 이미 사태는 밀른이 자신의 의지로 통제할 수 없는 상황으로 가고 있었고 후속작의 출간 요청이 빗발쳤습니다. 의도치 않게 달리는 호랑이에 올라탄 기세였지요. 주저하던 끝에 밀른은 『우리가 아주 어렸을 때』의 끝부분에 등장하는 곰 이야기를 확장해 후속작을 쓰는데 그것이 바로 오늘날 미키 마우스와 함께 캐릭터 상품의 양대 산맥으로 불리는 푸의 탄생작 『위니-더-푸』입니다.

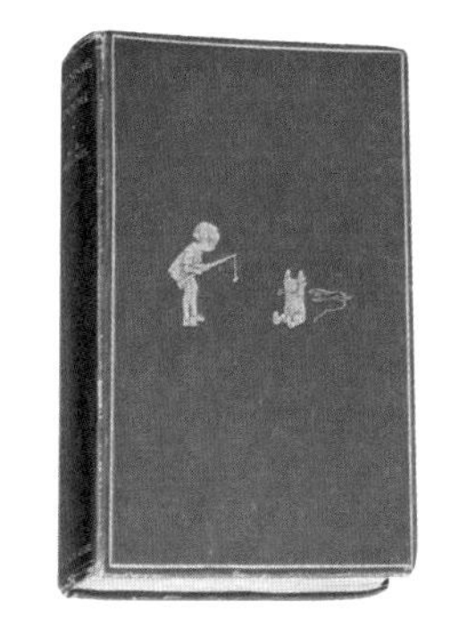

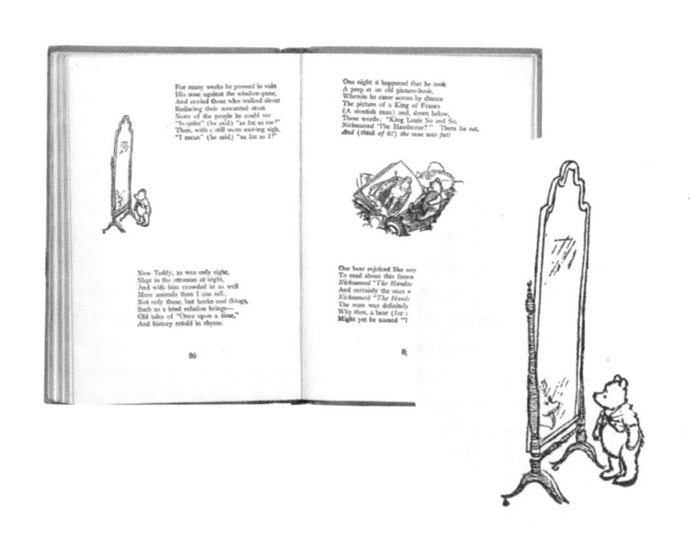

For many weeks he pressed in vain
His nose against the window-pane,
And envied those who walked about
Reducing their unwanted stout.
None of the people he could see
"Is quite" (he said) "as fat as me!"
Then, with a still more moving sigh,
"I mean" (he said) "as fat as I!"

Now Teddy, as was only right,
Slept in the ottoman at night,
And with him crowded in as well
More animals than I can tell;
Not only these, but books and things,
Such as a kind relation brings—
Old tales of "Once upon a time,"
And history retold in rhyme.

86

One night it happened that he took
A peep at an old picture-book,
Wherein he came across by chance
The picture of a King of France
(A stoutish man) and, down below,
These words: "King Louis So and So,
Nicknamed 'The Handsome!'" There he sat,
And (think of it!) the man was fat!

Our bear rejoiced like any
To read about this famou
Nicknamed "The Handso
And certainly the man w
Nicknamed "The Hand
The man was definitely
Why then, a bear (*for*
Might yet be named "

8

『우리가 아주 어렸을 때』에서 푸와 관련된 부분을 조금 더 자세하게 살펴보겠습니다. 「테디 베어」Teddy Bear라는 시의 첫 장면에서는 침대에서 굴러떨어진 테디 베어의 모습을 묘사하고 있지요.

이 그림에는 '곰돌이 푸' 시리즈 전체를 통틀어 유일하게 푸가 옷을 입은 모습으로 묘사됩니다. 좀 덜 뚱뚱해 보이려고 무리하게 작은 티셔츠를 껴입은 것이지요. 이 외에 다른 삽화들에서 푸는 늘 옷을 안 입고 있습니다. 현재 우리가 알고 있는, 빨간 티셔츠를 입은 푸의 모습은 저작권 사업의 미다스의 손이었던 스티븐 슬레진저가 '곰돌이 푸' 시리즈의 판권을 사들이면서 변형된 것입니다. 푸가 더 인간답게 보인다는 점도 고려했지만, 영화나 텔레비전에서 컬러 혁명이 일어나던 시점이니 눈에 잘 띄는 빨간색 티셔츠를 입히는 것이 낫겠다고 판단했습니다. 나중에 디즈니가 본격적으로 캐릭터 사업을 시작하면서부터는 그 셔츠에 이름을 박아 넣어 푸의 필수 액세서리가 되어 버렸죠.

개인적으로는 티셔츠를 입은 푸보다 이른바 '클래식 푸'라고 불리는 셰퍼드의 삽화를 더 좋아합니다. 옷을 입으니 푸가 둔해진 느낌이 드는 데다 동물 친구들 중 혼자만 옷을 입고 있는 것이 어색해 보이거든요.

그런데 자료 사진을 보면 실제 로빈의 테디 베어와 이 그림의 테디 베어는 모양이 조금 다릅니다. 그림 속의 테디 베어는 살쪘다는 느낌이 들 만큼 배가 많이 나와 있고 팔다리가 가느다란데 비해, 로빈의 테디 베어는 배가 홀쭉한 반면 팔다리는 꽤 튼실한 편이죠.

사진이 아니고 그림이니 그럴 수도 있지 않냐고요? 셰퍼드는 일반적인 일러스트레이터가 아니라 신문 만평이나 성인 대상 잡지에 삽화를 그리던 카투니스트였습니다. 사물의 특징을 잡아서 그림을 그리는 데 익숙하기 때문에 모델 없이 상상만으로 그림을 그리는 일은 별로 없었죠.

몇 가지 예를 들어 볼까요? 책에는 푸와 친구들이 다리 위에서 나뭇가지를 강물에 던지고 반대편 난간으로 가서 누구의 나뭇가지가 먼저 나오는지 시합하는 단순한 놀이 '푸 스틱'이 등장합니다. 그림 속 다리와 실제 애시다운 숲의 다리를 비교해 보면 난간 하나 하나의 모습까지 완전히 같아서 데생에 가까워 보일 정도입니다. 이 푸 스틱은 서구권에서는 정말 유명해진 놀이라서 1980년대부터

이 다리에서 푸 스틱 세계 선수권 대회가 열리고 있다고 합니다. 또 목각 인형인 피글렛도 캥거루인 캥거의 주머니 속에 들어간다는 설정 때문에 크기를 대폭 줄이긴 했지만 모양은 실제 인형과 같습니다. 로빈도 머리 모양이나 옷차림이 꼭 닮았지요.

그런데 왜 유독 푸의 모습은 이렇게 다른 걸까요? 간단합니다. 애초에 셰퍼드가 로빈의 테디 베어를 보고 그린 것이 아니기 때문입니다. 처음 이 동시 시리즈를 연재할 때만 해도 작가인 밀른이나 삽화가인 셰퍼드나 모두 시큰둥한 상태였습니다. 그래서 로빈의 테디 베어 이야기라는 말을 들었을 때 셰퍼드는 '테디 베어가 다 거기서 거기지 뭐.' 하면서 셰퍼드 본인의 아들이 가지고 있던 테디 베어인 '그롤러'Growler(우리말로 '으르렁 씨' 정도로 번역되려나요?)를 보고 그렸습니다.

『우리가 아주 어렸을 때』가 공전의 히트를 기록하자 셰퍼드는 이후 책들에서 이요르, 캥거, 루, 티거, 피글렛은 물론 애시다운 숲의 다리와 나무, '100에이커 숲'(애시다운 숲의 실제 넓이는 500에이커이지만요.)의 언덕과 지형까지 꼼꼼하게 묘사했습니다. 그러기 위해 직접 애시다운 숲에 가기도 했고요. 하지만 이미 인쇄되어 나간 푸의 그림은 바꿀 수가 없어서 계속 그롤러를 보고 그렸다고 합니다. 지금도 뉴욕 공립 도서관에 소장되어서 매해 수십만 명의 관람객을 불러들이고 있는 오리지널 모델 인형들의 영광을 생각하면, 로빈의 인형이 아니라는 이유로 전시가 안 된 그롤러가 꽤나 억울해하고 있을 것 같습니다.

take twenty-eight from thirty-six, and *that's* what he was. Instead of the other way round.

And that was the beginning of the game called Poohsticks, which Pooh invented, and which he and his friends used to play on the edge of the Forest. But they played with sticks instead of fir-cones, because they were easier to mark.

Now one day Pooh and Piglet and Rabbit and Roo were all playing Poohsticks together. They had dropped their sticks in when Rabbit said "Go!" and then they had hurried across to the other side of the bridge, and now they were all leaning over the edge, waiting to see whose stick would come out first. But it was a long time coming, because the river was very lazy that day, and hardly seemed to mind if it didn't ever get there at all.

"I can see mine!" cried Roo. "No, I can't, it's something else. Can you see yours, Piglet? I thought I could see mine, but I couldn't. There it is! No, it isn't. Can you see yours, Pooh?"

"No," said Pooh.

"I expect my stick's stuck," said Roo. "Rabbit, my stick's stuck. Is your stick stuck, Piglet?"

"They always take longer than you think," said Rabbit.

"How long do you *think* they'll take?" asked Roo.

"I can see yours, Piglet," said Pooh suddenly.

"Mine's a sort of greyish one," said Piglet, not daring to lean too far over in case he fell in.

"Yes, that's what I can see. It's coming over on to my side."

Rabbit leant over further than ever, looking for his, and Roo wriggled up and down, calling out "Come on, stick! Stick, stick, stick!" and Piglet got very excited because his was the only one which had been seen, and that meant that he was winning.

somebody else to speak, and they nudged each other, and said "Go on," and gradually Eeyore was

nudged to the front, and the others crowded behind him.

"What is it, Eeyore?" asked Christopher Robin.

Eeyore swished his tail from side to side, so as to

encourage himself, and began.

"Christopher Robin," he said, "we've come to

뉴욕 공립 도서관에 소장된 오리지널 인형들.

푸, 우리가 사랑하는 곰

이제 본격적으로 제가 소장한 푸의 이야기, 『위니-더-푸』를 살펴보지요. 제가 소장한 책은 초판본이 등장한 이듬해인 1927년에 같은 출판사에서 출간한 것입니다. 원래는 이 위에 더스트 커버가 있는데 너무 얇아서 좋은 상태로 보존된 것을 구하기는 어려웠습니다. 비록 더스트 커버는 없지만 표지는 참 아름답습니다. 짙은 녹색 바탕에 금박으로 테를 두른 뒤에 로빈과 푸의 모습을 그려 넣었네요.

표지 그림은 얼핏 푸가 총을 든 로빈에게 항복하는 것처럼 보이지요? 사실은 오히려 로빈이 푸를 도와주는 장면입니다. 『위니-

더-푸』의 첫 에피소드로, 꿀을 너무너무 좋아하는 푸는 나무 꼭대기에 있는 벌집에 가까이 가려고 나무에 오르다가 떨어집니다. 그런 푸에게 로빈은 커다란 풍선을 불어서 그것을 잡고 올라가라고 합니다. 벌에게 쏘일까 봐 진흙 웅덩이에 굴러 꼬질꼬질한 모습이 된 푸는 풍선을 잡고 하늘 높이 올라갑니다. 그런데 푸를 의심한 벌들이 자꾸 코에 앉는 바람에 더 이상 풍선 끈을 잡고 있기 힘들게 되지요. 푸가 로빈에게 내려가게 해 달라고 애원하자, 로빈은 마침 가지고 있던 장난감 총으로 풍선에 구멍을 내어 푸를 도와줍니다. 그런데 너무 오래 풍선을 잡고 있다 보니 위로 뻗은 팔이 내려오지 않아서 푸는 이 상태로 일주일 이상이나 지내야 했다나요. 팔을 못 움직이는 동안 자꾸 코에 앉는 파리를 쫓으려고 입으로 푸푸 바람을 불다가 푸라는 이름을 얻었다는 이야기로, 작가는 '곰돌이 푸' 시리즈의 시작을 알립니다.

이 첫 에피소드는 밀른이 이야기를 전개하는 기본적인 구도를 보여 줍니다. 얼핏 보이는 모습과 달리, 알고 보면 전혀 엉뚱한 사건들로 인해 생긴 묘한 상황, 그리고 이와 연결된 여러 가지 말장난으로 웃음과 재미를 이끌어 내는 것입니다. 여기에는 카투니스트의 감각을 발휘한 셰퍼드의 그림과 적절하게 배치된 본문 글자의 어울림도 한몫합니다.

또 다른 예를 들어 볼까요? 이요르의 떨어진 꼬리를 로빈이 못질해서 달아 주는 에피소드입니다. 살아 있는 존재로서 이요르의 행동과 실제로는 인형이라는 이요르의 정체성, 이 상반되는 설정을 이용한 농담으로 재미를 줍니다. 꼬리를 새로 달고 좋아하는 이요르의 몸짓이 이 과묵하고 우울한 캐릭터의 순수한 기쁨을 잘 표현해 주고 있습니다.

캥거의 아기 주머니에 피글렛이 들어간 상태에서 캥거가 뛰자 피글렛이 "하늘을 나는 게 이런 것이라면 나는 사양하겠어."라고 말하는 내용도 있습니다. 아래위로 흔들려서 어지러웠다는 설명은 나오지 않지만 우리는 피글렛의 심정을 충분히 이해할 수 있습니다. 피글렛의 말이 세 줄에 걸쳐 아래위로 오르락내리락 흔들리고 있기 때문입니다. 그림이 아닌 2차원 텍스트에서 이런 장난을 치는 것은 읽는 이에게 묘한 쾌감과 해방감을 줍니다. 이런 시각적 효과는 여러 장면에서 자주 활용됩니다. 나무를 오르는 푸의 모습과 글을 세로로 길게 배치해 놓아, 독자들이 위에서 글자를 읽어 내려가다가 낑낑 올라오는 푸의 모습을 만나게 되는 부분도 그렇고요.

구멍에 낀 푸를 꺼내기 위해 모든 친구가 힘을 모으는 장면은 또 어떤가요? 아마도 '곰돌이 푸' 시리즈 전체를 통틀어 가장 유명한 장면일 텐데요, 러시아 민담 「커다란 순무」의 장면과도 비슷합니다만 자세히 살펴보면 밀른과 셰퍼드만의 유머 감각이 섬세하게 살아 있습니다. 구멍에 낀 푸의 모습이나 친구를 구하려고 온 힘을 다해 당기고 있는 로빈의 모습을 보세요. 뒤쪽으로 시선을 옮겨 보면, 소심한 성격답게 쥐의 허리가 아니라 꼬리를 잡고 있는 피글렛이나, 고슴도치의 뒤에서 어디를 잡아야 할지 몰라 당황하고 있는 쥐, 힘을 보태지는 못하지만 맨 뒤에서 "영차 영차!" 응원하고 있는

had nailed it on in its right place again, Eeyore frisked about the forest, waving his tail so happily

that Winnie-the-Pooh came over all funny, and had to hurry home for a little snack of something to

sustain him. And, wiping his mouth half an hour afterwards, he sang to himself proudly:

Who found the Tail?
"I," said Pooh,
"At a quarter to two
(Only it was quarter to eleven really),
I found the Tail!"

"And Piglet?"

"I think Piglet thought of something at the same time. Suddenly."

"Well, we must be getting home," said Kanga. "Good-bye, Pooh." And in three large jumps she was gone.

Pooh looked after her as she went.

"I wish I could jump like that," he thought. "Some can and some can't. That's how it is."

But there were moments when Piglet wished that Kanga couldn't. Often, when he had had a long walk home through the Forest, he had wished that he were a bird; but now he thought jerkily to himself at the bottom of Kanga's pocket,

this take
"If is shall really to
flying I never it."

And as he went up in the air he said, "*Ooooooo!*" and as he came down he said, "*Ow!*" And he

was saying, "*Ooooooo-ow, Ooooooo-ow, Ooooooo-ow*" all the way to Kanga's house.

Of course as soon as Kanga unbuttoned her pocket, she saw what had happened. Just for a moment, she thought she was frightened, and then she knew she wasn't; for she felt quite sure that Christopher Robin would never let any harm happen to Roo. So she said to herself, "If they are having a joke with me, I will have a joke with them."

"Now then, Roo, dear," she said, as she took Piglet out of her pocket. "Bed-time."

"*Aha!*" said Piglet, as well as he could after his Terrifying Journey. But it wasn't a very good "*Aha!*" and Kanga didn't seem to understand what it meant.

"Bath first," said Kanga in a cheerful voice.

"*Aha!*" said Piglet again, looking round anxiously for the others. But the others weren't there. Rabbit was playing with Baby Roo in his

One day when he was out walking, he came to an open place in the middle of the forest, and in the middle of this place was a large oak-tree, and, from the top of the tree, there came a loud buzzing-noise.

Winnie-the-Pooh sat down at the foot of the tree, put his head between his paws and began to think.

First of all he said to himself: "That buzzing-noise means something. You don't get a buzzing-noise like that, just buzzing and buzzing, without its meaning something. If there's a buzzing-noise, somebody's making a buzzing-noise, and the only reason for making a buzzing-noise that *I* know of is because you're a bee."

Then he thought another long time, and said: "And the only reason for being a bee that I know of is making honey."

And then he got up, and said: "And the only reason for making honey is so as *I* can eat it." So he began to climb the tree.

He climbed and he climbed and he climbed, and as he climbed he sang a little song to himself. It went like this:

Isn't it funny
How a bear likes honey?
Buzz! Buzz! Buzz!
I wonder why he does?

So he took hold of Pooh's front paws and Rabbit took hold of Christopher Robin, and all Rabbit's friends and relations took hold of Rabbit, and they all pulled together. . . .

And for a long time Pooh only said "*Ow!*" . . .

And "*Oh!*" . . .

And then, all of a sudden, he said "*Pop!*" just as if a cork were coming out of a bottle.

And Christopher Robin and Rabbit and all Rabbit's friends and relations went head-over-heels backwards . . . and on the top of them came Winnie-the-Pooh—free!

So, with a nod of thanks to his friends, he went on with his walk through the forest, humming proudly to himself. But, Christopher Robin looked after him lovingly, and said to himself, "Silly old Bear!"

메뚜기와 거미, 나비와 잠자리도 웃음을 자아냅니다. 누구나 이 그림을, 『위니-더-푸』를 사랑하지 않을 수 없습니다.

그냥 너를 확인하고 싶었어

하지만 그저 우스운 이야기이기만 했다면 '곰돌이 푸' 시리즈는 결코 시대를 뛰어넘는 명작이 될 수는 없었을 것입니다. 푸의 이야기가 우리의 가슴을 울리는 좀 더 근본적인 이유는 푸가 그저 먹성 좋고 게으른 곰이 아니라, 느릿느릿 마냥 여유롭지만 속 깊은 시인이기 때문입니다. 푸는 혼자 있을 때나 친구들과 만날 때나 늘 시를 짓고 들려줍니다. 나중에 애니메이션으로 유명해진 디즈니 버전의 푸에서는 시인으로서의 면모가 대부분 사라집니다. 아마 아이들의 시선을 붙잡아 두어야 하는 애니메이션의 특성상 그런 것이겠지요. 하지만 바로 그 점이 저는 아쉽기만 합니다. 제가 여전히 책 속의 푸에게 더 정을 줄 수밖에 없는 이유입니다. 제 머릿속에 아스라하게 남아 있는 푸는 뒷짐을 지고 한가로이 거닐며 콧노래를 부르는 모습입니다. 트랄라라룸투두두……. 보기만 해도 기분이 좋아지지 않나요?

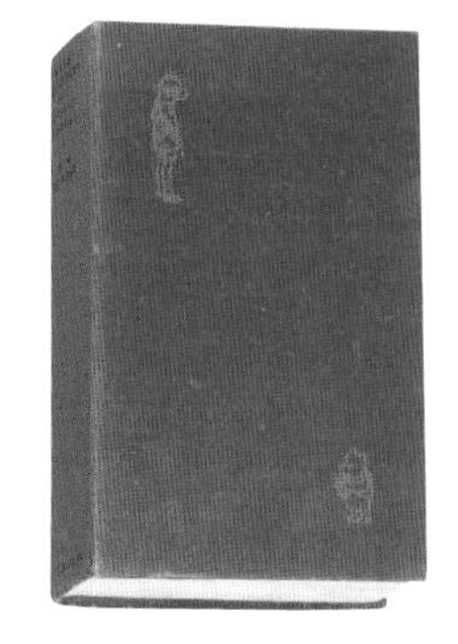

시리즈의 네 번째 작품 『푸 코너에 있는 집』에서 푸와 친구들은 훨씬 더 성숙하고 속 깊은 모습을 보여 줍니다. 제가 가지고 있

는 책은 1946년 발간된 22쇄입니다. 『위니-더-푸』는 그림 인쇄에 특화된 만질만질한 좋은 종이인데 이 책은 변색에 약한 일반 종이를 사용하고 있습니다. 전후의 어려운 경제 사정 때문이겠지요. 그래도 이전 작품들의 초판을 발행했던 머슈언 출판사라서 판형이나 삽화들은 그대로 유지되고 있습니다.

『위니-더-푸』의 반응도 폭발적이었지만 많은 사람에게 더욱 강렬한 기억을 남긴 것은 『푸 코너에 있는 집』이었습니다.(1970년대의 유명 포크 듀오 로긴스앤드메시나가 동명의 노래를 만들어 히트하기도 했지요. 푸의 숲이 떠오르는 아름다운 곡이니 꼭 한번 들어 보시기 바랍니다.) 이 책에는 푸와 피글렛이 함께 산책하는 장면, 이야기를 나누는 장면이 특히 많이 등장합니다. 그저 산책하고 이야기하는 내용이 무엇으로 그렇게 많은 사람을 사로잡았을까요? 예를 들어 이런 도입부입니다.

> 푸의 집과 피글렛의 집 중간쯤에는 가끔 서로 만나고 싶다는 생각이 들면 가서 만나는 '생각하는 장소'가 있었습니다. 날씨도 따뜻하고 바람도 없는 날에는 거기에 함께 잠시 앉아서, 만났으니 이제 뭘 해야 할까 궁금해하곤 했습니다.

대충 훑어보면 아무것도 아닌 듯한 구절입니다만, 곰곰이 생각해 보면 이런 내용입니다. 일단 둘은 무슨 용건이 있거나 시간을 정해 둔 것이 아닙니다. 집에서 창밖을 보다가 갑자기 '아, 피글렛이 보고 싶네.' 혹은 '푸는 지금쯤 뭘 하고 있을까?' 하는 생각이 들면

두 집 사이의 중간쯤까지 어슬렁어슬렁 걸어가서 우연히 만나는 것입니다. 그런 만남에 푸와 피글렛은 어떤 절박함을 느끼지도 않습니다. 사실 두 친구의 마음이 딱 맞아서 만나게 된다는 것 자체가 그리 흔치 않은 우연의 일치일 텐데도 말이죠. 더 재밌는 건 정작 그렇게 만나고 나면 '아, 이렇게 우연히 만나게 되다니 참 좋다.'라고 생각하고서 금세 '그런데 뭘 하지?'라고 생각한다는 것입니다. 둘이 만나는 곳의 이름이 '생각하는 장소'인 이유를 아시겠죠?

어이없다고 느껴지기도 하지만 어쩐지 우리 모습과 무척 많이 닮아 있지 않나요? 함께 있고 싶어 하면서도 정작 그렇게 꼭 함께 있어야 할 이유는 묻지 않는 것. 사랑이란, 우정이란 원래 그런 것 아니던가요? 그 뒤에 이어지는 문장과 시는 더 멋있습니다.

어느 날 그들은 아무것도 하지 않기로 결정하고, 모든 사람이 이 장소가 왜 있는지 알 수 있도록 푸가 시를 지었습니다.

이 따뜻하고 해가 잘 드는 자리는
푸의 것이라네.
그리고 여기는 그가
뭘 할까 생각하는 곳이지.
오, 이런, 깜빡했네.
여기는 피글렛의 것이기도 해.

소심한 피글렛은 늘 불안해하면서 사랑을 갈망합니다. 어쩌면 그토록 함께 있고 싶어 하는 것은 단지 함께 있지 않으면 불안해서, 그 애정을 확인할 길이 없어서일지도 모릅니다. 그런 피글렛과 늘 이야기를 나누는 푸는 수사 그대로 '둘도 없는' 친구죠. 제가, 그리고 푸 이야기를 사랑하는 많은 사람이 최고의 장면으로 꼽는 이 짧은 대화에서도 그런 피글렛과 푸의 마음이 잘 드러납니다.

피글렛은 뒤쪽에서 푸에게 다가갔습니다.
"푸!" 그가 속삭였습니다.
"응, 피글렛?"
"아무것도 아냐."
피글렛은 이렇게 말하며, 푸의 손을 잡았습니다.
"그냥 너를 확인하고 싶었어."

『푸 코너에 있는 집』에서 사람들의 마음을 가장 아프게 하는 부분은 책의 맨 마지막, 로빈과 푸가 헤어지는 장면입니다. 수없이 말을 더듬으면서, 차마 시선을 마주치지도 못하고 땅바닥에 손장난을 하면서 로빈은 푸에게 이별을 전합니다.

"푸, 나를 잊지 않겠다고 약속해 줘. 절대로, 내가 백 살이 되더라도."

로빈의 마음을 아는지 모르는지, 늘 낙천적인 푸는 "약속할게." 라고 대답합니다. 이다음 장, 마지막 페이지에서는 둘의 모습이 실루엣으로 처리되며 작가의 목소리가 직접 등장합니다. "꼬마와 곰의 이야기는 영원할 것입니다."라고 확실하게 종지부를 찍어 버리지요. 더 이상 이 이야기를 쓰지 않겠다는 작가의 의지가 확실하게 드러납니다.

문학적, 상업적 측면에서 모두 엄청난 성공을 거두었음에도 불구하고 이 작품 이후 '곰돌이 푸' 시리즈는 더 이상 이어지지 않습니다. 밀른이 1956년에 74세를 일기로 사망했음을 생각해 보면 약 30년간 일부러 쓰지 않은 것이지요. 왜 밀른은 이렇게 서둘러 푸 이야기를 끝내려고 한 걸까요?

상처받은 영혼

밀른은 '곰돌이 푸' 시리즈를 자신의 경력에서 그리 탐탁지 않게 생각했습니다. 영국에서도 상당한 상류 집안에, 캠브리지 대학 출신이었던 밀른은 이 시리즈가 너무 큰 성공을 거두면서 아예 어린이 책 작가로 취급받고 다른 작품들은 다 묻혀 버리자 짜증을 느꼈던 것 같습니다. 하지만 그게 그리 결정적인 이유는 아니었습니다. 밀른의 입장에서도 푸가 가져다준 엄청난 재정적 성공과 명성을 즐기고 있었기 때문입니다. 『펀치』 매거진의 유머 작가에서 벗어나 국민 작가의 반열에 오른 것만으로도 이 시리즈는 그에게 충분한

"This," explained Pooh and Piglet together, and Tigger smiled his happiest smile and said nothing.

Eeyore walked all round Tigger one way, and then turned and walked all round him the other way.

"What did you say it was?" he asked.

"Tigger."

"Ah!" said Eeyore.

"He's just come," explained Piglet.

"Ah!" said Eeyore again.

He thought for a long time and then said:

"When is he going?"

Pooh explained to Eeyore that Tigger was a great friend of Christopher Robin's, who had come to stay in the Forest, and Piglet explained to Tigger that he mustn't mind what Eeyore said because he was *always* gloomy; and Eeyore explained to Piglet that, on the contrary, he was feeling particularly cheerful this morning; and Tigger explained to anybody who was listening that he hadn't had any breakfast yet.

"I knew there was something," said Pooh. "Tiggers always eat thistles, so that was why we came to see you, Eeyore."

"Don't mention it, Pooh."

"Oh, Eeyore, I didn't mean that I didn't *want* to see you——"

Pooh thought for a little.

"How old shall *I* be then?"

"Ninety-nine."

Pooh nodded.

"I promise," he said.

Still with his eyes on the world Christopher Robin put out a hand and felt for Pooh's paw.

"Pooh," said Christopher Robin earnestly, "if I—if I'm not quite——" he stopped and tried again —"Pooh, *whatever* happens, you *will* understand, won't you?"

"Understand what?"

"Oh, nothing." He laughed and jumped to his feet. "Come on!"

"Where?" said Pooh.

"Anywhere," said Christopher Robin.

. . . . .

So they went off together. But wherever they go, and whatever happens to them on the way, in that enchanted place on the top of the Forest a little boy and his Bear will always be playing.

의미를 지니고 있었습니다.

더 이상 집필하지 않는 이유에 대해 수없이 질문을 받을 때마다 밀른이 한 대답은 "로빈이 너무 성장해 버려서 더 이상 영감을 받을 곳이 없다."였습니다. 이 대답은 반은 사실이고 반은 그렇지 않습니다. 로빈은 1920년생이니 시리즈의 마지막 책인 『푸 코너에 있는 집』이 출판될 즈음 만 여덟 살이었습니다. 인형을 가지고 놀기에는 조금 많은 나이이기는 하지만 그래도 여전히 어린이였지요. 설사 실제 모델이 나이를 먹었더라도 이미 구축되어 있는 캐릭터들을 가지고 이야기를 풀어 나가지 못할 만큼 밀른이 상상력이 부족한 작가도 아니었습니다.

진짜 문제는 밀른이 아니라 로빈에게 있었습니다. 로빈이 태어나기 전 밀른 부부는 딸이기를 바라는 마음에 미리 로즈메리라는 이름을 지어 놓았습니다. 기대와 달리 아들이 태어나자 실망하지만 그것도 잠시뿐, 고집과 욕심이 보통이 넘었던 밀른 부부는 아이에게 각자 자기가 원하는 이름을 지어 주려고 했습니다. 도저히 서로 합의가 안 되자 두 이름을 다 집어넣어 '크리스토퍼 로빈 밀른'이라는 이름을 지어 주고, 집에서는 일종의 타협책으로 빌리라고 불렀습니다. 게다가 로빈 자신은 말문이 트이자 밀른이라는 성이 마음에 안 든다며 '문moon'이라 불러 달라고 했다나요. 그래서 당시 자료를 보면 로빈을 부르는 이름이 로빈 외에도 빌리, 문, 크리스토퍼 등등 중구난방입니다.

이름 지을 때는 그렇게 집착을 보이더니 정작 양육 과정에서 밀른 부부는 로빈을 철저하게 유모에게 맡기고 자신들은 제한적으로만 아이와 접촉합니다. 이런 양육 방식은 에드워드 시대 상류층들의 보편적인 모습이기는 하지만, 아이에 대한 애정이 느껴지는 푸 이야기를 이런 배경과 겹쳐 읽다 보면 가식적이라고 느껴지기도 합니다. 로빈이 인형에 그토록 집착했던 것도 부모에 대한 애정 결핍과 무관하지 않을 것입니다.

이런 상황에서 푸 이야기가 엄청난 인기를 얻자 곧바로 세간의 관심은 실제 모델인 로빈에게 집중됩니다. 첫 책이 나온 것이 1924년 로빈이 다섯 살 때였으니 걸음마를 하고 말을 할 줄 알게 된 이후로 로빈은 늘 어디서나 주목받으며 살았다고 해도 과언이 아닙니다.

지나친 관심은 어린 로빈에게 점차 상처를 주게 됩니다. 특히 학교에 들어가자 그 고통은 극대화되었습니다. 학교 친구들이 책 속에서만 보던 이상하고 신기한 '꼬마 로빈'을 놀리는 데 너 나 할 것 없이 열을 올린 것입니다. 책 속에 등장하는 로빈의 이야기들이 대부분 실제 로빈의 내밀한 상상이나 잠들기 전의 기도 등을 차용한 것들인데 아이들은 책 속 로빈의 기도를 하거나 노래를 부르며 로빈을 비웃고 괴롭혔다고 합니다. 이런 상황은 로빈이 학교를 옮겨도 지속되었습니다. 결국 밀른은 더 이상 이 시리즈를 집필하지 않기로 하지요.

하지만 로빈의 학교생활은 여전히 고달팠습니다. 학년이 올라갈수록 책 속의 순진한 꼬마 로빈과 실제 로빈의 차이를 놀림감으로 삼는 아이들이 많아졌습니다. 결국 로빈은 완전히 고립된 상태에서 학교를 다니며 문학과는 거리가 먼 수학의 세계로 파고들어 갔습니다.

책 쓰기를 그만뒀다고 해서 책 팔기도 그만둘 리는 없지요. 밀른은 여전히 푸의 아버지로서 이곳저곳 불려 다니며 명사 대접을 받고 강연도 했습니다. 밀른 부인 역시 마찬가지였습니다. 더구나 밀른 부인은 남편이 세상을 떠난 후 흥청망청 유산을 낭비하여 결국 엄청난 빚까지 지게 되자 남편이 남긴 원고들과 '곰돌이 푸' 시리즈의 저작권을 함부로 팔아 치워 분쟁의 소지를 남겼습니다. 이후 로빈과의 관계도 완전히 틀어져서 아예 만나지 않게 되었고요. 아무리 그래도 어머니의 임종을 지키고 싶다는 아들의 부탁마저 매몰차게 거절한 것은 이미 상처가 많은 로빈에게 너무 가혹한 일이 아니었나 싶습니다.

성인이 된 로빈이 '나의 어린 시절을 이용했다.'라며 아버지와 '곰돌이 푸' 시리즈까지 모두 증오하게 된 것도 무리가 아닙니다. 실제 모델이 된 자신의 인형들을 이 시리즈의 편집자에게 버리다시피 줘 버린 것도 그런 이유에서였습니다. 이 시리즈에 커다란 애정을 가지고 있던 편집자는 경매에 붙이면 엄청난 돈을 벌 것이 틀림없을 이 선물을 반가워하기보다는, 로빈이 인형을 버릴 만큼 이 시리즈를 미워한다는 것에 가슴이 아팠다고 합니다. 그래서 그는 이 인형들을 자신이 소장하거나 판매하지 않고 뉴욕 공립 도서관에 기증했습니다. 밀른 부부 같은 속물과는 거리가 멀었나 봅니다.

그 덕분에 푸와 친구들은 어느 부자의 금고에 갇혀 있는 대신 매일 같이 많은 사람을 만나게 되었으니 불행 중 다행한 일입니다.

로빈은 대학을 졸업한 후 책방을 열었습니다. 하지만 여전히 그의 가게에 오는 손님들은 책이 아니라 푸의 친구 로빈을 구경하려는 사람들이었습니다. 그렇게라도 손님들이 오고 책을 팔 수 있으니 그것을 견뎌야 했던 로빈의 심정은 어땠을까요? 로빈의 딸도 이런 고통을 곁에서 지켜봤기 때문에 아버지에 관한 책, 그러니까 '곰돌이 푸' 시리즈를 매우 싫어했다고 합니다.

게다가 밀른이 세상을 떠난 후에는 셀 수 없이 많은 전기 작가가 로빈을 괴롭히기 시작했습니다. 인터뷰를 하자고 찾아오고, 옛 사진과 편지를 들추고, 친구와 이웃을 찾아가서 묻고 사진 찍고……. 그렇게 조각조각 얻어 낸 자료들을 가지고 로빈의 사생활을 마음대로 해석하고 짓밟았지요. 이런 일에 끊임없이 시달리던 로빈은 결국 더 이상 전기 작가들에게 시달리지 않기 위해 직접 자신의 어린 시절을 되짚어 보는 책을 쓰기로 합니다. 스스로 "자신에게 행하는 정신 분석 치료"라고 표현할 정도로 고통스러운 책을 그는 세 권이나 써냅니다. 그러고는 더 이상 아버지에 관한 인터뷰나 자료 제공 요청을 받지 않겠다고 선언하죠.

하지만 로빈의 고통은 그것으로 끝나지 않았습니다. 그의 딸은 뇌성마비로 태어났습니다. 아마 하늘이 무너지는 심정이었을 것입니다. 게다가 자신도 말년에 중증 근무력증으로 수년간 고통받다가 1996년 75세를 일기로 사망합니다. 어머니에게서 비롯된 저작권 관련 소송은 그의 사후 몸이 불편한 딸에게까지 이어졌습니다. 수십 년에 걸친 여러 건의 소송은 1999년 결국 딸의 패배, 그러니까 디즈니의 승소로 마무리됩니다.

많은 사랑을 받은 아름다운 동화와, 그 동화가 빛나는 만큼 괴로운 삶을 살아야 했던 로빈의 아이러니에 대해 생각해 봅니다. 백 살이 되더라도 잊지 않고 찾아오겠다던 푸는 과연 임종의 순간 로빈을 찾아와 화해를 했을까요? 그의 아버지가 썼던 동화의 마지막 문장처럼, 숲 꼭대기 마법의 장소에서 작은 소년과 곰 인형은 영원히 놀고 있을까요?

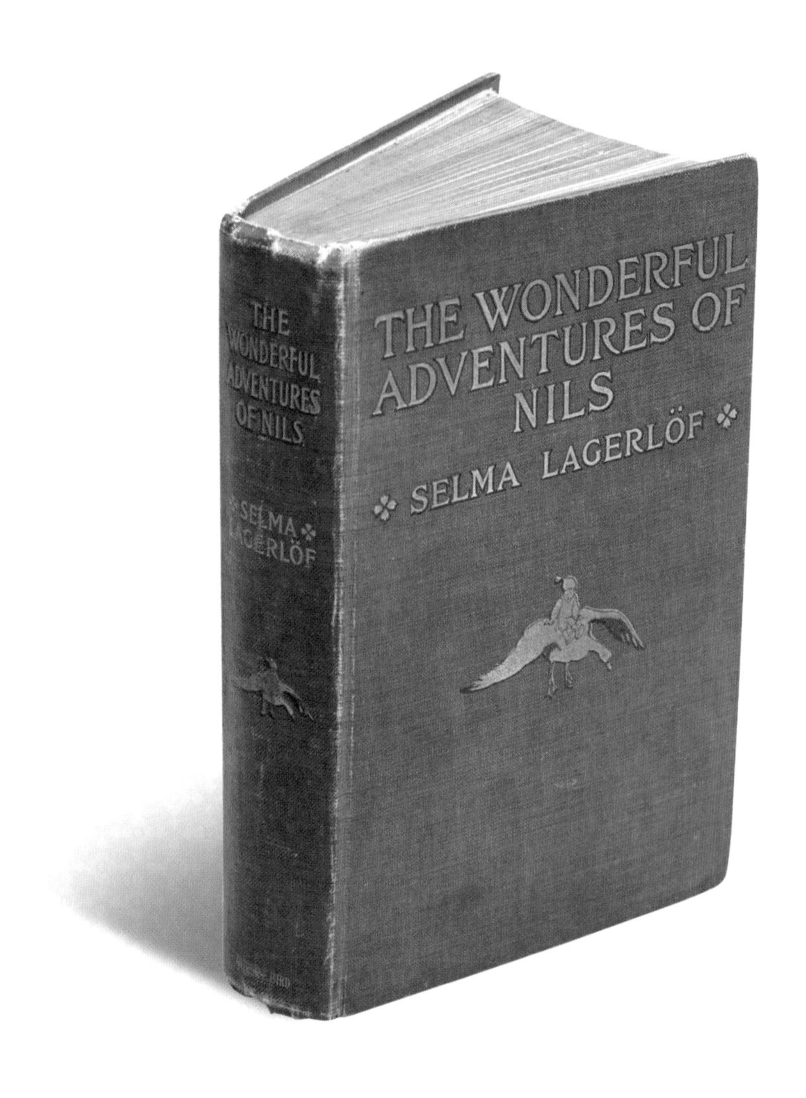

THE WONDERFUL ADVENTURES OF NILS

셀마 라게를뢰프 『닐스의 모험』 1910년판

10

감성적 근대로 날아오르다

모모와 닐스

나른한 일요일 아침, 따사로운 봄볕을 받으며 차를 몰고 있었습니다. 신호 대기로 교차로에 멈춰 서서 방심한 채로 멍하니 하늘을 올려다보고 있는데 라디오에서 귀에 익은 노래가 흘러나왔습니다. 투명한 통기타 반주에 맑은 목소리가 인상적인 이 노래의 제목은 가사를 귀 기울여 들으면 금방 기억해 낼 수 있었습니다.

모모는 철부지
모모는 무지개
모모는 생을 쫓아가는 시곗바늘이다

오래간만에 듣는 노래 「모모」의 정다운 멜로디를 흥얼거리며 다시 차를 몰았습니다. 노래가 끝나자 라디오 진행자의 멘트가 이어졌습니다.

"지금부터 문제를 하나 드리겠습니다. 시적인 가사로 유명한 이 곡의 가사 중 한 부분을 맞히시는 건데요, 이 노래 절정 부분에서 '날아가는 ○○의 새들을 꿈꾸는'이라는 가사가 나옵니다. 과연 여기서 이 ○○ 부분에 들어갈 가사는 뭘까요?"

뭐였더라? 수없이 들은 노래인데 알쏭달쏭했습니다. '니스였나? 날아가는 니스가 뭐야, 좀 이상한데…….' 한동안 생각을 굴리는 사이 광고가 지나가고 다시 진행자의 목소리가 흘러나왔습니다.

"여기에 들어갈 가사는 '닐스'입니다. 거위를 타고 하늘을 날아다니는 『닐스의 모험』 다 아시죠? 김만준 씨는 미하엘 엔데의 『모모』 라는 소설과 이 『닐스의 모험』에서 영감을 받아 이 노래를 만들었다고 하네요."

제목의 변천사

주문한 지 거의 두 달 만에 영국 고서점에서 『닐스의 모험』이 도착했습니다. 사실 책을 주문할 때 약간 혼란이 있었습니다. 제가 거래하는 영국 고서 사이트는 시스템이 좀 낡은 곳이라서 제목을 전부 써야 검색이 됩니다. 그런데 제목으로 검색을 하려니 원제가 뭔지 감이 잡히지 않았습니다. '닐스'는 맞는데 그다음이 '이상한'인지 '신기한'인지도 헷갈리고, '여행'인지 '모험'인지도 오락가락 하는 겁니다. 구글에서 제목을 찾아보니 '이상한'도 '신기한'도 아닌 '멋진'wonderful이더군요. '닐스의 멋진 모험'이 정확한 제목이었습니다. 그런데 이것은 영문판 제목이고, 셀마 라게를뢰프가 쓴 스웨덴판 원작의 제목은 '닐스 홀게르손의 멋진 스웨덴 횡단 여행'Nils Holgerssons underbara re sa genom Sverige입니다.

원래 이 책은 스웨덴 교사 단체에서 라게를뢰프에게 집필을 의뢰해서 만든, 일종의 주문 제작 소설입니다. 그때 교사 단체의 요구 사항은 학생들이 스웨덴의 지리를 잘 알 수 있고 더불어 수업에도 활용할 수 있는 책을 써 달라는 것이었습니다. 일종의 교재였지요. 닐스가 뜬금없이 거위 목에 올라타 스웨덴 전역을 날아다니는 것은 그래야 스웨덴 여기저기를 다룰 수 있기 때문입니다. 스웨덴을 구석구석 돌아본다는 의미에서 제목에 '스웨덴 횡단 여행'이라는 말도 들어간 것이지요.

또한 '홀게르손'이라는 성이 제목에 들어간 것은 당시 스웨덴 예법상 누군가를 소개할 때 성과 이름을 모두 말하는 게 일반적이었기 때문입니다. 이는 사람들의 이동이 잦지 않던 농경 사회에서 중세에 이르기까지 유럽 전역의 관행이었습니다. 성은 자신의 출신 지역이나 가문을 확인하는 수단이었지요. 아예 이름에 출신 지역을 붙이기도 했고요. 기러기 떼가 처음으로 닐스와 인사를 나누는 장면에서도 모두 자신의 출신 지역을 붙여서 소개합니다. 우두머리 기러기인 아카의 경우, '케브네카이세의 아카'라고 말합니다.

그런데 이 책은 출간 이후 단순한 지리 교재가 아니라 문학 작품으로 큰 인기를 얻어 학생들보다 성인들에게 더 많이 팔리는 일이 벌어졌습니다.(역으로 애초에 이 책을 의뢰했던 교사 단체는 실망했다고 합니다. 지리 교재로서는 '꽝'이었거든요.) 외국에도 번역되었습니다. 덴마크, 독일에서의 인기에 힘입어 바다 건너 영국에 번역되어 소개될 때는, 난쟁이 요정이 된 소년이 기러기 떼와 함께 떠나는 멋진 여행이라는 점이 부각되면서 제목이 '닐스의 멋진 모험'이 된 것입니다.

약 80년 후 이 책의 인기가 여전하던 독일에서는 이 이야기로 텔레비전용 애니메이션을 만들기로 결정하고 당시 최고의 애니메이션 제작 시스템을 가지고 있던 일본에 하청을 줍니다. 그런데 일본에서는 이 이야기가 또 다른 느낌으로 다가왔습니다. 지진, 화산 분화, 태풍 등 거대한 자연재해를 자주 겪는 일본 사람들은 초현실적인 현상에 관심이 높기 때문에 '신기하다'라는 표현을 많이 사용합니다. 게다가 닐스의 배경이 되는 유럽은 그 자체로 동경의 대상이 되는 여행지이죠. 그래서 일본에서 만든 애니메이션 제목은 '닐스의 신기한 여행'ニルスのふしぎな旅이 됩니다.

우리나라에서도 이 애니메이션이 방영되어 큰 인기를 얻게 되었고 책도 본격적으로 출간됩니다. 그런데 일본어판의 제목에 사용된 '신기한'ふしぎ이란 일본어 단어에는 '이상한'이라는 뜻도 있어서 번역가에 따라 제목이 '닐스의 신기한 여행'이 되기도 하고 '닐스의 이상한 여행'이 되기도 했습니다. 몇 년 전 이 애니메이션이 국내에서 극장판으로 상영된 적이 있는데 그때는 이 모든 제목이 다

잡다하다고 판단했는지 그냥 '닐스의 모험'으로 표기하더군요. 최근에 새로 번역되어 나오는 책 중에도 '닐스의 모험'이라고 부르는 경우가 많습니다. 저도 '닐스의 모험'이라고 부르겠습니다.

책 구경을 좀 할까요? 빨간 하드커버 장정에 금박 글씨가 멋지게 박혀 있습니다. 거위 모르텐의 위에 타고 있는 닐스의 모습이 보이네요. 저렇게 서투른 자세로 앉아 있으면 금세 떨어질 것 같은걸요. 거위를 타는 요정이라는 설정 때문에 삽화가들이 무척 고생했다고 합니다. 일단 어떤 자세로 타야 하는지부터 명확하지 않았습니다. 거위를 타고 날아 본 사람이 있어야 말이죠. 더구나 거위가 싣고 나를 수 있을 만큼 닐스를 작게 그리면 닐스의 표정이나 동작이 제대로 표현되지 않았습니다. 그렇다고 닐스를 크게 그리면 거위가 사람에게 깔려서 숨이 넘어갈 것처럼 되어 버리는 문제가 생기고요. 그래서인지 이 책에 실린 삽화들에서 거위와 닐스의 비율은 계속 오락가락합니다.

이 비율을 잘 맞춰서 현재 우리가 아는 닐스와 모르텐의 모습을 만들어 낸 것은 일본 애니메이터들의 공로입니다. 그들의 공로는 하나 더 있습니다. 이야기 속에서 닐스가 쓰고 있는 모자는 무슨 색일까요? 아마 많은 분이 빨간색이라고 생각하실 것 같습니다. 실제로는 스웨덴 전통 모자인, 터보건 후드라는 흰색 모자입니다. 본문 중에 명확하게 흰색이라고 묘사되어 있죠. 하지만 일본 애니메이터들은 흰 거위 위에 앉은 닐스의 모자까지 흰색이면 예쁘지 않다고 생각해서 임의로 빨간색으로 바꾸었고 그게 우리 뇌리에 남은 것입니다. 이미지를 통한 각인 효과는 참 대단합니다.

이 책은 상단에도 금박이 입혀져 있습니다. 요즘 나오는 책들은 성경에서나 이런 금박을 볼 수 있지요. 성경의 금박이 성스러움을 더하기 위한 장식이라면 이 책의 금박은 종이가 변색되는 것을 막기 위한 수단입니다. 책장에 책을 꽂아 두었을 때 먼지가 앉는 부분이 바로 이 부분이니까요. 물론 나란히 꽂아 놓았을 때 위에서 보면 더 멋있기도 했겠지요.

스웨덴의 개정 맞춤법

책장을 넘겨 봅니다. 내지에 소장자의 서명이 있네요. 존 해리슨이라는 사람이 1911년 크리스마스 선물로 스웨덴 친구에게 받은 것이군요. 중고 서적은 저자의 사인이 적혀 있으면 가격이 올라가지만 이렇게 소장자의 글이 적혀 있으면 낙서로 취급되어서 가격이 떨어집니다. 심지어 저자의 글이라도 '○○○ 씨에게' 같은 글이 적혀 있으면 가격이 떨어지는 요인이 되지요. 하지만 저는 이런 흔적들이 남아 있는 책이 훨씬 좋습니다. 책장에 그 사람의 사연들이 묻어 있는 느낌도 들고요.

속표지를 보면 왼편 삽화가 참 화려합니다. 이즈음이면 동판 에칭이나 석판 인쇄도 사용되었을 시기인데 화풍으로 봐서는 전통적인 목판을 사용한 것 같습니다. 삽화는 영국판에서 다시 그려 넣은 것입니다. 재밌는 건 삽화가 소개에 '일러스트'가 아닌 '데코레이

A little remembrance
from a Swedish friend
X-mas 1911.
John Hansson

THE WONDERFUL ADVENTURES OF NILS

From the Swedish of
SELMA LAGERLOF

Translated by
VELMA SWANSTON HOWARD

DECORATIONS BY
HAROLD HEARTT

LONDON
ARTHUR F. BIRD
22 BEDFORD STREET
1910

션'이라는 표현을 쓰고 있다는 점입니다. 실제로 이 책은 페이지 여백 여기저기에 작은 삽화들을 장식해 넣었습니다. 별도로 그림 페이지를 넣는 게 아니라 이렇게 본문 중에 삽화를 삽입하려면 당시에는 본문 글자를 먼저 찍은 다음에 따로 삽화를 찍어야 했습니다. 그래서 의도적으로 여백을 넓게 한 것이 아닌가 싶습니다. 인쇄를 두 번 하는 셈이라서 아마 책값이 많이 올라갔을 겁니다.

1910년 런던에서 발행되었군요. 이 책이 스웨덴에서 처음 발간된 것이 1906년이었으니 발 빠르게 번역되었다고 할 수 있습니다. 번역가 이름도 들어 있는데 이 번역가가 꽤 꼼꼼한 사람이었던 것 같습니다. 이름, 지명 등 고유 명사는 모두 스웨덴어 그대로 표기하고, 소설로서는 예외적으로 책 맨 뒷부분에 부록을 붙여서 이 스웨덴어 단어들을 어떻게 발음해야 하는지도 설명하고 있습니다.

이런 노력은 원문의 의도를 충실히 반영한 결과라고도 할 수 있습니다. 발행인의 말, 편집자의 말을 보면 저자의 스웨덴어를 최대한 살리기 위해 노력했다고 이야기하고 있습니다. 『닐스의 모험』의 의의 중 하나는 당시 새로이 제정된 스웨덴어 개정 표준 맞춤법을 적용한 대중 소설들 중 처음으로 크게 성공한 작품이라는 점입니다. 『닐스의 모험』의 대대적인 성공으로 이 개정 맞춤법이 완전히 정착할 수 있었다고 하니, 번역가 입장에서 고유 명사들을 모두 영어식으로 바꾸어 표기하는 것은 무리라고 판단했을 것입니다.

거위를 타고 하늘로

우리 입장에서 유럽의 풍경을 묘사한 글을 읽을 때에는 요한나 슈피리의 『하이디』이든 알퐁스 도데의 『별』이든 위더의 『플랜더스의 개』이든 다 유럽의 어느 평화로운 농촌이라는 모호한 인상에 머무를 수밖에 없습니다. 하지만 매우 당연하게도 그냥 농촌이란 없습니다. 저마다 구체적인 장소와 시대를 배경으로 만들어진 이야기들입니다. 그 나름의 이유와 사연도 담고 있지요.

『닐스의 모험』도 일요일 아침 한가로운 농가 풍경에서 시작되는데, 사실 그 무렵 스웨덴은 그리 한가로운 상황이 아니었습니다. 지금이야 스웨덴이 잘사는 북유럽 복지 국가의 대표로 여겨지지만 당시만 해도 유럽에서 가장 가난한 나라 중 하나였습니다. 더 이상 생계를 유지할 수 없어 해외로 이주하는 국민이 전체 인구의 25퍼센트에 달할 정도였습니다. 도시에서는 막 시작된 산업화로 빈부격차가 커지고 갈등이 심화되고 있었으며, 농촌에서는 하루하루 생계를 잇는 데 급급한 지경이었습니다. 그러니 스웨덴 남부 스코네 지방의 시골 마을에서 소, 돼지, 거위 등 많지는 않아도 종류별로 가축을 기르며 그 나름 자리를 잡고 있던 닐스의 부모님은 매우 근면한 사람들일 것입니다. 실제로 소설 속에도 가난하지만 부지런한 이 부부를 칭찬하는 가축들의 목소리가 등장합니다.

반면 외동아들 닐스의 게으름은 큰 악덕으로 부각됩니다. 사실 열네 살 사춘기 아이가 그저 먹고 자고 장난치는 것은 지극히 정상적인 모습입니다. 큰 사고를 치지 않는 것만도 다행한 일이지요. 그런 닐스가 소설 초반에 천하의 불효자식인 양 묘사되는 것은 이런 시대 배경 때문입니다.

심지어 닐스는 일요일 예배마저 빠지려고 합니다. 그러자 아버지는 아들에게 성경을 펴 주고는 자신이 예배에 다녀올 때까지 다 읽어야 한다고 강조합니다. 이 성경은 사소하지만 의미 있는 포인트입니다. 스웨덴은 유럽 전역을 휩쓴 종교 개혁으로, 개신교 세력의 핵심인 루터교가 자리 잡은 나라입니다. 그리고 소설 속에서 닐스는 사제나 어른들의 도움 없이 스스로 성경을 읽습니다. 그렇다면 아마 이 성경은 스웨덴을 통합하여 중흥의 계기를 만들어 낸, 우리나라로 치면 세종대왕 정도 되는 바사 대왕 시대인 1541년에 웁살라 대학의 주도로 만든 『바사 성경』일 것입니다. 일부 사제들만 읽을 수 있었던 라틴어 성경을 누구나 읽을 수 있도록 스웨덴어로 번역한 것이지요. 번역을 통한 성경의 대중화, 성경을 통한 신앙의 확산이 원래 개신교의 방향이기도 했습니다만, 『바사 성경』에는 사회 통합이라는 국가적 기획도 함께 담겨 있었습니다.

재미있는 것은 『닐스의 모험』을 통해 자리 잡은 개정 맞춤법 때문에, 정작 이후 세대들은 닐스가 읽는 『바사 성경』을 읽을 수 없게 되었다는 점입니다. 『바사 성경』은 15세기 고전 맞춤법으로 표기되었거든요. 아이러니한 일이지요.

부모님이 집을 비우자 성경을 읽으며 졸던 닐스는 우연히 조그마한 요정을 발견합니다. 그리고 이 요정을 붙잡아 장난치다가 마

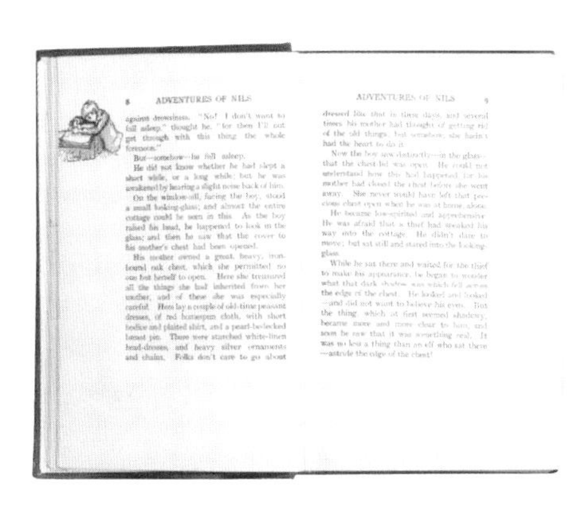

8 ADVENTURES OF NILS

against drowsiness. "No! I don't want to fall asleep," thought he, "for then I'll not get through with this thing the whole forenoon."

But—somehow—he fell asleep.

He did not know whether he had slept a short while, or a long while; but he was awakened by hearing a slight noise back of him.

On the window-sill, facing the boy, stood a small looking-glass; and almost the entire cottage could be seen in this. As the boy raised his head, he happened to look in the glass; and then he saw that the cover to his mother's chest had been opened.

His mother owned a great, heavy, iron-bound oak chest, which she permitted no one but herself to open. Here she treasured all the things she had inherited from her mother, and of these she was especially careful. Here lay a couple of old-time peasant dresses, of red homespun cloth, with short bodice and plaited shirt, and a pearl-bedecked breast pin. There were starched white-linen head-dresses, and heavy silver ornaments and chains. Folks don't care to go about

ADVENTURES OF NILS 9

dressed like that in these days, and several times his mother had thought of getting rid of the old things; but somehow, she hadn't had the heart to do it.

Now the boy saw distinctly—in the glass—that the chest-lid was open. He could not understand how this had happened, for his mother had closed the chest before she went away. She never would have left that precious chest open when he was at home, alone.

He became low-spirited and apprehensive. He was afraid that a thief had sneaked his way into the cottage. He didn't dare to move; but sat still and stared into the looking-glass.

While he sat there and waited for the thief to make his appearance, he began to wonder what that dark shadow was which fell across the edge of the chest. He looked and looked—and did not want to believe his eyes. But the thing, which at first seemed shadowy, became more and more clear to him, and soon he saw that it was something real. It was no less a thing than an elf who sat there—astride the edge of the chest!

법에 걸려 닐스 자신도 꼬마 요정이 되어 버립니다. 성경을 읽다가 요정을 만나는 이 장면은 가만히 생각해 보면 좀 모순된 측면이 있지요. 원래 스칸디나비아의 토착 종교는 북유럽 신화에 기반을 두고 있습니다. 스웨덴 사람들은 최근 할리우드 영화 시리즈로 더 유명해진 토르, 로키, 오딘과 같은 신들을 믿었습니다. 그런데 우상 숭배를 금지하는 기독교가 바사 대왕 시대에 국교가 되면서 토착 종교와 기독교 간의 갈등이 커졌습니다. 기독교에서는 일종의 타협책으로, 토착 종교의 주요 신들에 대한 숭배는 법으로 금지하는 대신, 사적인 차원에서 가정집이나 농장에서 요정들을 믿는 것은 허용하게 됩니다. 그래서 독실한 기독교 가정에서 자라난 닐스가 요정이 될 수 있었던 것입니다.

요정이 되어 어쩔 줄 몰라 하는 닐스. 그때 마침 농장 위 하늘에 기러기 떼가 낮게 날며 거위들에게 "함께 가지 않을래?"라고 유혹을 보냅니다. 자유로운 삶을 사는 기러기들이 농장에 갇혀 사는 거위들을 놀리려고 하는 말이었지만, 젊은 흰 거위 모르텐은 이 말에 자극받아 여행에 따라 나서려고 합니다. 부모님의 소중한 가축이 도망가는 것을 막아야겠다는 생각으로 닐스는 무작정 모르텐의 목에 매달리고 엉겁결에 함께 하늘로 날아오릅니다. 이렇게 닐스의 모험이 시작되지요. 이 장면에서 "에이, 거위가 어떻게 날아?" 하시는 분들도 있을 텐데, 사실 거위는 기러기가 인간에 의해 길들여진 것이라고 합니다. 그러니 날지 않는 게 더 이상한 셈이지요. 게다가 원래 스코네 지방이 거위가 많고 또 실하기로 유명하다네요.

작가가 닐스를 거위에 태워 하늘을 날게 한 것은 앞서 이야기한 대로 스웨덴 전역을 소개해야 하는 지리 교재로서의 목적 때문입니다. 지형상으로 스웨덴은 세로로 길쭉한 모양입니다. 기러기 떼는 스웨덴 남단의 스코네 지방부터 북단의 라플란드 지방까지 훑으면서 이동하니 전 국토를 소개하는 데 가장 적합한 경로를 지닌 동행들이죠. 게다가 하늘에서 바라보면 말 그대로 조감도bird's eye view 같이 지상의 모습을 묘사할 수 있으니 지리 교재로 안성맞춤입니다. 그래서 『닐스의 모험』을 읽다 보면 하늘에서 내려다본 스웨덴의 수목, 식생, 산과 호수 등에 대한 자세한 설명이 곳곳에 나옵니다. 이런 점에 주목해서 텔레아틀라스라는 네덜란드의 디지털 지도 회사는 회사 로고로 닐스의 이미지를 사용하고 있지요.

이런 여러 장치에도 불구하고 『닐스의 모험』은 본래 목적이었던 지리 교재로서는 그리 성공적이지 못했습니다. 『닐스의 모험』을 탄

the hedge. "It would be a great pity," thought he, "if the big goosey-gander should go away. It would be a big loss to father and mother if he was gone when they came home from church."

When he thought of this, once again he entirely forgot that he was little and helpless. He took one leap right down into the goose-flock, and threw his arms around the neck of the goosey-gander. "Oh, no! You don't fly away this time, sir!" cried he.

But just about then, the gander was considering how he should go to work to raise himself from the ground. He couldn't stop to shake the boy off, hence he had to go along with him—up in the air.

They bore on toward the heights so rapidly, that the boy fairly gasped. Before he had time to think that he ought to let go his hold around the gander's neck, he was so high up that he would have been killed instantly, if he had fallen to the ground.

The only thing that he could do to make himself a little more comfortable, was to try and get upon the gander's back. And there

"They bore on toward the heights"

When they flew over the big potato patches, which are so plentiful in the country around Christianstad—and which still lay bare and black—they screamed: "Wake up and be useful! Here comes something that will awaken you. You have idled long enough now."

When they saw people who hurried to get out of the rain, they reproved them saying: "What are you in such a hurry about? Can't you see that it's raining rye-loaves and cookies?"

It was a big, thick mist that moved northward briskly, and followed close upon the geese. They seemed to think that they dragged the mist along with them; and, just now, when they saw great orchards beneath them, they called out proudly: "Here we come with anemones; here we come with roses; here we come with apple blossoms and cherry buds; here we come with peas and beans and turnips and cabbages. He who wills can take them. He who wills can take them."

Thus it had sounded while the first showers fell, and when all were still glad of the rain.

"The wild geese, too, were glad of the rain"

텔레아틀라스 회사의 로고로 쓰인 닐스의 이미지.

생시킨 작가의 관심이 처음부터 다른 곳에 있었기 때문입니다.

요정에게 들은 이야기

『닐스의 모험』을 지은 셀마 라게를뢰프는 1858년 스웨덴 서부의 베름란드 주에서 태어났습니다. 선천성 고관절 이상으로 두 다리를 모두 저는 장애가 있었는데, 성장하면서 기적적으로 자연 치유가 되었습니다. 그 과정에서 라게를뢰프는 초자연적 현상에 큰 관심을 가집니다. 어렸을 때부터 아버지가 들려주신 다양한 스웨덴 설화들은 라게를뢰프의 상상력에 날개를 달아 주었습니다. 또한 라게를뢰프가 태어난 모르바카 장원의 풍부한 수목과 동물 들은 자연에 대한 애정과 감수성을 무럭무럭 키워 주었지요.

하지만 이 시기를 사는 여성들이 대부분 그러했듯이, 딸의 교육을 반대하는 아버지 때문에 학업을 이어 가기는 쉽지 않았습니다. 이야기의 재미를 알려 주었던 아버지는 딸이 그 이상의 지적 능력을 갖추는 것을 원하지 않았습니다. 게다가 아버지는 알코올 중독으로 가산을 탕진한 끝에 가족의 유일한 재산이었던 모르바카 장원마저 팔아 버렸습니다. 다행히 장학 재단으로부터 학비를 지원받아 학업을 마친 라게를뢰프는 역시 당시 교육받은 여성들의 거의 유일한 직업이었던 교사가 되어 여학생들을 가르쳤습니다. 그리고 틈틈이 글을 써서 몇 편의 소설을 발표했습니다. 이때 어릴 적 아버지에게 들었던 스웨덴 설화들이 좋은 자양분이 되었습니다.

1902년 스웨덴 교사 협회에서 공립 학교 지리 교재의 집필을 라게를뢰프에게 맡긴 데는 그녀의 교사 경력에 대한 신뢰가 작용했을 것입니다. 하지만 라게를뢰프의 최종적인 꿈은 교사가 아니라 작가, 이야기꾼이었습니다. 그래서 이번 기회에 자신이 꿈꿔 온 글을 써 보기로 결심합니다. 의뢰를 받은 후 약 3년간 라게를뢰프는 스웨덴 동식물의 생태에 대해 본격적으로 공부하는 한편, 전국 각 지역의 민담과 전설 등 각종 설화들을 수집했습니다.

하지만 자료는 쌓여 가는데 이 많은 파편화된 이야기들을 어떻게 꿰어서 하나의 소설로 만들지 도무지 아이디어가 떠오르지 않았습니다. 고민을 거듭하던 라게를뢰프는 자신의 모든 것이 시작

셀마 라게를뢰프

된, 이제는 다른 사람의 소유가 된 모르바카 장원에 다시 찾아갑니다. 어릴 적 늘 정원을 내다보던 창가에 앉아 복잡한 머리를 식히고 있는데 갑자기 작은 요정이 종종걸음으로 정원을 가로질러 창턱으로 뛰어올라 왔다나요. 어떻게 여기 오게 됐느냐고 물으니 거위를 타고 기러기 떼와 함께 찾아왔다며 자신이 겪은 신기한 모험 이야기들을 풀어 놓더랍니다. 『닐스의 모험』이 처음으로 생명을 얻게 되는 이 장면은 소설 속에 하나의 에피소드로 고스란히 묘사되어 있습니다. 작가 자신과 작가의 고향집 이야기가 담겨 있는 이 에피소드를 읽노라면 마치 거울 두 개를 마주 대어 놓은 듯 이야기가 안과 밖으로 순환되는 재미있는 느낌을 받게 됩니다.

4년간의 노력 끝에 1906년 12월 스톡홀름에서 발간되어 전국 공립 학교에 보급된 『닐스의 모험』은 앞서 말씀드렸듯 지리 교재로서는 기대에 부응하지 못했습니다. 우리나라로 치면 제주도쯤 되는 욀란드섬을 소개하면서 "죽은 나비의 시체에 흙이 덮여 만들어 진 곳"이라는 설화를 줄줄이 들려주는 식이니 학습 정보서로서는 별로 의미가 없었던 것입니다. 소설 중 닐스 일행이 들르는 호수나 산 등은 모두 실제로 유명한 철새 도래지들이지만, 정작 책을 읽는 아이들은 '다음 장소에서는 어떤 모험이 펼쳐질까?' 하는 생각에 가슴이 두근대고 있으니 공부가 될 리 있나요.

하지만 인기 측면에서는 상상을 초월하는 성공을 거두었습니다. 출간 즉시 입소문이 나면서 학교가 아닌 일반 서점에 이 책을 구입하려는 성인들이 장사진을 이루었습니다. 출간 이듬해에는 속편이 발간되었고 독일, 덴마크를 비롯한 해외에서도 속속 번역되었습니다. 단숨에 일약 '국민 작가'의 반열에 오른 라게를뢰프는 1909년 여성 최초로 노벨 문학상을 수상했습니다. 그 상금으로 아버지가 팔았던 모르바카 장원을 다시 구입할 수 있었지요. 또한 역시 여성 최초로 노벨상 수상자를 결정하는 스웨덴아카데미의 회원이 되었고, 여성 최초로 스웨덴의 20크로나 지폐에 들어갔지요.

워낙 재미있는 책이니 인기를 얻는 게 당연하다 싶기도 하지만, 달리 생각해 보면 이미 널리 구전되고 있는 설화들을 모은 뒤 닐스 이야기를 양념처럼 얹어 내놓은 것치고 너무 폭발적인 반응을 얻은 것 같기도 합니다. 『닐스의 모험』의 커다란 성공에는 어떤 시대적 요구와 바람이 추진력을 제공한 것일까요?

라게를뢰프의 상상력을 키워 준 모르바카 장원.

이성적 근대에서 감성적 근대로

조금 엉뚱한 얘기를 해 보지요. 혹시 국가의 3요소가 뭔지 아시나요? 아마 학창 시절 국민, 영토, 주권이라고 배우셨을 겁니다. 하지만 이 세 요소는 정확히 말하자면 국가의 3요소가 아니라 국민 국가의 3요소입니다. 옐리네크라는 정치학자가 제시한 개념이지요. 국민 국가 혹은 민족 국가란 국민 혹은 민족이라는 개념을 바탕으로 거대한 영토를 하나로 묶고, 그 안에서 절대적 권력인 주권을 행사하는 국가를 상정한 것입니다.

우리가 사는 세상에서는 대부분의 국가가 국민 국가의 형태를 취하고 있기 때문에 이것이 지극히 당연해 보이지요. 하지만 사실 우리의 생활 범위를 넘어서는 영토가 한데 묶여서 하나의 국가라는 관념을 갖는다는 것은 참 신기한 일입니다.

산업 혁명과 시민 혁명, 그리고 이어진 제국주의 시대에 국가가 살아남기 위해서는 일정 수준 이상의 규모를 갖추고 내부적으로 강력한 통합력을 지녀야 했습니다. 그래서 이전까지 없었던 민족이라는 관념을 발명해 내고 이를 중심으로 국민들을 통합하여 영토의 경계를 만들어 낸 것입니다. 200개 이상의 연방 국가로 나뉘어 있던 독일이 통합을 위해 도이치 민족이라는 관념을 강조했던 것이나, 이민자들로 만들어진 조각보 같은 국가인 미국이 아메리칸이라는 관념에 집착하는 것은 그런 관념이 국민 국가의 형성과 유지에 필수적인 요소이기 때문입니다. 그래서 베네딕트 앤더슨이라는 학자는 민족을 '상상의 공동체'라고 칭하기도 했습니다.

문제는 이전까지 없던 민족이라든가 국가라는 관념을 사람들이 어떻게 상상하도록 만들 것인가 하는 점입니다. 이를 위해 동원되는 가장 거대한 시스템이 바로 교육입니다. 서구에서 공교육 제도의 시행과 확대가 국민 국가의 형성 과정과 궤를 같이하게 된 이유입니다.

교육 제도는 그릇과 같아서 여기에 담을 내용, 즉 '하나 된 우리'라는 주제의 스토리가 필요합니다. 이 스토리에서 중요한 두 요소가 역사와 지리입니다. 종적으로는 '시간'을 통해 공유해 온 역사를 강조하고, 횡적으로는 '공간'을 모두의 인식 속에 익숙한 장소들로 만들어 내는 것입니다. 그래서 역사와 지리 과목은 국민 교육, 시민 교육의 역사에서 가장 핵심적인 위상을 차지해 왔습니다.

지리 교재로서 『닐스의 모험』의 집필을 의뢰한 교사 단체가 지원한 돈은 정부 출연 기금이었습니다. 스웨덴 정부는 학교에서 지리 교육을 받은 아이들이 평생 한 번도 가 볼 일이 없을 스웨덴의 넓고 척박한 땅 구석구석을 '우리 나라'라고 인식할 수 있기를 기대한 것입니다.

이는 독일의 형성 과정에서 그림 동화가 했던 역할과도 닮아 있습니다. 18세기 초중반 그림 형제가 독일의 민담을 수집한 목적은 학술적인 차원에서 민중 문학을 연구하고, 이를 교훈적인 동화로 각색하려는 것이었습니다. 그래서 『그림 동화집』의 원제는 '어린이와 가정을 위한 동화'Kinder-und Hausmärchen입니다. 하지만 이렇게 민중 문학의 뿌리를 찾아가는 과정은 깊은 뿌리를 지닌 한 그루의 거대한 나무, 즉 국가를 상상하는 매개체로 쉽게 전용되었습니다. 후에 나치는 그림 동화를 선전 선동에 적극적으로 사용하기도 했습니다.

이런 뿌리 찾기는 독일뿐 아니라 러시아, 노르웨이, 영국의 민담 수집 운동에서, 미국의 포크 음악 운동에서, 우리나라의 단군 신화 재조명 과정에서 거듭 반복됩니다. 이를 낭만적 민족주의라고 부릅니다. 척박한 현실을 극복하기 위해 공동체를 강조하다가, 모든 국민이 한 가족이라는 '인민의 가정' 개념까지 동원했던 스웨덴에서 뿌리 찾기의 열망은 다른 어느 나라보다 더 강렬했을 것입니다.

라게를뢰프는 어릴 적 기억과 개인적인 관심에서 스웨덴 설화들을 모아 담았으나, 그렇게 탄생한 『닐스의 모험』은 저자의 의도와 관계없이 스웨덴 국민을 하나로 묶어 주는 감성적 뿌리가 되었습니다. 이것이 단 한 편의 소설로 셀마 라게를뢰프가 단지 베스트셀러 작가를 넘어 스웨덴을 대표하는 '국민 작가'로 단숨에 발돋움하게 된 배경입니다.

라게를뢰프는 그렇게 얻은 자신의 영향력을 십분 발휘했습니다. 새로이 태어난 스웨덴에서 당시 세계적으로 끓어오르고 있던 여성 참정권 운동의 불꽃을 세차게 피워 올린 것입니다. 여성 참정권 운동은 어린 시절부터 그녀의 오랜 꿈이었으나 보수적인 아버지의 강력한 반대에 부딪혀 접어야 했지요. 이제 세계적인 문학가가 된 라게를뢰프는 재정적 지원에 머무르지 않고 직접 여성 참정권 협회의 대변인 역할을 합니다. 그러면서 당시 스웨덴의 중요한 사회적 의제로 부각되고 있던 노동권, 빈부 격차, 정치 제도 개혁 논의에 여성 참정권 문제를 포함시키는 데 성공합니다.

여성 참정권 운동을 펼친 많은 선각자가 꿈이 이루어지는 것을 보지 못하고 세상을 떠났습니다. 하지만 라게를뢰프는 자신의 사회적 경력이 절정에 달해 있던 1919년 마침내 다른 스웨덴 여성들과 함께, 남성과 동등한 참정권을 획득하는 감격을 맛보게 됩니다. 이것이야말로 진정한 의미에서 『닐스의 모험』이 가져온 근대화의 성과가 아닐까요?

노래의 진실

어린 시절 제가 봤던 「닐스의 모험」 애니메이션은 앞서 말씀드린 것처럼 독일 방송국이 일본 업체에 의뢰하여 제작된 것입니다. 이 애니메이션의 총감독은 「독수리 5형제」를 만들었던 토리우미 히사유키이고, 작화 감독은 자그마치 오시이 마모루입니다. 오시이 마모루는 일본 애니메이션을 좋아하는 분들 사이에서는 매우 유명한 「공각기동대」, 「패트레이버」, 「메모리즈」 같은 명작들을 만든 감독이지요. 이왕 닐스의 추억을 더듬게 된 마당에 옛날에 봤던 애니메이션도 다시 보고 싶어졌습니다. 일본에서 발매된 디브이디를 보면서 오시이 마모루의 인터뷰를 읽었습니다. 그런데 한 구절에서 이상한 느낌을 받았습니다.

> 독일 쪽에서 닐스에 관한 애니메이션을 만들어 달라고 했는데 처음 들어 보는 동화였어요. 주변 사람들에게 다 물어봤는데 거위 목에 매달려 날아다니는 아이의 이야기를 아는 사람은 없더군요. 서점에 가서 책을 찾으려고 해도 나와 있는 게 없어서 원작도 안 읽어 보고 그냥 독일 쪽에서 준 콘티대로 만들었어요. 애니메이션이 방영되고 나서 그제야 여러 가지 책들이 나왔습니다.

미묘한 위화감이 느껴지는 이유가 뭘까 한참을 골똘히 생각하다가 갑자기 떠오르는 것이 있어서 검색해 봤습니다. 일본에서 「닐스의 모험」이 큰 인기를 얻은 것이 애니메이션으로 만들어진 이후였듯이 우리나라에서도 이 애니메이션이 KBS를 통해 방영되면서 닐스가 대중들에게 널리 알려졌습니다. 애니메이션이 1982년에 만들어졌으니 우리나라에서 닐스를 많은 사람이 알게 된 것도 빨라야 1982년 이후라고 봐야 할 것입니다. 그럼 노래 「모모」는 어떻게 된 것일까요? 「모모」가 발표된 시기를 찾아보니 1978년이더군요. 전일방송가요제라는 대회를 통해서였습니다. 그렇다면 김만준 씨는 노래 가사에서 아직 그리 알려지지 않은 닐스를 어떻게 언급한 것일까요?

한 신문 기사에서 단서를 찾을 수 있었습니다. 「모모」를 부른 사람은 김만준 씨이지만 곡을 만든 사람은 박철홍 씨라고 합니다. 이 분은 고등학생 때 교통사고를 당해 두 다리를 쓸 수 없게 되어 늘 창밖을 보면서 자유롭게 걸어 다니는 사람들을 부러워했습니다. 그러다 다양한 장애와 차별을 안고 사는 사람들이 등장하는 소설, 에밀 아자르의 『자기 앞의 생』을 읽고 큰 감명을 받았습니다. 에밀 아자르는 로맹 가리의 필명으로, 로맹 가리는 니스에 정착해서 평생 살았습니다. 그래서 이 소설 속의 주인공 모모도 니스 해변을 자유롭게 날아가는 새들을 꿈꾸는 것으로 묘사했습니다. 즉, 노래 「모모」의 주인공은 미하엘 엔데의 모모가 아니라 로맹 가리의 모모였고, 노래 가사는 '날아가는 닐스의 새들'이 아니라 '날아가는 니스의 새들'이었던 거죠!

하지만 그렇다고 라디오 진행자가 말한 답이 틀렸다고 생각되지는 않습니다. 아랍인 소년 모모가 꿈꾸는 니스의 새들이 상징하는 것이 자유이듯이, 우리가 『닐스의 모험』을 읽으면서 느끼는 것 역시 자유입니다. 스웨덴 사람들에게 갖는 의미와는 별개로 『닐스의 모험』이 위대한 문학 작품으로 우리 마음속에도 성큼 들어올 수 있었던 것은 이 작품이 흰 거위 등에 올라타고 오늘과 다른 내일, 알 수 없는 미래와 온갖 이야기가 기다리고 있는 낯선 땅으로 날아오르는 멋진 모험 이야기이기 때문입니다. 기러기들의 그림자 위로 폴 엘뤼아르의 시가 겹쳐집니다.

> 모래 위에 눈 위에
> 들판 위에 지평선 위에
> 새들의 날개 위에
> 나는 너의 이름을 쓴다
> 자유여

ANNE OF GREEN GABLES
ALICE IN WONDERLAND AND THROUGH THE LOOKING GLASS
THE WONDERFUL ADVENTURES OF NILS
SELMA LAGERLÖF
WHEN WE WERE VERY YOUNG
MILNE
WINNIE THE POOH
A.A. MILNE
LITTLE WOMEN
PART FIRST
ADVENTURES
THE FLYING CLASS-ROOM
ERICH KÄSTNER

참고 문헌

1. 『작은 아씨들』

- Alcott, L. M., Myerson, J., Shealy, D. The Journals of Louisa may Alcott. Little Brown & Co. 1997.
- Cheever, S. *Louisa May Alcott: A Personal Biography*, Simon & Schuster 2011.
- Matteson, J. *Eden's Outcasts: The Story of Louisa May Alcott and Her Father*, W. W. Norton & Company 2007.
- Reisen, H. *Louisa May Alcott: The Woman Behind Little Women*, Henry Holt and Co. 2009.

2. 『이상한 나라의 앨리스』

- 다니엘 지라르댕, 크리스티앙 피르케르 『논쟁이 있는 사진의 역사』, 정진국 옮김, 미메시스 2011.
- 에릭 앰블러 『어느 스파이의 묘비명』, 맹은빈 옮김, 동서문화사 2003.

- 혼마 규스케 『조선잡기』, 최혜주 옮김, 김영사 2008.
- Cohen, M. *Lewis Carroll:A Biography*, Vintage Books 1996.
- Leach, K. *In the Shadow of the Dreamchild: A New Understanding of Lewis Carroll*, Peter Owen 1999.
- Woolf, J. "Lewis Carroll's Shifting Reputation—Why has popular opinion of the author of Alice's Adventures in Wonderland undergone such a dramatic reversal?" 『Smithonian Magazine』 April 2010.
-위키피디아 U and non-U English(en.wikipedia.org/wiki/u_and_non-u_English)

3. 『톰 소여의 모험』

- 마크 트웨인, 마이클 패트릭 히언 『주석 달린 허클베리 핀』, 박중서 옮김, 현대문학 2010.
- 마크 트웨인 『톰 소여의 모험』, 김욱동 옮김, 민음사 2009.
- 브리노 브라셀 『책의 역사』, 권명희 옮김, 시공사 2001.
- 알레산드로 마르초 마뇨 『책공장 베네치아』, 김정하 옮김, 책세상 2015.
- 조성규 『Mark Twain 연구』, 신아사 1995.
- MacLeod, E. *Mark Twain: An American Star*, Kids Can Press 2008.
- Powers, R. *Mark Twain: A Life*, Free Press 2006.

4. 『켄싱턴 공원의 피터 팬』

- Barrie JM. *Peter Pan in Kenshington Gardens*, Hodder & Stoughton 1908.
- Barrie JM. *Peter and Wendy*, Hodder & Stoughton 1911.
- Barrie JM, Tatar M. *The Annotated Peter Pan*, New York: W. W. Norton & Co.; In Press 2011.

- Birkin. A. J. M. *Barrie & the Lost Boys*, Yale University Press 2003.
- Chaney, L. *Hide-and-Seek with Angels: A Life of J.M. Barrie*, St.Martin's Press 2006.
- Dunbar, J. *J.M.Barrie: Man Behind the Image*, Collins 1970.
- www.wendy.com/wendyweb/history.html "History of the name Wendy"

5. 『보물섬』

- 아서 코난 도일 『주석 달린 셜록 홈즈』, 승영조 옮김, 북폴리오 2006.
- 주경철 『문명과 바다』, 산처럼 2009.
- Arata, S. "Robert Louis Stevenson". The Oxford Encyclopedia of British Literature. Vol.5. 2006.
- Baring-Gould, W. *The Annotated Sherlock Holmes: The Four Novels and the Fifty-Six Short Stories Complete*, Random House Value Publishing 1967.
- Bell, I. *Dreams of Exile: Robert Louis Stevenson: A Biography*, Henry Holt & Co. 1993.
- Harman, C. *Myself and the Other Fellow: A Life of Robert Louis Stevenson*, Harper 2005.
- Watson, H. *Coasts of Treasure Island: A Study of the Backgrounds and Sources for Robert Louis Stevenson's Romance of the Sea*, San Antonio, Naylor Co. 1969.

6. 『빨간 머리 앤』

- Gammel, I. *Looking for Anne of Green Gables: The Story of L. M. Montgomery and her Literary Classic*, New York: St. Martin's Press 2008.
- McLeod, Carol. *Legendary Canadian Women Hantsport*, Nova Scotia:

Lancelot Press 1983.
- Montgomery, L. M. *Anne of Green Gables*, Grosset & Dunlop 1912.
- Montgomery, L. M., Doody, M. A., Jones, M. D., Barry, W. *The Annotated Anne of Green Gables*, Oxford University Press 1997.
- Rubio, M. *Lucy Maud Montgomery: The Gift of Wings*, Toronto: Doubleday Canada 2008.

7. 『하늘을 나는 교실』

- 에리히 캐스트너 『에밀과 탐정들』, 장영은 옮김, 시공주니어 2000.
- 클라우스 코르돈 『망가진 시대』, 배기정 옮김, 시와진실 2004.
- Foster, S., Siomns, J. *What Katy Read: Feminist Re-readings lf "Classic" Stories for Girls,* University of Iowa Press 1995.
- Whited, L. A. *The ivory tower and Harry Potter: Perspectives on a Literary Phenomenon*, University of Iowa Press 1992.

8. 『안데르센 동화집』

- 안데르센 『안데르센 자서전』, 이경식 옮김, 휴먼앤드북스 2003.
- 제인 욜런 『동화의 마법사 안데르센』, 민수경 옮김, 비룡소 2010.
- Andersen, H. C. *Fairy Tales by Hans Christian Andersen*, Weathervan 1977.
- Berdsdorff *Hans Christian Andersen: The Story of His Life and Work, 1805-75* Phaidon Press 1975.
- Hamilton, J. *Arthur Rackham: A Biography*, Arcade Pub 1990.
- Wullschlager, Jackie *Hans Christian Andersen: The Life of a Storyteller*, University of Chicago Press 2002.

9. '곰돌이 푸' 시리즈

- Milne, A. A. *When We Were Very Young*, Methuen & Co. Ltd 1924.
- Milne, A. A. *Winnie-the-Pooh*, Methuen & Co. Ltd 1926.
- Milne, A. A. *The House at Pooh Corner*, Methuen & Co. Ltd 1928.
- Ann Thwaite *A. A. Milne: His Life*, Faber & Faber 1990.
- Ann Thwaite *A. A. Milne: The man Behind Winnie-the-Pooh*, Random House 1990.
- Milne, C. *The Enchanted Places*, McClelland and Stewart Limited 1974.

10. 『닐스의 모험』

- 나승위 『스웨덴, 삐삐와 닐스의 나라를 걷다』, 파피에 2015.
- 에밀 아자르 『자기 앞의 생』, 용경식 옮김, 문학동네 2003.
- Encyclopeia Britannica, Selma Lagerlof / Swedish author
- 위키피디아 Selma Lagerlof (en.wikipedia.org/wiki/Selma_Lagerlof)

이미지 출처

25면 왼쪽 Internet Archive Book Images(flickr), 오른쪽 『American bookmen』
25면 아래 Daderot
62면 『The History of Punch』
87면 위, 아래 Library of Congress(미국 의회 박물관) 소장
119쪽 National Portrait Gallery(영국 국립 초상화 미술관) 소장
128면 오른쪽 Staatliche Kunstsammlungen Dresden(드레스덴 국립 미술관) 소장
136면 위 Chmee2, 아래 Michel wal
152면 『The Strand Magazine』
153면 www.archive.org
176면 Internet Archive Book Images(flickr)
181면 KindredSpiritMichael
182면 chensiyuan
188면 Markus Gregory
202면 Doctorsecrets
213면 Dutch National Archives
239면 위 Odense City Museums(오덴세 시립 박물관) 소장, 아래 Kåre Thor Olsen
288면 Spictacular
318면 Edward Betts
322면 Joel Torsso
(이상 모두 commons.wikipedia.org)

60면 British Library
148면 ⓒ곽한영
266, 281, 283, 284, 287, 291, 292, 293, 298면 ⓒBerne Convention
(Text by A A Milne and line illustrations by E H Shepard Copyright under the Berne Convention)

피터와 앨리스와 푸의 여행

초판 1쇄 발행 • 2017년 8월 4일
초판 2쇄 발행 • 2018년 1월 26일

지은이 • 곽한영
펴낸이 • 강일우
책임편집 • 김선아 김서윤
조판 • 황숙화 박아경
펴낸곳 • (주)창비
등록 • 1986년 8월 5일 제85호
주소 • 10881 경기도 파주시 회동길 184
전화 • 031-955-3333
팩시밀리 • 영업 031-955-3399 편집 031-955-3400
홈페이지 • www.changbi.com
전자우편 • ya@changbi.com

ISBN 978-89-364-7367-9 03810

* 책값은 뒤표지에 표시되어 있습니다.

THE WONDERFUL ADVENTURES OF NILS
SELMA LAGERLÖF

THE
POOH
A.A.
MILNE
THE
FLYING
CLASS-
ROOM
ERICH
KÄSTNER

THE WONDERFUL ADVENTURES OF NILS
SELMA LAGERLÖF
WEATHERVANE

WINNIE THE POOH
A.A. MILNE
LITT
WOME
PART FIRS
ADVENTURES of
OM SAWYE
MARK TWAI
M. PUB.
THE FLYING CLASS-ROOM
ERICH KÄSTNER